光の夜に祝福を（下）

登場人物

ブリーン・ケリー――――作家
キーガン・オブロイン――――タラムの族長
マルコ・オルセン――――ブリーンの親友
ブライアン・ケリー――――ドラゴンの乗り手。マルコの恋人
ハーケン・バーン――――キーガンの弟
モレナ――――ブリーンの幼馴染み
アシュリン――――キーガンの姉
マオン――――キーガンの親友。アシュリンの夫
マーグレッド・オケリー――――ブリーンの祖母。愛称マーグ
セドリック――――マーグのパートナー
タリン・オブロイン――――キーガンの母。評議員
フィノーラ・マクギル――――モレナの祖母
オドラン――――暗黒神
シャナ――――評議員の娘
イズールト――――闇の魔女

ノーラ・ロバーツ/著
香山 栞/訳

光の夜に祝福を(下)
The Choice

扶桑社ロマンス
1632

17

エージェントのカーリーに新作の最初の五章を送ってから二日が経（た）った。だが、まだ連絡はない。ブリーンはやきもきする暇もないくらい、今日は目一杯忙しく過ごそうと決めた。

けれど、その決意とは裏腹に不安は募るばかりだ。

ブリーンはマルコと一緒にレシピを考えた。これはいい気晴らしになった。料理にかけては、うんちくを語るにしろ、文章を書くにしろ、彼は言葉では言い表せない何かを持っている。

マルコが手作りピザに最後の仕上げをするあいだ、自分の書斎にいたブリーンのところにニューヨークから電話がかかってきた。

キーガンは首都（キャピタル）へ出向き、ブライアンも彼に同行しているので、今コテージにいるのはブリーンとマルコのふたりだけだ。

彼女がキッチンへ入っていくと、マルコはオーブンにピザを入れようとしているところだった。「絶対にこれはおいしくなるぞ」

「カーリーから電話が来たわ」

マルコが手をとめる。「それで?」

「気に入ってくれたみたい。やれやれだわ。これでようやく息ができる。カーリーは気に入ったと言ってくれたの」

「当然さ。彼女はばかじゃないからね」マルコは両腕を広げてブリーンを抱きしめた。

「それでも喜ぶのはまだ早いわ。まあ、少しくらいなら喜んでもいいけど」

「大いに喜ぶべきだよ。さあ、市販のワインじゃなくて妖精（フェアリー）特製ワインを開けよう」

「マルコったら、本当に気が早いわね。市販のワインで充分よ。カーリーはあの作品は不朽の名作になると言って、もし残りの原稿の概要だけでも送ってくれたら、出版社の担当編集者に見せたいと言っていたわ」

「カーリーに送りなよ。それ以外にどんな選択肢があるんだい? 書斎に戻って、仕事をしながらピザを食べたいなら——」

「いやよ。あなたとわたしとボロックス、そしてピザとワインと映画だったでしょう。わたしたちはそう計画したのよ。予定どおり決行するわ。それに、もうカーリーにはあと二週間待ってほしいと伝えたの」

「お嬢さん、まったくきみときたら」

「違うの。誤解しないで。あと二週間あれば、残りの部分の推敲も終わる。そうしたたらカーリーに送るわ。すべて送る。わたしはただ作品をできる限り完璧に仕上げるための時間がほしいのよ」

マルコがにっこり笑ってうなずく。「わかったよ。それでこそぼくのブリーンだ。そうだよな。そのほうが理にかなっている。ついでに、ぼくにもう少し読ませてくれよ。十章まででいい。今夜はブライアンがいないから、ぼくはひとりで寝なくちゃならないだろう。寂しさを紛らすには読書が一番だ」

「やっぱりフェアリー特製ワインが飲みたくなってきたわ」

「今すぐ持ってくる」マルコはブリーンに微笑みかけた。「ブリーン、きみはぼくの自慢だよ」

「わたしもあなたを誇りに思うわ。実は、カーリーにわたしの原稿と一緒にあなたのレシピも二週間後に送ると言っておいたの。そうすれば、彼女もあなたが求める料理本がどういうものかつかめるでしょう」

「お嬢さん、まったくきみときたら」マルコが同じ言葉を繰り返す。

ブリーンは黙って小指をちらちらと動かした。

それからの二週間、ブリーンはアイルランドのコテージでは新作の仕上げ作業に没頭し、タラムでは魔法の練習と戦闘訓練に没頭する毎日を過ごした。今、ブリーンはふたつの世界でふたつの人生を送っている。それならそれで、彼女はその両方で最善を尽くして生きていこうと心を決めていた。

そしてあっという間に時間は過ぎ去り、ついに最終日を迎えた。この日、ブリーンはハーケンに新しいハーネスを贈った。彼は高価な宝石にでも触れるみたいに、優しい手つきでハーネスを撫(な)でている。

「ああ、これはすばらしい。いや、それ以上だ」

「この子もそうよ」ブリーンはボーイにほおずりした。「本当は春の耕作シーズンが始まる前に、あなたにこのハーネスを渡したかったの。でも、職人ってこだわりが強いでしょう。彼もその例にもれず、完璧主義者だったのよ」

「彼の気質に感謝だな。これはまさに職人技だよ。このハーネスはいつかぼくの子供も使うかもしれない。そして、ぼくの孫も」ハーケンは愛するわが子を撫でるかのように、ハーネスに手を滑らせている。「わが家の家名も刻印してくれたんだね」

「それはキーガンのアイデアよ」

「ありがとう」ハーケンは帽子を押しあげて、ブリーンを見つめた。「きみも気づいていただろう。ボーイは初めからきみのものだったんだよ。きみが初めてこいつに飛び乗ったときからね」

「あれはお世辞にも飛び乗ったとは言えないわ。今だってあまりうまく乗れないけど。それでもボーイに初めて乗ったとき、この子とのあいだにつながりを感じたわ。ハーケン、わたしのほうこそどうもありがとう。あなたが最初にそのことを見抜いてくれたおかげよ。明日、ボーイを連れていけないのが残念だわ。でも、一日か二日で戻ってくるから」

「心配無用だよ。こいつの世話はぼくたちにまかせて、きみはキャピタルで楽しんでくるといい。空の旅もね」ハーケンは広い畑を見渡した。「ああ、春が来たな。そこかしこに春の芽吹きを感じるよ」

翌朝、ブリーンはロンラフの背にまたがり、キャピタルへと飛び立った。空を飛びながら、昨日のハーケンの言葉が正しかったことを実感した。前回、東部を旅したときよりも空気は明らかにあたたかく、確実に季節は春に向かっている。

前方に目を向ければ、ボロックスの頭頂部の毛が風にそよいでいた。ブリーンたちを乗せたロンラフの隣にはクロガにまたがるキーガンが、反対側の隣には羽根を広げて飛ぶマオンがいる。

そして眼下には、種まきや苗を植えつける前の土作りに精を出している農夫たちの姿が見える。彼らはああして時間をかけて土を耕し、おいしい野菜が育つ豊潤な土に徐々に仕上げていくのだろう。あたたかい春の訪れとともに、空気も土壌も生まれ変わる。谷に戻ったら、自分も農作業を手伝おう。ブリーンは心のなかで思った。

次はボロックスの続編に取りかかるつもりだが、ぜひ農業も体験してみたい。マルコが料理本に載せたいレシピと一緒に、新作の原稿はニューヨークへ送ったことだし、野菜作りを手伝う時間はあるはずだ。

そう、ひとつ大きな仕事をやり遂げた。けれど、時差があることをうっかり忘れて、ニューヨーク時間の深夜に送ってしまった。きっとカーリーは朝になるまでふたりの原稿が届いていることに気づかないだろう。

それに、たぶんマルコもまだ気づいていない。今朝、テーブルに完成した原稿を置いてコテージを出たとき、彼はぐっすり眠っていたから。

精一杯がんばったわ。ブリーンは胸の内でつぶやいた。何度も推敲を重ね、自分なりに納得のいく作品ができあがった。そして、次はタラムですることがある。キャピタルでどんな任務が待ちかまえていようと、こちらも精一杯がんばるつもりだ。

やがて、彼らは起伏に富んだ緑豊かな中部上空に入った。突然、直進していたクロガが北へ進路を変えた。ブリーンはけげんそうな視線をキーガンに投げかけたが、彼は眼下に目を向けている。

「ここにある入口（ポータル）に立ち寄るんだよ」キーガンの代わりに、マオンが説明してくれた。

「異状がないかどうか確認するためと、見張りの者たちから話を聞くためにね。彼らにしても、族長やきみに会えば士気があがるだろう」

「あら、どうしよう」

今日のブリーンはレギンスにブーツを合わせ、セーターの上にジャケットを羽織っただけのラフな姿だ。これは完全に飛行用で、人と会うための格好ではない。とはいえ、後悔したところでもう遅い。あわてて髪を後ろで結んでみたものの、風にあおられ、あっという間にほつれてしまった。

一行は雑木林から離れた空き地におり立った。ここにも春がやってきたようだ。立ち並ぶ裸木の枝先に、点々と淡い緑色の新芽がふくらみ始めている。

ふいに、ブリーンの目に剣を携えた三つの人影が映った。ひとりは背中に矢筒を背負っている。直感的に彼女はシー族で獣人でエルフだと感じた。

「ようこそ、ティーシャック」髪を戦士の三つ編みにした、すらりとしたシー族の女性が一歩前に進みでた。「あなたも、マオン。そして、超自然的生物の娘も。ここは何も問題ないわ。いたって平和よ」

「それはよかった」キーガンは雑木林に視線を走らせた。

「わたしたちはカラス一羽も見逃さないように目を光らせているわ。でも今のところ、怪しい動きはないわね」

「きみたちにまかせておけば安心だな」キーガンはブリーンに向き直り、眉をつりあげた。

何か話せという合図だろうか？

「ええと、そうね。タラムだけでなくすべての世界があなたたちの警備に感謝しているでしょう」

「わたしたちはこうして名誉ある任務についていることを誇らしく思っているわ」

「リズベット、きみの弟は元気かい？」マオンがにやりとして女性戦士に声をかける。

「発情期真っ盛りの豚みたいに、嬉々としてパブからパブへと渡り歩きながらハープの弾き語りをしているわ」

キーガンはしばらく見張り役の三人と言葉を交わし、それからふたたびブリーンのほうを向いた。「どうだ、何か見えるか？」

キーガンに試されている——しかも警備隊の前で。キーガンのこのやり方は癪にさわったものの、何も言い返さず、ブリーンは雑木林に目をやった。そのとたん、彼へのいらだちもすっかり忘れてしまった。

ポータルを感じる。強力な魔法がかけられ、しっかり封印されているのを感じた。心を開くと、やがてぼんやりとしたかすかな痕跡が見えてきた。

「あそこ」ブリーンは腕をあげて一本の枯れ枝を指さした。「爪を立てて広げた亀裂の跡が見えるわ。亀裂の大きさはわたしの拳くらい。そこからメッセージを伝えるためにカラスが出ていったら亀裂はまた閉じる。完全に閉じる。亀裂を開くには大量の血と魔力が必要なの。だけど、それに見合うだけの見返りは必ずしも得られていない。それでも血はいくらでもあるから、オドランたちはタラムやほかの世界を監視し続けられるのよ」

「あいつらなんかに負けてたまるものですか。わたしたちだって監視し続けるわ」リズベットがつぶやく。「わたし、カラスが飛んでいたからあそこの木にのぼってみたの。そして、あの枝から三十センチも離れていない場所にしばらく立っていた。でも、あなたの目にはここからでも見える亀裂の跡が、わたしにはこれっぽっちも見えなかったわ」

中部をあとにして、彼らは北部に向かって飛び立った。この地方はまだ冬の真っ只中だ。キーガンは雪をかぶった丘の上で警備隊の面々と話をしている。

ブリーンはこの丘にも亀裂の痕跡を見つけた。

すべてのポータルで、彼女は爪で引っかいた跡を見つけた。

「いざ戦闘となったとき、どういう戦略で戦うとか、どんな戦術を使うとか、わたしにはそういう専門的なことはわからないわ」ロンラフにまたがり、ボロックスもその背に飛び乗ったところで、ブリーンはキーガンに話しかけた。「だけど、ポータルに亀裂を作り、それを広げたり閉じたりするのに大変なパワーが必要なことならわかる。たとえそれが、カラスが一羽しか通り抜けられない大きさだとしても。それとも、二羽くらい出入りできるのかしら？　どちらにしても、鳥だと目的地へ行ってまた戻ってくるまでに時間がかかりそうな気もするけど、メッセージの運び屋としては役に立っているんでしょうね」

「一方、ぼくのほうは戦略や戦術に長けている」二頭のドラゴンが空に向かって上昇していく。キーガンはブリーンを見つめて口を開いた。「きみには小さな亀裂の痕跡が見えたんだろう？　しかも、すべてのポータルに。これはつまり、いずれまた魔力対魔力の戦いが起きる兆候だよ。ただし、すぐにも戦闘が始まるわけではない。いくらオドランといえども、慎重になっているだろうからな。おそらく、今はまだ戦力が足りないんじゃないかな？　そんな状態でこちら側に攻めこんできても自滅するだけだ」

「ええ、そうね。それはわたしにもわかるわ。でも――」

「ぼくたちはここ数カ月、以前ほど自由にではないものの、物々交換で取引をしたり、こうして旅をしたりできるようになった。今ぼくがオドランと同じ状況で、戦う準備が整うまで待つしかないのだとしたら、そのあいだに戦略や戦術をじっくり練ったり、魔術に磨きをかけたりするよ。ああ、それともうひとつ。相手側にスパイを送って、やつらの動向を探らせるのもいいかもしれないな」

風に乗り、彼らは東部へ向かって順調に飛行している。しばらくキーガンは無言で前方を見据えていたが、やがて話し始めた。「さっき、きみが口にした疑問を考えていたんだ」

「それで、結論は？」

「亀裂はきみの拳ほどの大きさだと言っただろう？　カラスが一羽か、せいぜい二羽しか通り抜けられない程度だと。仮に、きみがいつか確固たる目的を遂行するために、血の魔法を使って亀裂を作れるようになったら、きみなら拳よりも大きなものを作れるだろう。そしてやがては、戦士の大群が通れるくらい巨大な亀裂を作ることができるに違いない。オドランたちが南部で作ったような、あの悪党たちが蛇の木に作ったような亀裂を」

「それは――彼ら全員を倒すことを目的に作るということ？　すべてのポータルをいっせいに制圧するために作るの？」

「ああ。もっとも、きみが亀裂を作れるようになるのを辛抱強く待てる余裕があり、なおかつ、この戦術を実行しても誰も血を流さずにすむならの話だ」

「そうじゃない場合はどうするの？」

「やるべきことをやって戦うよ。ほら、キャピタルだ」キーガンが前方を指さす。

「この話はまたあとでしょう」

丘の頂上に立つ頑丈な石壁の城。その一番高い塔のてっぺんには白地に赤いドラゴンが描かれた紋章が掲げられている。城の背後には荒々しい海が広がり、白波が岸壁にぶつかっては砕け散り、そしてまた引いていく。

丘のふもとにある村は活気にあふれ、石橋のかかった曲がりくねった川は悠然と流れている。

前回キャピタルを離れたときは、村のいたるところに戦いの爪痕がまだ残っていた。けれど今は、草木が青々と茂り、よく耕された肥沃な茶色い大地が眼下に広がっている。

あちこちの煙突から、コテージからも、農場からも、店からも、パブからも、ゆらゆらと煙があがっている。

城の北側に広がる深い森は、戦いが始まった場所だ。

彼らは森のなかの緑に覆われた空き地に舞いおりた。あの日の光景がブリーンのまぶたの裏によみがえる。ここでイズールトに出くわした。まさにこの場所で、イズールトを痛めつけ、血まみれにしてやった。本当は彼女の息の根をとめるつもりでいたのに、あまりに怒りが激しすぎて、とめ損ねてしまったのだ。

だけど、今ならわかる。あのときはイズールトに死よりもつらい苦痛を与えたかったのだと。だから、怒りが爆発した瞬間、オドランの魔女に断末魔の叫びをあげさせるほどの強力な魔力が自分のなかから放たれたのだと。

彼らは森を抜けて城へ向かった。ほどなくして、噴水が見えてきた。春と呼ぶにはまだ肌寒いが、健気にも花々は咲いている。

　ボロックスが川に行きたそうなそぶりを見せた――お気に入りの水遊び場なのだ――けれど、ブリーンたちと一緒に城の正面玄関まで歩いてきた。巨大な扉を開けると、そこにミンガが立っていた。彼女は白いチュニックに茶色のレギンスを合わせ、チュニックの上から赤金色のベルトを巻いていた。

「おかえりなさい、ティーシャック、ブリーン、そしてマオン」ミンガはブリーンの両手を取り、彼女の両頬にキスをした。「外は寒かったでしょう。暖炉に火を入れるわね。あなたもおかえりなさい」ミンガがかがんでボロックスの頭を撫でる。「タリンは今、ちょっとしたもめごとの仲裁をしているの。でも、すぐに終わるわ。あなたたちの部屋はいつでも使える状態になっているわよ」

　ミンガが話しているあいだに、若いエルフの女性がブリーンのバッグをつかみ、中央階段を目にもとまらぬ速さで駆けのぼっていった。

「ぼくはこれから人に会わなければならない。マオンもそれに同席する」キーガンはブリーンに向き直った。「今夜はぼくの母と一緒に夕食をとろう。ありがたいことに、ゆっくり食事が楽しめそうだ」

「わかったわ。わたしも何かすることはある？」

「いや、今はない。でも、ぼくの目の届くところにいてほしい。必要なときはきみを呼ぶよ。では、マオン、行こう」

歩み去るふたりの背中を見つめ、ミンガが微笑む。「本当にせっかちね。じゃあ、わたしたちも行きましょうか。あなたはお茶を飲んで、少し体を休めるといいわ。もちろん、ビスケットも用意してあるわよ」

〝ビスケット〟という言葉に即座に反応して、ボロックスが尻尾をぶんぶん振る。

「それで、アシュリンと三人の坊やたちは元気にしている？　タリンはみんなに会う日を心待ちにしているわ」

「元気ですよ。今、モレナが子供たちに鷹(たか)の調教の仕方を教えています。さすがにケリーはまだ無理ですけど。不思議なことに、あの子は毎日どんどんかわいくなっていくんです」

ブリーンはミンガと並んで玄関広間の中央にある大階段をのぼり始めた。戦時下、この玄関広間は重要な防衛拠点となる。

「あなたのご家族はお元気ですか？」

「ええ、おかげさまで、みんな元気よ」ミンガの明るい声が返ってきた。「幸せなことよね。春が近づいて、日ざしも日に日にあたたかくなってきたし、このところは穏やかな毎日を過ごしているわ。ところで、マルコはどうしているの？　彼も一緒に来ればよかったのに。実を言うと、彼の作る料理を楽しみにしていたの。食べられなくて残念だわ」

「マルコは結婚するんです」

「そうだったわ！　お相手はブライアン・ケリーよね。ブライアンはとてもすてきな人よ。今度マルコがキャピタルに来たときは、みんなでお祝いしましょう」

ふたりはなごやかに話しながら、ブリーンとマルコが初めて城を訪れたときに滞在した翼棟から離れたところにある階段をさらにのぼっていき、やがてティーシャックが使う部屋にたどり着いた。

「ブリジッドがまたあなたのお世話をしたいと申してでてくれたの。あなたもそのほうがいいだろうと思って、彼女にお願いしておいたわ」

「ええ、ありがとうございます。早くブリジッドに会いたいわ」

ミンガが部屋のドアを開けた。「あら、暖炉にはもう火が入っているし、食べ物も飲み物もそろっているわ。ブリジッドが張りきって準備したのね。それにどうやら、すでに来客がいるみたいよ」

「待ちきれなくて」キアラが満面に笑みを浮かべてブリーンに駆け寄り、抱きついた。

「ドラゴンが見えたから、急いでここに来たの。お願い、怒らないでね」

キアラの深い金色の肌も、つややかな黒髪も、母親のミンガ譲りだ。ただし母親は気品に満ちたオーラをまとっている一方で、娘のほうは自然とまわりを笑顔にさせる無邪気な明るさが全身からあふれている。

「怒ったりなんかしないわ。あなたに会えてこんなにうれしいのに」

「では、あなたたちをふたりきりにしてあげましょう。キアラ、ブリーンが話す隙もないくらい、ひとりでしゃべり続けちゃだめよ」

「だけど話したいことがたくさんあるのよ！」ふたたび満面に笑みを浮かべ、キアラは膝をついてボロックスを抱きしめた。「あなた、大きくなったんじゃない？　でも、かわいらしい顔は前と同じね。さっきまで小さい子供たちのお世話をしていたから、こんなラフな格好でごめんなさい。着替える時間がなかったの」

ブリーンの目にはキアラは充分おしゃれに見えた。プラム色のパンツとブーツに、ラベンダー色のゆったりしたシャツを合わせている。けれどキアラの基準からしたら、これはラフな格好の部類に入るのだろう。

「キアラ、すてきよ。その髪型もとても似合っているわ」

「そう?」キアラは髪に手をやった。頭頂部で結んだ髪を何本もの細い三つ編みにして、それをすべてひとつにまとめ、くるりと丸めてピンでとめている。「ちょっと新しいヘアスタイルを試してみたかったの」

「ゴージャスだわ。さあ、座ってお茶を飲みましょう。早く話が聞きたいわ」

城にも、村にも、キアラ以上にゴシップに通じている人はいない。

数分後、早くもキアラのおしゃべりが炸裂(さくれつ)した。ブリーンはおなかを抱えて笑い、おかげで空の旅で冷えきった体があたたまった。ビスケットを食べてすっかり満足したボロックスは、暖炉のそばで丸くなり、昼寝をむさぼっている。

「次はあなたの番よ。マルコとブライアンのことを教えてちょうだい。プロポーズはどちらからしたのかとか、プロポーズの言葉とか、プロポーズの場所とか、ふたりの恋の話をすべて聞きたいわ。あなたは知っているんでしょう?」

「ええ。プロポーズはブライアンのほうからよ。でも、マルコも彼にプロポーズするつもりだったみたい。ブライアンはマルコを実家に連れていって家族に会わせたの」

「きっとマルコはブライアンの家族から大歓迎されたでしょうね。わたしは彼らを知らないけど、ブライアンのことならよく知っている。彼はまぬけではないから、彼の家族もまぬけなはずがないわ」

「ええ、そのとおりよ。彼らはまぬけではないから、諸手(もろて)を挙げてマルコを受け入れてくれたわ。マルコもブライアンの家族を大好きになったそうよ。この初顔合わせのあと、ブライアンがプロポーズしたの」

「まあ！　ブライアンは家族みんなの前でマルコにプロポーズしたのね！」キアラが声を弾ませる。「ああ、すてき。いいえ、〝すてき〟なんて言葉じゃ足りないわ。それより、ロマンチックという表現のほうがぴったりね」

「プロポーズをしたのは家族の前ではないわ。真夜中のピクニックに出かけて、ふたりきりになったときよ」

「ああ、すごくロマンチックだわ」キアラは胸に両手を当てて、椅子の背もたれに寄りかかった。「ここがとろけちゃいそう。わたしがとても喜んでいたと、ふたりに伝えて。マルコが結婚式に招待してくれなかったら、わたしはきっと川ができるほど泣いてしまうわ」

「結婚式の招待客リストにあなたの名前を入れておくようマルコに伝えるわ。でも、まずは約束して。当日、わたしの髪をきれいにセットすると」

「なんて簡単な約束なの。またあなたの髪をセットしたくて、わたしの両手はずっとうずうずしていたのよ。あら、そろそろ行かなくちゃ。長居はしないと約束したのに、もうずいぶん長い時間お邪魔してしまったわ。でもその前に、あなたに渡したいものがあるの」

　キアラは椅子から立ちあがり、寝室に入っていくと、大きな箱を持って戻ってきた。

「わたしからあなたへの贈り物よ。気に入ってもらえるとうれしいわ」

「贈り物？」

「開けてみて。あなたにこれを渡すタイミングを今か今かと待っていたら、どきどきしすぎて危うく死にそうになったわ」

ブリーンはきらきら輝くフェアリーのパウダーがついたリボンをほどき、金色の包装紙を外した。箱のなかには白い薄紙に包まれたものが入っていた。中身はミンガが腰に巻いていたベルトと同じ赤金色のレザーだった。

「まあ！　どうしよう！」

「早く箱から出して！　ねえ、着てみて！　ああ、もう待てない」

驚きのあまり呆然とプレゼントを見つめていたブリーンに代わり、キアラが箱から赤金色のレザーを取りだした。膝丈のコートだ。キアラはブリーンの両手をつかみ、彼女を椅子から立たせた。「きっとぴったりなはずよ。サイズが合っていなかったら、ダリンのお尻を思いきり蹴飛ばしてやるわ。彼の大事なものが縮みあがるくらいね。まあ、ぴったりだわ。思ったとおりよ！　まさに完璧！　さあ、鏡に映して見てみて。あなたの髪色に合うかしら？　完璧ね。ああ、よかった。これは重要なポイントよ。あなたもこの色が好きだといいのだけれど」

あっけに取られたままブリーンは姿見に近づいていき、その前に立って、鏡に映る自分の姿をじっと見つめた。コートの丈はちょうど膝が見えるくらいで、バターのようにやわらかい革で作られていて、深いポケットがついている。裏地はアンティークゴールド色のシルクだ。

「キアラ――」

「これを着てドラゴンに乗ったらすてきよ。ぐるっとまわって、後ろを向いて。わかる？　ウエストが絞ってあるでしょう？　この女性らしいラインは、あなたのスタイルのよさをいっそう際立たせてくれるわ」

「感無量で言葉もないわ。キアラ、本当に――」

「あなたはわたしの命の恩人よ。でも、それだけじゃない」キアラの弾んでいた声が、ふいに落ち着いた声音に変わる。気品に満ちた母親の声とそっくりだ。「あなたのおかげで、わたしは変わることができたの。あなたは真の友情とはどういうものかをわたしに教えてくれたわ。頼み事ばかりしたり、嘘をついたり、自分の都合のいいように相手を利用したりする人は親友とは呼ばないと教えてくれた。そういう人たちって他人の感情や心を巧みに操るのよね。あなたが、そしてボロックスがいなかったら、あの日わたしは死んでいたかもしれない。家族を悲しませたかもしれないわ。でも、それより何より、わたしはずっと親友だと信じていた人に裏切られたことも知らずに、愚かなお人好しのまま死んでいたかもしれない。

ブリーン、どうかお願いだからこのコートを受け取ってちょうだい。これを着ているあなたを見たら、わたしは誇らしい気持ちになれるわ。わたしも仕立てを手伝ったのよ。ただ正直に言うと、裁縫はあまり得意ではないの。それで、ダリンに絶対こういうデザインにしてほしいと言い張って、さんざん彼を困らせたわ」

「こんなすてきなコートは一枚も持っていないわ」

「本当に？」

「本当よ。どうもありがとう」ブリーンはキアラを抱きしめた。「すばらしい贈り物をありがとう。わたしが場違いな気分を味わっていたとき、キャピタルで初めて友達になってくれたのがあなただったのよ。あの日と同じくらい今日も最高にすばらしい日になったわ」

キアラが立ち去り部屋でひとりになると、ブリーンは衣装だんすに向かった。コートをかけておこうと扉を開けたそこには、あの若いエルフの女性がすでに今回の旅に持ってきた服をかけておいてくれていた。

ブリーンはコートを脱ぎかけたところで手をとめた。「ボロックス、散歩に行きましょう。わたしはこのすてきなコートを着て散歩したいの。あなたは水遊びをしてもいいわよ」ボロックスがうれしそうに飛びあがる。それを見て、彼女は言い添えた。「ただし、ちょっとだけね」

ひとりと一匹は、まだ戦闘訓練が続く訓練場を眺めながら、のんびりと歩きだした。

ブリーンは森に目をやった。あのなかに足を踏み入れ、ポータルの様子を調べに行きたいけれど、キーガンからは目の届くところにいるよう言われている。

彼の言葉を思いだし、ブリーンは森に行くのをあきらめて石橋のほうへ歩を進めた。さっそくボロックスが嬉々として川に飛びこむ。

愛犬が土手を這(は)いのぼってくるのと同時に、橋の上にいるブリーンを見つけたキーガンがやってきた。

「思っていたより時間がかかった。まあ、いつものことだが。さあ、一緒に――」キーガンが言葉を切り、眉をひそめてブリーンを見つめた。ややあって、コートに指を滑らせる。「どこで手に入れた？　村に行ったのか？　女性というものは、どうして隙あらば買い物に行きたがるのか、まったく理解できないな」

「ブリーン、そのコートを着たきみはとても美しいな。そういうふうに思う男性もいるかもしれないわよ。そもそも、あなたの文句はピントがずれているわ」ブリーンはさらに続けた。「わたしは隙あらば買い物に行ったりしない。それどころか、村にも行っていない。このコートはキアラがサプライズでプレゼントしてくれたのよ。寛大で思いやりのあるプレゼントだわ」

「ああ、そうだったのか。キアラはプレゼント選びがうまいな。そのコート、きみに似合うよ」

「わたしに似合う」ブリーンはぽつりとつぶやき、空を見あげた。

「ぼくはこう言おうとしていたんだ。そのコートを着たきみはとても美しいと。ちょっと表現が違うだけで、意味は同じさ。だが、今のきみは旅の疲れも吹き飛んで、晴れ晴れとして見えるよ」

「もういいわ。あなたは言葉選びがうまいわね」突然、キーガンに腕を引っ張られ、ブリーンは彼を見あげた。「どこへ行くの？」

「きみは評議員ではないし、キャピタルに住んでいるわけでもない。これは公式のやり方ではないが、そろそろ評議員全員と会っておいてほしいんだ」

「今から？」たちまちブリーンの全身を緊張が駆け抜けた。「でも、すでに全員に会ったことがあるんじゃないかしら？」

「いや、人魚（マー）の代表者のネオと、ユーウィンの後任として評議員になったエルフのニラにはまだ会っていない。それから、ウェアの代表者のショーンとトロールの代表者のボックにも会ったことがないはずだ。彼らには会議室に集まるよう伝えてある。そこできみを紹介するつもりだ。母が顔合わせにふさわしい場を設けるべきだと言い張ったものだから、飲み物と軽食も用意した。それを食べたり飲んだりしながら、談笑することになるだろう。まあ、そうすればぼくも面倒な評議会を明日の朝までのばせるしね」

「つまり、あなたが評議会をさぼるために、わたしを利用するのね？」

「さぼるわけではない。少し先延ばしにするだけだ。それに実際、きみが彼ら全員に会うときが来たんだよ」

「わかったわ。でも、まずは部屋に戻って着替えさせて」

「なぜだ？　その格好でいいじゃないか。すばらしくすてきなコートを着ているんだから」

「そうだけど――」

「きみはお茶を飲んで、会話を楽しめばいいのさ。今、タラムは多少なりとも落ち着いていて、きみは戦場で剣を振りまわして戦ってはいないし、審判を受けさせる反逆者も見つけていない。こういうときに、フェイの娘と過ごす時間を彼らに与えてやるんだ」

ブリーンは初めて会議室に足を踏み入れた。室内には炎の燃え盛る暖炉があり、長いテーブルを囲むように背もたれの高い椅子が置かれている。

評議員たちはティーシャックの命を受け、すでに席についていた。

全種族の代表者が一堂に会しているのだ。彼らのほかにはミンガと、ティーシャックの右腕であり彼の母親であるタリンも座っていた。

「フェイの娘で、オケリーの娘、ブリーン・シボーン・オケリーを紹介しよう」

タリンが椅子から立ちあがり、ブリーンに近づいてきて、その手を取り、頰にキスをした。彼女は細身のパンツにブーツを合わせ、シャツの上にベストという出で立ちだった。

「おかえりなさい。城に到着したとき、出迎えられなくてごめんなさいね」タリンがブリーンを抱き寄せ、彼女の頰にもう一度キスをした。「キアラのプレゼントを着ているのね。ミンガがとても喜んでいるわ」

タリンがふいに体を離し、ブリーンを前に押しだした。「フリンのことは知っているわよね。シー族の代表フリン」

「赤毛の子ウサギちゃん、おかえり」フリンに抱きあげられ、頂点に達していたブリーンの緊張はみるみるうちにほどけていった。フリンが彼女を床におろすと、ふたりは改まって握手をした。それでも、彼の目はうれしそうに輝いている。「シー族はフェイの娘を歓迎する」

「フェイの娘はシー族に感謝します……そして、シー族に忠誠を誓います」

タリンがうなずいているのが視界の隅に見え、ブリーンはこの返答でよかったのだと胸を撫でおろした。

「マー族の代表のネオよ」

ネオが一歩前に足を踏みだした。陸にあがるとき、マーはひれが脚に変わるのだ。

「マー族はフェイの娘を歓迎する」

ほかの評議員たちとも同じやり取りを交わし終えたところで、ミンガがブリーンの手を取り握りしめた。

「タラムはわたしを歓迎してくれた。フェイの娘のことも歓迎するわ」

「ふたたびわたしを迎え入れてくれたタラムに感謝します。そして、わたしはタラムに忠誠を誓います」

形式的な会話とはいえ、ブリーンはなんとか全員と話すことができた。タリンがそれとなく窮地を助けてくれたおかげだ。

「では、明日の朝にまた会おう」キーガンが締めの挨拶を始める。「今日ここに集まってくれたことに心から感謝する」

まわりに誰もいなくなったときを見計らい、ブリーンはキーガンに話しかけた。

「あなたがしゃべっているところを見かけなかったわ」

「彼らはぼくの話をこれまでに飽きるほど聞いている。今回は、きみの話を聞きたかったんだよ。その希望が叶ったというわけだ。さあ、行こう。ようやくこれでゆっくり食事が楽しめる。早くエールを飲みたいよ」

「わたしは着替えたいわ」

「またか。着替えたい、着替えたいと、きみはさっきからそればかり言っているな。

どうせまた脱ぐのに、なぜ今わざわざ着替える必要がある?」

「あなたのお母さんと一緒に食事をするなら——」

「家族の食事会だ。その格好で問題ない」

「食事をするのにコートは必要ないでしょう」

キーガンがいらだたしげな視線をブリーンに投げつけてきた。「それなら、コートを脱いでこいよ」

「あなたって変えないわね」そうつぶやきながら、湾曲した石段をのぼり始めたブリーンを、キーガンが引きとめた。

「ぼくは毎日変えているぞ」彼はふと口をつぐみ、うつむいた。「ああ、きみの言っている意味がわかった。なぜ変えなきゃいけないんだ? ぼくが……いや、いい。言わなくてもいいことまで言ってしまいそうだから、この話はもうやめよう」

「あなたって、いつもそうやって説明する手間を惜しむわよね。だから、わたしはいきなり知らない人と会って話をする羽目になる。今日だってそう。突然、評議員のメンバーに会えと言われ、彼らと話をしなければならなくなった。これからはぜひ、事前に相手の情報とか注意すべき話題とかを教えてほしいわ」

「いや、きみはそんなことを教えなくてもちゃんとやれるさ。それに、あれこれ考えたり心配したりする暇がないほうが案外うまくいくものだ」

キーガンの言うことにも一理ある。そう思ったから、ブリーンは何も言い返さなかった。

「思いだしてみたらいい。これまでもそうだっただろう？　きみは突然知らない人に会わなければならなくなっても、実にうまくやっていた。まして今夜は家族の食事会だ。きみは何も気にすることなく、好きなだけ話したっていいし、少ししか話さなくたっていい」

ふたりは並んで歩き続け、アーチ型の入口を通り抜けた。「それに、ぼくの母も一度こうと決めたら簡単に考えを変えないタイプだ。トロールの鉱山で採れた宝石が詰まった袋を賭けてもいい」

18

ここは居心地がいいとはとても言えない。ブリーンは大広間の入口で立ちすくんだ。しかし、十五人はゆうに座れそうな長テーブルの片隅に皿が四枚置かれている一方、この広大な空間にもいくらかは気持ちが安らぐものもある。たとえば、赤々と火が燃えている大きな暖炉や煌々と輝く何十本ものキャンドル。その明かりを受け、テーブルも、椅子も、見事な彫刻が施されたサイドボードも、床も、つややかな光を放っている。

そして室内はあたたかく、みずみずしいオレンジと甘いバニラのにおいがした。キーガンは大広間に入ると、まっすぐにサイドボードへ向かった。彼はグラスにワインを注ぎ、続いて大きなジョッキにエールを注いだ。

「ようやく飲める」キーガンはそう言って、ワインの入ったグラスをブリーンに手渡した。

ブリーンはグラスを受け取り、大広間のなかを見てまわった。ステンドグラスのはまったアーチ型の窓がふたつあり、そのガラスのどちらにもドラゴンが描かれている。さらに、大地、海、村、農場が緻密に織りこまれた見事な四枚のタペストリーが壁に飾られていた。

「タラムの全種族を象徴しているんだ」キーガンが近づいてきて、ブリーンの横に立った。「この部屋が作られたときから、四枚ともここにかけられている」

「そうなの？　まるで昨日飾られたばかりみたいに見えるわ。色彩がとても鮮やかね。わたしが子供のとき、審判に出席するためにキャピタルへ来たときも、わたしはここで食事をしたのかしら？」

「いや、ここには来ていないと思う。きみの母親が拒否して、ふたりでずっと部屋に閉じこもっていたから。そのころ、ぼくたち家族も城の一室に滞在していた。きみの父親は悲しみに暮れているぼくたちにとてもよくしてくれたよ。その部屋はあたたかくて、親子だけで過ごせるようにプライバシーも保たれていて、静かだった。もしかしたら、きみはそれ以前にキャピタルへ来たとき、ここで食事をしたのかもしれないね。だが、ぼくにははっきりしたことは言えない」

「そうかもしれないけど、正直言って、ここにいても懐かしい感じがしないの。でも、ティーシャックだったころの祖母や、のちに聖剣を手にしてティーシャックになった父がここにいる姿は目に浮かぶわ。あなたのお父さんの姿も。当然よね。たとえ血のつながりはなくても、あのふたりは兄弟だったんですもの」

「ああ、そうだな」

タリンがマオンと腕を組んで大広間に入ってきた。その凛とした姿を見た瞬間、キーガンはあの賭けに勝つだろうとブリーンは直感した。

「ようやくゆっくりできるわ。ブリーン、立派だったわよ。あの気難しいネオがえらくあなたに好意的だったわ。あのコートを着てきたのは正解だったわね。あの場にいた全員に、あなたは自分の任務や力量をしっかりとわきまえた女性だという印象を与えたもの」

キーガンはにやにや笑いを隠そうともしないで、エールを口に運んだ。「母さんは何を飲む？」

「わたしはブリーンと同じワインにするわ。マオンは大きなジョッキ入りのエールが飲みたいんじゃないかしら」

「さすが、ぼくのことをよく知っていますね」

「当然よ。さあ、座りましょう。このまま立ち話をしていたら、いつまで経っても料理が運ばれてこないわ。わたしはおなかがすいているの。今日は女性ふたりのくだらないけんかにつきあわされて参ったわ。彼女たちがまだ毛を刈られていない羊のことでもめているあいだ、わたしはお茶が飲みたくてたまらなかった。でも最終的には、刈り取った毛をふたりで半分ずつ分けあうようにというわたしの提案を、彼女たちも受け入れてくれたわ」タリンは椅子に腰をおろし、息子に微笑みかけた。「やれやれよ」

「やっぱり母さんはどの猫よりも辛抱強くて、タラムに生息するすべての梟(ふくろう)を合わせても太刀打ちできないほどの知恵の宝庫だな」

「これがこの子のいつもの手なのよ。これ以上つまらない愚痴を聞きたくないときは、こうやってわたしを褒めるの」

「今のはちゃんと最後まで母さんの話を聞いただろう」キーガンは母親の前にワインのグラスを置いた。

「ブリーン、わたしの隣に座って、谷の近況を教えてちょうだい。マオンときたら、ちっとも役に立たないのよ。マルコとブライアンのことや彼らの結婚式のことを知りたいのに、何ひとつまともに答えられないんだから」

なごやかな雰囲気のなか、食事は進んでいった。四人はローストチキンのポテト添えやシー族の農場から採れた新鮮な野菜を食べながら、家族の話や明るい話題に花を咲かせた。

今日も終わりを迎えようとしている。くつろいだ気分で、ブリーンはワインを口に運んだ。

やがて、食べ終わった皿が片づけられ、クリームがたっぷりのったケーキが運ばれてきた。このときを待っていたとばかりに、キーガンが椅子に深く座り直し、話し始めた。

「ちょっといいかな。今、こういう話題を持ちだすのは気が引けるんだが、明日の評議会が始まる前に、この四人だけで話しあっておきたいことがある」

「そのためにわたしたちはここに集まったのよ」タリンが口を開く。「わたしたちはただ家族というだけでなく、フェイやタラム、そして全世界を守る責任も担っている。時には厳しい話をしなければならないのは承知の上よ」

「では、さっそく本題に入ろう。歓迎の木と蛇の木をのぞいて、すべてのポータルに無理やり開いた痕跡が見つかったんだ。オドランとイズールトが通り抜けるための亀裂を作ったと考えて間違いないだろう。きっと今ごろ向こうでは、それがどんな黒魔術であれ、邪悪な力を使った次の攻撃を計画しているに違いない。だから、もしもの場合に備え、二本の木のポータルもブリーンに見てもらおうと思っている」

「歓迎の木も?」

声をあげたブリーンに向かってキーガンが肩をすくめた。「ぼくにはあの木に亀裂があるかどうか、まったくわからない。実際、歓迎の木はタラムができるよりも前から魔法で守られている。そんな太古の魔法を破ることは可能なのか？ オドランの力ではまず無理だろう。おそらく、きみでも。つまりは誰にも解けないはずだが、念には念を入れたほうがいい」

「そもそもオドランは、歓迎の木に近づくことさえできない」マオンの声が割りこむ。「それに、仮にあいつがあの木のポータルを使ってタラムに来るにしても、アイルランドへ行くにしても、強力な力が必要だ。すべてのポータルを突破できるくらい巨大な魔力が。これについては疑いの余地はない。だが蛇の木のほうは、みんなも知ってのとおり、オドランは一度突破に成功している」

「でも、今はこのポータルは厳重に封印されているわ」タリンは眉をひそめて椅子から立ちあがり、お茶をいれに行った。「闇の世界のポータルは大丈夫なの？」

「そこもブリーンに見てもらうつもりだ。なぜなら、ぼくがオドランなら、闇の世界のポータルを開いてみたいと思うからさ。そこでただ生きているだけだ。神聖な法を破り、そんな日々から犯罪者たちを解放してやり、彼らを自分の手下にしてやろうとオドランが考えても不思議ではないだろう？　きっと彼らも喜んでオドランの仲間に加わるに違いない」

キーガンがさらに言葉を継ぐ。「今夜ここで話した内容はすべて、明日の評議会でも話すつもりだ。あともうひとつ。ぼくがオドランなら、こうも考える。大量の血と力を費やしても、一方の天秤皿のほうばかり重くなり――」そう言ってキーガンは片方の腕をさげた。「そのわりに少人数のスパイしか送れず、情報も少ししか得られないとしたら？」

彼はもう一方の腕を高くあげた。「ほとんど見返りが得られないことに、大量の血と力を使うのはばかげている。だがその目的が、亀裂を広げてすべてのポータルをいっせいに突破することだったら？」

キーガンは左右の腕の高さを逆にした。

「わずかな代償で、全方位からタラム全土に軍勢を送ることができる。ぼくは、あの亀裂は――あの南部と蛇の木の亀裂は――この戦術が有効かどうか試すための予行練習だったのではないかと考えているんだ」

「そんなことが可能なの？」タリンは息子の腕に手を置いた。「敵の大群が一丸となって、すべてのポータルからタラムに攻めこんでくるなんて本当にあり得るの？」

「わからない。ただ、これだけははっきり言える。オドランは自分が全世界の頂点に立つためなら、大量の血を注ぎこむのもいとわないだろう。大きな見返りを期待する者や、殺戮（さつりく）に飢えている者、あるいは己の征服欲を満たしたい者たちが、はたして何人くらいオドランにしたがうのか？　トリックとその仲間たちのようなオドランの真の信奉者がいったい何人くらいいるのか？　それは現段階では未知数だ。だから、あの悪党なら必ずこういうことをやってくると想定して、ぼくたちは準備をしたほうがいい。フェイたちを無防備なまま戦闘に巻きこませないために」

「断言してもいい。ぼくたちは最後の息がとまるまで戦い続けるよ。だが、準備と言っても、具体的には何をするんだ？」マオンが言った。

「戦略的に行動するのさ」キーガンはブリーンに目をやった。「南部で戦ったときと同じように、ここで絶体絶命の状況のなかで戦ったときと同じようにね。まずは、これからすぐにでも訓練場を何箇所か別の場所に移そうと思う。それと、すべてのポータルの近くに熟練兵士と新米兵士を組ませて配置する。こうすることで新米兵士は一人前に育っていくことができるだろう」

「キーガン、その新米兵士というのは、まさか子供たちではないでしょうね」

「母さん」母親の顔に浮かぶ不安げな表情に、キーガンの胸は痛んだ。「オドランは相手が子供でも容赦なく切り殺すよ。もっと残虐な方法で殺す可能性だってある。だが、子供や高齢者は剣や弓で戦えなくても、彼らにはそれぞれ天から授かった能力がある。フィニアンのなかにもすばらしい能力が宿っているだろう？　あの子はその使い方を学ぶのが一番だ。母さんにつらい思いをさせてすまないが――」

「いいえ、いいの。あなたは何も間違ったことは言っていない。わたしは神にかけて誓うわ。子供たちが戦闘に参加せずにすむ日が必ず来ると。でも、まったく戦うすべのない者たちはどうしたらいいの？」

「避難場所を用意するよ。その建物のまわりに防御壁を張りめぐらせて、できるだけ彼らの身の安全を確保する。実はキャピタルに来たときは、時間があれば地図の間にこもって、避難場所をどこにどうやって作ろうかとずっと考えていたんだ」

「ちょっといいかしら——話の腰を折って申し訳ないんだけど」そう断りを入れて、ブリーンは先を続けた。「わたしには戦術の立て方はまったくわからないわ。でも、ここまで話を聞いていて、あなたは南部のときと同様に、また向こうが奇襲攻撃を仕掛けてくると見込んでいるような気がしたの」

「先手必勝という言葉があるだろう。もっとも、オドランも自分のほうが先んじていると思いこんでいるだろうな」

「だけど、オドランのスパイや偵察隊はあちこちにいるのよ。あなたが部隊や訓練場所を移動させていることに彼らが気づいたら、オドランにこちら側の動きが伝わってしまうんじゃない？」

「戦略とか戦術とか、そういう専門的なことはわからないと言うわりに、いい質問をするな。心配しなくてもオドランの手下は何も気づかないさ。やつらが目にするのは、戦士たちがいつもどおり訓練に励んでいる光景だけだ。ただし、これまでとは方法を変えて、一緒に訓練していたメンバーをふたつのグループに分けようと考えている。家の近くで訓練をする者もいれば、家から離れた場所で訓練をする者もいるという具合にね。後者については、戦闘技術がまだ未熟な兵士たちを集めるつもりだ。彼らは部隊が配置されていない地区へ移り、そこで使われていない農地などを借りて訓練をする。だが、場所を提供してもらう代わりに、訓練をしていないときは春の植えつけ作業や家畜の世話を手伝う」

「いわば、ギブ・アンド・テイクね」

「ああ、そうだ」

キーガンは椅子から立ちあがり、両手を突きだした。壁に地図が瞬時に浮かびあがった。彼の寝室の天井に描かれているタラムの風景画とよく似ている。「タラムの全景だ。そして、ここがポータルのある場所。ここにある農場には休閑中の耕地がある。そこを訓練場として使わせてもらう。この村の建物の藁葺き屋根の葺き替えや壁の修理作業などには人手が必要になるだろう。ぼくたちはここで訓練をする。訓練をしていないときは、人手の足りない作業を手伝う。ここと、ここと、ここの森では野営や狩りができるかもしれないな」

マオンが立ちあがり、キーガンに近づいていった。「新米部隊を南部に配置しよう」壁に映しだされた地図を見つめてうなずく。「これが彼らの最初の大きな任務になる。極北部も南部と同じ形態を取ろう。極北部は気候の厳しい土地だが、精神力もいくらか鍛えられるだろう？」

「彼らは自分の生まれ育った土地からほとんど離れたことがないでしょう。これはまたとない機会だわ」タリンが続ける。「最北端の地からタラムを見渡せるんですもの。それに、北と南に遠く離れているから、配置場所を交換したときに、戦士の人数が増えていたとしてもそれほど目立たないわ」

「あのう……」

「言いたいことがあるなら遠慮なく言えばいい」キーガンはためらうブリーンにいらだたしげな視線を投げた。

「くだらないかもしれないけど、お祭りとかコンテストを企画——というか開催するのはどうかしら？　たとえば、弓術や馬術や足の速さなどを競いあうの」

ブリーンはルネサンス・フェア（全米各地で開催されるルネサンス時代の雰囲気を味わえる夏の恒例イベント）の会場を思い起こした。「芸術品や工芸品を陳列したり、そういった作品をみんなの目の前で作ってみせたり、子供も大人も音楽や食べ物やゲームを楽しんだりする。すべての場所にこういうことをする会場をひとつ設けるの。訓練をがんばったご褒美みたいなものね。わたしが教師をしていたころ、生徒たちは何かを得たいときやいいところを見せたいときは普段よりも一生懸命取り組んでいたわ。タラムではお祭りもお祝いもしょっちゅう行われるから、敵へのいい目くらましになるんじゃないかしら。あなたたちは——わたしたちはいつものようにそれを楽しんでいるふうにしか見えないわ」

「戦術の立て方はまったくわからないんじゃなかったのか？　見事な戦術をよく考えついたものだ。音楽や食べ物やゲーム」キーガンが思いをめぐらしつつ、それを言葉にしていく。「コンテストに手品に曲芸。ぼくたちはみんな、殺される前の何も知らない子羊ってわけか。キャピタル、中部、極北部、谷、南部、極西部、トロールの居住地、マーの居住地など、各地域でこういった催しを楽しむ」

「そして、オドランがそれを見る」マオンがキーガンのあとを継ぐ。「あいつが必ず見るように、ぼくたちが仕向ける。命がまもなく終わろうとしているのに、浮かれて踊っているフェイたちの姿を」

「わたしたちは南部でもここでもオドランを阻止したわ」今度はタリンが口を開き、地図を見てうなずいた。「わたしたちには、自分の身に降りかかるあらゆる危険をものともしないフェイの娘がついている。そして、タラムに春がやってきた。花が咲き、農作物を植える季節が。もちろん、決して訓練を怠ることはない。それでも、平和を維持している」

「やがて春が終わり、たくさんの果物や野菜が収穫できる夏になる」キーガンがタリンの言葉を引き継ぐ。「ぼくたちは収穫を祝い、日々の鍛錬をねぎらい、イリアン・パイプス（アイルランドのバグパイプ）の音色に合わせて踊る。フェイの娘がタラムに戻ってきたおかげで、こうして一年が平和に過ぎていく。フェイの娘の帰還を祝い、タラム全土で祭りを開催しよう」

「キーガン、それは——」

「実にすばらしい戦術だ」口をはさもうとしたブリーンをさえぎり、キーガンはさらに続けた。「ティーシャックとして、ぼくは祝宴を開きたい。これはぼくたちフェイの自信の表れでもある。タラムでは多くの者が命を落とし、多くの者がそれを嘆き悲しんだ。今こそ音楽や踊りが必要なんだ。たとえオドランが早々に攻撃を仕掛けてこようとも、ぼくたちは受けて立つ準備ができている。この可能性がもっとも高いとにらんでいるが、もしあいつが祭りの最中に攻撃してきても、喜びにあふれる雰囲気が損なわれることはない。なぜなら、そのときぼくたちはオドランとの戦いに終止符を打ち、あの男を永遠に葬り去るからだ。勝利はわれわれのもの。神々の摂理によって、宇宙の摂理によって、そう決定づけられているのだ」

ブリーンは夜明けとともにキーガンと出かけた。ボロックスは彼女の横を歩いている。彼らが向かった先は、ブリーンが戦い、血を流し、命を奪った森だ。あそこで、あまりにも多くの命が失われた。

暗い森のなかでも、あの木にたどり着く道はわかった。ボロックスは跳ねまわったりも、道からそれたりもせず、ブリーンの脇をおとなしくついてくる。この子も道を覚えているのだろう。ブリーンはそんな気がした。

彼女は蛇の木の前に立った。実際は木ではないし、オドランも木の幹にもたれて座っていない。けれど、今もじっと監視している。

「今はもうここは危険ではない」キーガンの言葉に、ブリーンは首を横に振った。

「いいえ。オドランは近くにいるわ。呼吸する音が聞こえそうなくらい近くに」

キーガンがブリーンの手をつかむ。「前みたいに引きこまれないよう気をつけろ。ぼくが手を握っている。きみは足をしっかり踏ん張るんだ」

「覚えている？　向こう側で、オドランが押し開けようとしている幻視を見たでしょう。あれは春か初夏の映像だったわ」

「ああ、覚えている」

「あれは前兆だったのかしら？　自分でもまだわからない。でも、キーガン、オドランはこのポータルを開こうとしている。今は閉じているけど、あの人にとって、ここと谷にある滝は鍵なの。ここは力を生みだす場所。そして、谷は自分の息子に子供ができた場所。わたしが生まれた場所。あなたが生まれた場所。オドランは最初にこれを作った」

「ぼくには亀裂の痕跡は見えない。東部に来るたびに見ているが、いつも何も見えないんだ」

「わたしは感じるわ、オドランを感じるみたいに。彼にはここが必要なの。滝と同じで、直接出入りできるから。このふたつさえあれば、オドランは何もわざわざほかのポータルを通る必要はない。大量の血を注ぎこむのもいとわないと、あなたは言ったけど、オドランはふたたびこのポータルを開けるためなら一滴残らず血を使い果たすわ」

「たしかに、あいつならそうするだろうな。ぼくたちは準備を怠らないようにしよう。万が一に備えて、闇の世界のポータルも調べてくれないか。ぼくでは見ることも感じることもまったくできないから」

「でも、あなたも感じられるんじゃなかった？」

キーガンはブリーンの手をつかんだまま歩きだした。「絶望、怒り、苦しみ、血への渇望。それと、憎しみ。ぼくが感じるのはこれだけだ」

それでも森はとても美しく、恵み豊かだ。松の木のつんとした刺激的な香りが空中に漂い、木々の枝先からは小さな芽が出ている。ひっそりと静まり返った早朝の森のなか、光と影が躍り、赤い尾の鷹が獲物めがけて一直線に飛んでいく。

ふたりは森の奥深くまでやってきた。そこには闇の世界のポータルを示す目印の石が置かれていた。思わずブリーンの背筋に悪寒が走る。ただでさえひんやりしていた空気が、今や凍てつくほど冷たい。ここは影が光を圧倒していた。

影のなかでキーガンが言ったすべての感情が渦巻いている。それをブリーンははっきりと感じた。

「さがれ。後ろにさがるんだ。ここにやつらの苦悩を取りこむな」キーガンはブリーンの胸に手を置いた。「やつらのなかにはきみの喉を切り裂いて、そこから逃げだそうとしている者もいるんだ」

「何人くらい？」

「少なくとも、ふたり以上はいる。ポータルから離れてくれ、わが女神（モ・バンジア）」

「彼らは殺しあいもするのよね。殺人を娯楽として楽しんでいる」

「ああ」

「彼らは二度と光を見られない」ブリーンは後ろへさがった。「オドランもそれを知っている。闇の世界のことはすべて知りつくしている。あの男にとって、彼らの怒りや恐怖はご馳走（ちそう）。オドランは心の弱い者たちを利用する。まず威嚇して、次は優しい言葉をささやく。わたしを崇（あが）めろ。わたしの前にひざまずけ。いつの日か、このわたしがおまえの復讐（ふくしゅう）を果たしてやろう」

「ブリーン」

彼女の目の色は濃さを増し、声は低くなっている。キーガンはさらにブリーンをポータルから離そうとしたが、彼女は彼の手を振りほどいた。

「オドランは絶対的な支配者として、あの漆黒城に君臨している。彼は手下や奴隷の苦しむ姿を楽しみ、自分の前でひざまずく彼らを見て満足げな笑みを浮かべ、脅しの言葉をささやく。そして、彼らがとぎれとぎれの浅い眠りについているときや、激しい怒りにさいなまれて眠れないときは、希望を持たせる言葉をささやく。敵は容赦なく殺せ。そいつらの血で岩を赤く染めろ。わたしの命令どおり目の前の敵を皆殺しにした者は、ほかの世界へ連れていってやろう。おまえたちはすべての世界をひとつ残らず破壊し、焼きつくすのだ。やがておまえたちはわたしが勝利したことを知り、血の風呂に浸かるだろう」

ブリーンは声を張りあげた。「わたしの名を言え！　わたしは神のなかの神、オドランだ」

ブリーンはがくりと地面に膝をついた。ボロックスは彼女に体を押しつけて震えている。彼女はポータルを指さし、苦しそうな声を出した。「亀裂がある。あそこよ」

「もう行こう」

「わたしなら大丈夫。キーガン、オドランは闇の支配者よ。そのポータルは二度と開かないで。彼はあなたがそこを開くのを待っている。大きく開くのを。審判であなたに判決を言い渡され闇の世界に送られる犯罪者たちは、オドランにしたら出来損ないなんかじゃない。だって、彼らは亀裂を広げる道具として使えるんですもの」

「わかった。きみの言うとおりにするよ」キーガンはブリーンの隣に膝をつき、彼女の頬を両手ではさんだ。「氷みたいに冷たいじゃないか。さあ、さっさとここから離れよう」

「でも……」ブリーンは振り返って目印の石を見た。「彼らはすぐそこにいるわ。完全に気が狂ってしまった人もいるし、怒りを抱えて生きている人もいる。だけど、自分の犯した罪を悔いている人はいない。ひとりもいないわ。キーガン、お願いだから約束して。そのポータルは開けないと。オドランが生きているあいだは決して開けないと。彼は絶対に闇の世界にいる者たちを利用するわ」

「約束する。さあ、ブリーン、頼むからもう行こう」

キーガンはブリーンの体を引っ張りあげて立たせると、半ば抱えるようにして開けた場所まで連れていった。

「オドランはわたしとは彼らの声のとらえ方が違う。なんていうか……彼らの叫び声や罵り声は、オドランの耳には音楽に聞こえるの。キーガン、もう少しゆっくり歩いて。わたしはもう大丈夫だから。あそこはすごく寒くて、よどんだ重い空気が充満していたわね。でも、今は大丈夫。ボロックス、大丈夫よ」

ブリーンは足をとめて、両手で愛犬を撫でてやった。冷えきったボロックスの体が徐々にあたたかくなり、呼吸も落ち着いてきた。ブリーンはキーガンを見あげた。

「闇の世界へ追放されるなんて、めったにないことなんでしょう。それなのに、あなたはこの数週間で多くの人にその判決をくだした。タラムの歴史を振り返っても、これは極めてまれなことよね」

「ああ、こういった事態の先例はない」

「あなたが追放を宣告するたびに、オドランは手を叩いて喜んだでしょうね。きっとマルコの言ったとおりなんだわ。オドランは頭がいかれているのよ。あの男は頭のいかれた悪魔で、そして彼にとってほかの邪悪な者たちはおいしいお菓子なの。この森にあるふたつのポータルは闇とつながっている。その両方ともが、わたしたちのものというよりオドランのものなのよ」

「すべて終わったら、この森全体を浄化しよう。蛇の木は破壊する」

「いいえ、その必要はないわ。あの木は……また花が咲くから。光が闇をのみこんだとき、あの木はまた可憐な花をつける。そして、やがて実がなるわ。甘い星という名前の果物よ」

キーガンが目を丸くしてブリーンを見おろした。「レアルタ・ミリシュ？　その言葉をどこで覚えたんだ？」

「さあ、わからないわ。でも、とても優しい響きだと思わない？　見た目もかわいらしいわよね。熟れると色が夏の空みたいに青くなって、形は梨みたいで、ヘタが星型なの。あなたは食べたことがある？」

「いや。タラムにはそういう果物がなる木はないはずだ。もしかしたら、神々の果実として神話に出てくるのかもしれないな」

「そう。じゃあたぶん、これから見られるようになるわ」

「そうかもね。今ぼくがはっきり言えるのは、この戦いが終わったら、すべての神に祈りを捧げ、二度と闇の世界のポータルを開かないと約束するということだ。ひとまず、審判は停止する」

キーガンはブリーンの手をさすってあたためた。「きみにばかり大変な負担をかけてすまない。だが、きみのおかげで貴重な情報を得られた。このことも評議員たちに伝えるが、会議はもっと遅い時間に変更しようと思う」

「だめよ。わたしは本当に大丈夫だから。オドランとの決戦に備えて、するべきことがたくさんあるでしょう。一分でも早く始めたほうがいいわ」

森から出てきたところで、ブリーンは立ちどまり、訓練場を見おろした。「キーガン、若い子たちががんばっているわね。子供もいるわ」

「ぼくたちが彼らを守る。だがもし隊列が崩れたときは、彼らにも自分の身は自分で守れるようになってほしい。ブリーン、あそこを見てくれ。ほら、見るんだ」

キーガンは彼女の体をくるりとまわして、丘のふもとに広がる村のほうへ向けさせせた。

「村人たちの暮らしが見えるだろう――人が多すぎて、ぼくにはここでの生活は息苦しいが、この村で暮らしている者たちは悪事を働くことはない。まあ、たしかにつまらないけんかをするときもある。だが、彼らは無害だ。作品を創作したり、建築物を建てたり、作物を育てたりして生活している。そして、あの若い夫婦はこれからどこかの店にでも行くのだろう。妻のおなかのなかでは、新しい命が育まれているようだ。彼女がおなかに手を添えているから、間違いない。

あの荷馬車は物々交換用だ。店も屋台も交換する品物を持ってくる客たちを待っている。彼らはさまざまな色のセーターやスカーフ、素朴だがぬくもりのある手編みの靴下や、水晶のボウルみたいな上等品を持ってきて、目当てのものと交換するのだろう。パブは旅人にあたたかい料理を提供している。そして、向こうの煙突から煙があがっているだろう？　あれは学校だ。教師たちは教室をあたたかくして子供たちを待っている。だが、きっと子供たちは早く休みにならないかと考えながら、とぼとぼ歩いて学校に行くんだろうな。それに、あそこの井戸のそばでは、水を汲みに来たついでに女性たちが噂話に花を咲かせている。みんな、それぞれがそれぞれの人生を生きているんだ」

ブリーンはキーガンが指さす方向を目で追い、彼女と同じ景色を見つめた。彼女にはわかっていた。キーガンは口ではここの生活は息苦しいと言っているけれど、本当は村人たちを愛していることを。彼らに敬意を払っていることを。

キーガンはブリーンの顔をつかんで上に向けさせた。「ドラゴンと乗り手が空を自由に飛んでいる。ブリーン、これがぼくやきみの生きざまだ。彼らの生きざまなんだよ。こんな豊かな生き方はオドランには到底無理だ。ぼくたちはこの生活を失う気はない」

「あなたなら守れると信じているわ」

「今さら言うまでもないが、きみは鍵であり、さまざまな世界への架け橋だ。だが、それと同時に、いや、ひょっとしたらそれ以上に、きみはフェイなんだ」

キーガンはブリーンをまっすぐ見据えた。彼の瞳はふたりのまわりに広がる草原よりも濃い緑色だった。

「フェイとしてのきみの人生がここにはある。たしかに、きみは誰よりも強い魔力を備え、大きな責務を担う特別な存在だ。それでも、川沿いの小道を散歩したり、井戸端会議を楽しんだり、ボーイに乗って出かけたりもするだろう。何気ない日常だが、そのなかにこそ幸せがある。これから何が起ころうとも、この生活は変わらない」

キーガンを愛している。こんなふうに熱く語るところも、彼を好きな理由のひとつだ。ブリーンはキーガンの顔を両手で包みこんだ。「あなたがティーシャックでよかったわ。そろそろ会議を始める時間でしょう。さあ、もう行って。タラムと、ここで暮らす人々を守らなくちゃ」

「話し合いが長引くかもしれないが、会議が終わったら会いに行くよ。あらゆる神々が願いを聞き届けてくれて、明日にでも谷へ帰れたらいいんだけどな」

キーガンを見送ったあと、ブリーンはボロックスを川で遊ばせているあいだ、村を眺めながら彼と交わした会話について思いをめぐらせた。しばらくそうしてから、愛犬を連れて橋を渡り、村へ向かった。

キーガンの言葉どおり、村は人々であふれていた。けれど、ブリーンの目にはいつもその光景は魅力的に映った。店が立ち並ぶ通りはいろいろな色があふれ、あちこちから声が飛び交っている。ふいにキアラの姿が視界に入った。彼女は片手に赤ちゃんを抱え、もう一方の手には買い物用のバスケットをさげていた。ブリーンはキアラに手を振り、彼女のほうへ近づいていった。

「このかわいらしい女の子はどなた？」

「この子はフィーよ。ケイティの一番下の子なの。彼女にこれからお城に戻って子供たちの面倒を見なくちゃいけないと言ったら、フィーも連れていってほしいと頼まれたのよ。あなたは村へ買い物に来たの？　それならもう少しここに残って、あなたにつきあおうかしら」

「実は……あなたにお願いがあるの」

「なんでも遠慮なく言って」

「ボロックスも一緒に連れていってくれないかしら？　一時間ほど子供たちやほかの犬と遊ばせてほしいの」

「ええ、ボロックスが来たら子供たちも喜ぶわ。でも、どうして？　ひとりでどこへ行くの？」

「あなたはオールド・マザーと呼ばれているドーカスが、どこに住んでいるのか知っている？」

「知っているわ。でもブリーン、本気でドーカスに会いに行くつもり？　彼女はあなたが気を失うまで話し続けるわよ。そのうえ、ドーカスは猫をたくさん飼っているの。それはもうおびただしい数の猫が群がっているんだから。あなたは毛むくじゃらの体をかき分けて歩いていかなければ彼女のコテージにたどり着けないわよ」

「だから、あなたにボロックスを連れていってもらいたいの。どうしても彼女にききたいことがあって」

「ドーカスはタラム一の物知りですものね。健闘を祈るわ。彼女の家への道順だけど、まずはあの道を行くの。左にカーブしている道よ。道端に屋台が並んでいるでしょう？　しばらく進むと、黄色いコテージが見えてくるわ。そこを右に曲がって。そのまま歩いていくと森があるわ。今度は森のなかの小道をまっすぐ進み続けて、道が二股に分かれたところまで来たら、そこを左に行くの。もう少し歩けば、ドーカスのコテージに到着するわ。木に囲まれた住み心地のよさそうなコテージよ。玄関のドアは明るい赤で、庭もきれいに手入れされているけれど、猫が少なくとも六匹は外をうろついているわ」

「ありがとう。さあ、ボロックス、キアラと一緒に行きなさい。すぐに戻るわ。それまでおちびさんたちと一緒に遊んでいてね」

「きっとドーカスはあなたを来年まで帰らせてくれないわよ。そして、必ずお茶とビスケットを勧めてくるわ」歩きだしたブリーンの背中に向かって、キアラが声をかけてきた。「ああ、怖い。どちらも恐怖だわ」

いいえ、大丈夫。それほど怯える必要はないわ。ブリーンは胸の内で思った。そのうえ、散歩はいい気晴らしになる。キーガンはドーカスと話をするのは苦痛だと言っていたけれど、ブリーンはどうしてもオドランのなかに棲む悪魔について知りたかった。その答えが、彼女が持っている本に載っているはずだ。

ひょっとしたら、それ以上の収穫だってあるかもしれない。彼女の本にオドランと戦うヒントが書かれているかもしれないのだ。

まあ、最悪の場合でも、何十匹もの猫に囲まれて、老女の取りとめのない話に一時間つきあうくらいですむだろう。

猫も好きだし。

ほどなくして、かわいい黄色のコテージが見えてきた。青いワンピースを着た若い女性が、洗濯した色鮮やかなショールを日向(ひなた)に干している。その横には、でこぼこの緑の野原が広がり、ずんぐりしたロバがふわふわの雲をまとったかのような羊を見張っている。

ブリーンはキアラが教えてくれた道順にしたがい、森へ続く道を歩いていった。日ざしが強くなり、新しい朝が動きだした。

やがてブリーンは森のなかに足を踏み入れた。そのときふと、村を見おろしながらキーガンが言った言葉が頭に浮かんだ。〝みんな、それぞれがそれぞれの人生を生きている〟森も同じだ。ここではさまざまな動物が生きている。まだ眠りのなかにいる狐(きつね)。後ろ脚をせわしく動かして耳をかいている茶色いウサギ。すばやく走りまわるミネズミ。草を食(は)む二匹の鹿。そして、木の幹に開いた穴のなかでうとうとしているミミズク。

動物たちのたてる音を楽しみつつ、ブリーンは二股の道を左に進んだ。細い小川がさらさらと静かに流れている。長いあいだ水の流れに洗われて表面がなめらかになった石の転がる音が耳に心地いい。

ブリーンは空を見あげた。頭上でドラゴンが巨大な翼を広げて飛んでいる。その体表を覆う紫色の鱗は磨かれたアメジストみたいに美しかった。翼の下には赤ちゃんのドラゴンがいた。どうやら飛ぶ練習をしているようだ。

鳥のさえずりは聞こえず、どこにも姿は見えないものの、葉陰に隠れている鳥や、空を飛びまわる鳥の気配は感じた。突然、ドングリを頬袋にいっぱい詰めこんだシマリスが目の前を走り去っていった。道の先に猫が一匹いる。いいえ、違う。二匹だ。

やがて鮮やかな赤いドアのコテージが見えてきた。結局、猫は一匹でも二匹でもなく、四匹いた。

狭い玄関ポーチにさらに三匹いて、みんな丸まって寝ている。そして藁葺き屋根の端にもう一匹。ちょこんと座っている姿はまるでガーゴイルの置物みたいだ。

井戸で水を汲んでいる高齢女性がブリーンの目にとまった。灰色のロングワンピースの上に白いエプロンをつけ、肩に色あせた青のショールを羽織っている。

腰まであるもつれた髪はワンピースと同じ灰色。腕は藁のごとく細いけれど、バケツを引きあげるその二の腕は驚くほど筋肉質だ。彼女の足元にも猫が群がっていた。

黒いブーツはつま先がとがり、踵は野原で羊番をしていたロバのように太い。ふいに老女が顔をあげて、ブリーンを見据えた。顎もとがっている。ドングリを思わせる茶色い肌の顔はしわだらけだ。だが、青い目は眼光鋭い。

女性と目が合った瞬間、ブリーンはここに未来への手がかりとなる物語の語り部がいると直感した。多くの仲間に囲まれて森のなかのコテージに暮らすこの魔女が、古典的なおとぎ話にひねりを加えた物語を語ってくれるだろう。

もしかして、彼女と同居する仲間たちは魔法で猫に変えられてしまったのだろうか？　それとも、今だけ猫に姿を変えているの？

ふと、そんな疑問が頭をよぎったが、これについてはあとで考えることにした。

ドーカスが口を開くと、かすれた声が涼しい風に乗って漂ってきた。

「おやまあ、オケリーの娘じゃないか。イーアンは本当に立派な人だった。彼の魂が安らかであらんことを祈るよ」

年齢のせいもあり、彼女の声は嗄れているが、その目同様に力強い。

「おまえさんは父親似だね。マーグレッドにも似ている。マーグとはもう久しく会っていないよ。元気だといいが。セドリックも。あの賢い猫人間は今もマーグと暮らしているのかい？」

「はい、一緒に暮らしています。祖母もセドリックも元気です。あの、オールド・マザー、バケツを持ちましょうか？」

「おや、そうかい。では、これは若い人に運んでもらおうか。暖炉の横棚にやかんをのせてあるんだ。そろそろお湯が沸くころだよ。今朝は指がちくちくと痛んでね。それに、ほうきも倒れただろう？　同居している友人たちには、訪問客が来ると話してあるよ。さあ、彼らと一緒にわたしたちも焼きたてのビスケットとお茶でひと息つこう」

ドーカスはみゃあみゃあ鳴いている猫や、喉を鳴らしている猫をかき分けて先を歩いていく。ブリーンはバケツを持ち、猫の尻尾を踏まないように気をつけながら老女のあとをついていった。

ドーカスが赤い玄関ドアの前で立ちどまり、指の関節でドアを三回叩いた。「これは、おまえさんを歓迎するという意味だよ」

「ああ、そうなんですか。ありがとうございます」

玄関ポーチで寝ている猫をよけて、ブリーンは赤いドアの向こうへ足を踏み入れた。

19

　このコテージは部屋も家具も小さく、まるでドールハウスのようだ。乾燥させるためだろう、ハーブが天井から所狭しとぶらさがっていた。そのせいで、窓からさしこむ日ざしがさえぎられて室内は薄暗い。幅の狭い窓台には、石や木片や本や猫がぎゅうぎゅう詰めにのっていた。

　いったい何匹の猫と一緒に暮らしているのか、椅子という椅子はすべて猫たちに占領されていた。座面に覆いかぶさるように寝ている猫は、一見しただけでは敷物と見間違えそうだ。クッションの上で丸くなっている猫もいれば、足をだらんとさげて寝ている猫もいる。その足がぐらぐらする椅子の脚に巻きついている。燃え盛る暖炉の上の黒く塗られた炉棚にも猫が二匹いて、半分ほど燃え残った六本のキャンドルと山積みになった本のあいだに彫像のごとく鎮座している。

　しかし、これほど多くの猫がいるにもかかわらず、小さなコテージ内に悪臭は漂っていなかった。むしろハーブとキャンドルとほこりのにおいがする。そして、オレンジの花のいい香りも。それもそのはず、棚の上に置いてある高さ三十センチほどの鉢植えの小さなオレンジの木が満開だった。そこにも本が無数に積み重なっている。

「バケツはその辺に置いてちょうだい。そう、そこでいいよ」ドーカスは猫たちのあいだを縫ってキッチンらしき場所へ向かった。そこには赤々と火が燃えているずんぐりした形の黒いストーブがあった。「今朝、お客さんのためにビスケットを焼いたと言っただろう? でもまさか、オケリーの娘が来るとは思っていなかったよ。さあ、さあ、座っておくれ。お茶を飲んで話をしよう」

いったい、どこに座れというのだろう? ブリーンは心のなかで思ったが、とまっている彼女をよそに、ドーカスは小さな木製の椅子のクッションの上で丸まって寝ている猫に向かって指を振った。オレンジ色の猫が、コップから水がこぼれるみたいに、椅子から転げ落ちた。

ブリーンがそこに座ったとたん、すかさずその猫が彼女の膝の上に飛びのってきた。そして、ふみふみしながら一回転すると、ふたたび丸くなって眠ってしまった。

「その子はローリーだよ。昼も夜もぐうたら寝てばかりいるわりに、ネズミ捕りの名人なんだ。本当に猫はかわいいよ。一緒に住む相手としてはうってつけだ」ドーカスは広口瓶から茶葉をスプーンですくい、ずんぐりした茶色いティーポットに入れ、やかんの湯を注ぎながら、さらに話し続けた。「なんといっても、二本足の動物よりよっぽど利口だからね。この年になってそれがわかったよ。優しい言葉をかけて、ときどき撫でてやって、おなかがすいていそうだったら食べ物を与える。それだけで仲よくやっていけるんだ」

ドーカスは別の広口瓶からビスケットを取りだした。ティーポットとほとんど色が変わらないそのビスケットを深緑色の皿にのせるたびに、石を置いているような音がした。

「おまえさんは犬を飼っているんだろう？　アイリッシュ・ウォーター・スパニエルを。違ったかい？」

「ええ、飼っていますが――」

「まあ犬も悪くないね。でも、猫ほど独立心が強くない。それに狡猾でもない。狡猾っていうのはいい響きだ。わたしはそういう性格を賛美しているんだよ。オケリーの娘にはそういう部分があまりないね。少し猫から学ぶといい。狡猾さは身につけるべきだ。必ず立派な武器になるよ」

ドーカスが山積みになった本のところまでよろよろと歩いていく。床からテーブルの高さまで積み重ねられたその本の山の上にも猫が座っていた。彼女はそこから猫をおろして、ビスケットののった皿を置いた。

「少し前、あの若いキーガンもわたしに会いに来たよ」

「ええ、彼から聞きました——」

「神に宿る悪魔、キーガンはそう言っていたけど、彼にこの言葉を教えたのはおまえさんだろう。つまり、おまえさんのなかにも悪魔が宿っているというわけだ。自分の心のなかをのぞいてごらん。きっと狡猾な部分が見つかるよ」

ドーカスはお茶をいれに行った。しばらくして、赤いカップをふたつ持って戻ってくると、それを小さなテーブルに置いた。

「ありがとうございます。あの——」

「わたしは若いキーガンに言ったんだよ——ああ、そうそう、彼はハンサムだね。わたしも若いころはハンサムな男に目がなかったものさ。おまえさんの父親もハンサムだった。イーアンは顔だけでなく、声もよかったよ。おまえさんも歌が上手なんだってね。わたしは歌声がすてきな人も賛美しているんだ。うちにいる猫たちもときどきわたしに歌ってくれるんだよ。ねえ、メアリー、ちょっとわたしたちに歌を歌って聞かせてちょうだい」

つややかな毛並みの黒猫がクッションから顔をあげて歌いだした。なんだか遠吠えをしているみたいだ。でも、歌を歌っているふうに聞こえなくもないし、たしかになかなか愛らしい声だった。

気づくと、ブリーンは声をあげて笑っていた。彼女に向かって、ドーカスが頑丈そうな歯を見せてにやりと笑う。

「わたしには音楽の才能はないんだ。もしこの声で歌ったら、ただ苦しそうにあえいでいるようにしか聞こえなくて、猫たちにいっせいに爪を立てられてしまうだろうね。メアリー、ありがとう。上手だったよ。さあ、オケリーの娘、ビスケットを召しあがれ。お茶も冷めないうちに飲んでちょうだい。それで、おまえさんはキーガンと同じ目的でここに来たのかい?」

「あのときはあなたもはっきりしたことがわからなくて、キーガンには調べておくと言ったんですよね。それで——」

「そうそう、そういえば、おまえさんはオドランのなかに悪魔を見たんだったね。黒魔術の儀式やその生贄(いけにえ)にされる者の姿も。彼もハンサムだ。マーグがティーシャックだったころ、わたしは何度あの男から目を離せなくなったかわからないよ。でも、あれは偽物だ。あの息をのむほどハンサムな顔だけでなく、彼のすべてが偽物。ただ自分の愚かなところやずるいところを隠しているとか、そんな単純なものじゃない。オドランの内側には獣が棲みついている。彼はそれを隠しているんだ」

ブリーンの喉が急に締めつけられた。「獣ですか?」

「そうさ。自分のなかにもその獣が棲んでいるんじゃないかって、不安そうだね。心の奥の暗い場所に、残忍で血に飢えた怪物がひそんでいるんじゃないかって。いいかい、お嬢さん、悪魔というのはそんなに簡単に定義できるものじゃないんだ。そもそも単純な生き物など存在しない。おまえさんだってそのきれいな手を血で赤く染めたことはあるだろう。治癒をするときや、戦っているときに。そんなとき、その血を味わってみたいと思ったことはない？　血への渇望が自分のなかで渦巻いた経験はあるかい？」

「まさか、ありません」あまりに突飛な質問にブリーンは愕然とした。一方、ドーカスの目には狡猾な光が宿っている。ブリーンはビスケットを一枚取ってかじった。ビスケットは石みたいにかたく、おがくずみたいな味がした。

「一滴も？　ちょっとだけなめてみようと思ったこともない？」

「ありません」

「それならそれでいい。おまえさんは血に飢えていないということにしておこう。オドランは悪魔になる前から血に飢えていた。力にも飢えていた。でも、これは血がなければ手に入らない。だから、口からあふれでるまで血を飲み、そしてそれを力に変えるんだよ」

「悪魔になる前から？　それはどういう意味ですか？」

ブリーンは喉にまとわりつくおがくずみたいなビスケットをお茶で胃に流しこんだ。飲まなければよかったと、たちまち後悔する。お茶は茶葉を浸した泥水みたいな味がした。

「わたしがキーガンの質問に答えられなかっただって？　あの若者がハンサムでなくても、ティーシャックでなくても、わたしは彼の話に興味を持っただろうね。わたしは生まれたときから学者なんだよ。そして、死ぬまで学者だ。まあ、まだまだ死ぬつもりはないけどね」ドーカスはいかにもおいしそうにビスケットをかじった。

「あの、それで、オールド・マザー、何かわかりましたか？」

「もちろん、わかったよ。ちょうど今朝のことだ。ほうきが倒れた直後に。それで、訪問客のためにビスケットを焼いたんだよ。そのあいだずっと考えていた。ずっと昔に読んだことがあるんじゃないかって。その物語を。古い本に書いてある話だったはずだ。伝説とも言うね。英雄と悪党が登場する伝説。だけど、思いだせそうで思いだせない。ようやくぼんやり思いだしかけたとき、指と胸がちくちくと痛くなってきた。だから、たぶん、その古い物語はほかの多くの物語と同様に真実にもとづいているのかもしれないね」

ドーカスはお茶をすすり、椅子に背中を預けた。「そして、オケリーの娘が来た。わたしの話を聞くためにここへやってきた。それはつまり、あのハンサムな若いキーガンと直接会ってこの話ができないってことだ。オケリーの娘、わたしはおまえさんに会えてうれしいんだよ。でもね、一応、わたしもまだ女なんだ。心だって若い。彼と一緒にビスケットを食べられなくて残念だよ。彼とベッドをともにできないことも。おまえさんはともにしたことがあるのかい？」

「ええと……はい」

「あら、うらやましいねえ。キーガンはハンサムだし、体もたくましい。おまけに精力も旺盛そうだ。本当にあの人によく似ているよ。若いころ、わたしはキーガンのおじいさんと男女の関係になったことがあるんだ」

「まあ、彼のおじいさんと？」

「遠い昔の話さ。何世代も前の彼の祖父だからね。正確に何代前なのかは数えないようにしているんだ。悲しくなるから。でもね、別に恋人同士だったわけじゃないよ。ただ、一夜をともにしただけなんだ。あのときの彼は精力が旺盛だった。わたしたちはとても情熱的な夜を過ごしたんだよ」

ドーカスがかすれた笑いをもらす。「たしか、オーウェンという名前だった。彼は谷へ帰る前に、わたしに薔薇のつぼみをくれたよ。お茶のお代わりはどうだい？」

「いいえ、もうけっこうです。ありがとうございます。それで、オドランのなかにいる悪魔のことですが、何がわかったんですか？」

「今朝、あれはまだ太陽も顔を出していないころだった。急に指が痛くなったんだ。ほうきも倒れた。だから、客が来るとわかって、わたしはビスケットを焼き始めた。

自分の心の声を聞きながら。その声がわたしにこう言ってきたんだ。〝ほら、ドーカス、ひょっとしてその物語を読んだことがあるんじゃないかい？　ずっと昔、まだ子供だったときだよ。さあ、思いだせ〟って。それで、わたしはこのコテージにある古い本を片っ端から探しまわった。城の図書室にある本はすでに調べ終わっていたからね。でも、コテージにもそれらしき本は見当たらなかった。わたしは考えたよ。そして、思いついた。もしかしたら、わたしが生まれる前に書かれた本なんじゃないかと。古代の言語で書かれた本かもしれないと」

ドーカスは自分のカップにお茶を注いだ。「さあ、オケリーの娘、ゆっくりくつろいでおくれ。まずはビスケットを食べてしまいなさい。それから彼を愛した神と悪魔の物語を話してあげるよ」

これを食べろというのは拷問に等しいが、ブリーンはなんとかもうひと口ビスケットをかじった。

「昔々、太古の昔、まだタラムがタラムでなかったころ、神と人間とフェイはそれぞれの世界で平和に暮らし、全員が魔法を使えた。あるとき神の世界で、自分が一番えらいとひとりの神が言いだした。神の世界でも、人間の世界でも、フェイの世界でも、自分こそが頂点に立つべき存在なのだと。その神はいわば単なる欲望の結晶で、彼の両親は互いに対して愛情の欠片（かけら）もなかった。父親は強欲な男で、神の一族（トゥアハ・デ・ダナーン）の母親は心が石のように冷たい女だった。だが、ふたりのあいだに生まれたその赤ん坊が、そんな母親の氷の心を溶かした。母親は息子にだけは優しかった。彼をたいそう甘やかして育て、いつも彼に物語を聞かせてやった。彼の偉大さを讃えた物語や、彼が支配者になるまでの物語を」

ドーカスはいったん言葉を切り、ゆっくりと時間をかけてお茶を飲んだ。

「彼は冷たい心を持つ母親の母乳で育った。そして、成長するにつれて大胆で傲慢になっていった。まあ、神というのはたいていそんなものだけれどね。母親は息子を愛した。彼だけを愛し、彼を甘やかし、彼のほしいものはすべて与えた。だが、それだけでは満足できなかった。

母親はますます息子を溺愛するようになった。だが、息子のほうはそんな母親がわずらわしかった。彼は自分を身ごもり、産んだ女をこれっぽっちも愛していなかった。彼が愛しているのは、力と血。このふたつだけだった。それにもかかわらず、母親は神や人間やフェイやほかのすべての世界の法を破ってまで息子の希望を叶えてやった。母親は息子の欲望を満たすために、生きているものをひそかに犠牲にした。彼は神の、人間の、フェイの血を飲んだ。だが、彼の血への渇望は強まるばかりだった」

オドランのことだと気づいていたが、ブリーンは黙ってドーカスの話に耳を傾けた。

「さて、ここからは女の悪魔が登場する。彼女は若くて純粋無垢な娘で、自分が望むどんな姿にも変身できるのが自慢だった。物語によれば、彼女には邪悪な部分はなく、なんの問題も起こすことなく幸せに暮らしていたという。

ところが、あの神の母親がこの娘に目をつけた。そして、娘が持つ魔力に気づいた。さっそく母親は、穢(けが)れなき処女であり、なおかつ強い魔力を持っている若い女悪魔のことを息子に話した。息子は悪魔の世界へ行き、娘に甘い言葉をささやき、誘惑した。やがて娘は彼を愛するようになったが、家族が彼女をそばに置いておきたがった。だから彼はいやがる娘を無理やり連れ去った。そして、母親と協力して娘を祭壇に縛りつけ、黒魔術の儀式を始めた」

ふたたびドーカスがお茶を飲んでひと息入れる。しばらくして、ブリーンに向かって顎を突きだし、また口を開いた。

「この儀式を見たことがあるんじゃないのかい？　彼のなかに棲みついている神と悪魔のヴィジョンを」

「彼はその若い女悪魔を強姦(ごうかん)し、殺したあと、彼女の血を飲んだんじゃありませんか？」

「そのとおり。彼はその三つを全部やり終えた。娘が泣き叫んでいるあいだに。娘は彼に愛していると必死に伝え、殺さないでほしいと懇願し、大声で家族に助けを求めた。だが、やがて娘の泣き声は聞こえなくなった。彼がこの娘のすべてを奪ったんだ。

血も、肉も、骨も、魔力も。息子が獣みたいに肉や骨にむさぼりつく姿を目の当たりにして、母親はようやく気づいた。自分がとんでもない怪物を生み育ててしまったことに。母親は息子にすがりついて、もうやめるよう頼んだ。ところが彼は、その母親まで殺してしまった。そして、祭壇を濡らす自分の母親の血をきれいになめ取った。彼は母親の神の血も、若い女悪魔の血も一滴残さず飲みつくした。この黒魔術の儀式で、自分の渇望を満たすために、すべての世界の法を破り、血の宴に酔いしれ、彼は自分のなかに悪魔を取り入れた。今やそれは彼の一部となり、彼の血にも骨にも肉にも悪魔が宿っている」

血の海となった祭壇が目の前に浮かんできて、思わずブリーンは背筋が震えそうになった。彼女にはその惨劇の光景がはっきり見えた。「あなたはその話を信じていますか？」

「ああ、信じるよ。でも、まだ物語には続きがあるんだ。泣き叫ぶ娘の声は神々の耳に届いた。彼らは魔法壁を破り、儀式が行われていた場所に踏みこんだ。そしてそこで、母親の死体と、獣と化した神と、その神の手ではぎ取られた娘の質素なドレスを見つけた。この物語のなかでは、彼はその場で殺害され、神の審判によって天の火で焼きつくされたと書かれている。でも、これは真実ではないとわたしは思う。オドランに関するほかの物語ではすべて、彼は神の世界から追放されたと書かれているんだ。

彼が法を破り、力を得るために黒魔術を行い、生贄の血を飲んでいることを神々に知られたときに。オドランは人間もフェイもほかの世界の生き物も生贄にして、その血を飲んだ。なかには肉を食べていたと書いている本もある。わたしとしては、この女の悪魔の話は真実だと考えている。わたしの知る限り、オドランの先祖には彼みたいに悪魔を自分の身に宿した者はひとりも見当たらないんだ。これがそう考える理由のひとつだよ」

「オールド・マザー、あなたはこう言いましたよね。彼女は若くて純粋無垢で邪悪な部分のない女性だったと。でも、わたしが彼のなかに見たのは――」

ドーカスは骨ばった指を振り、ブリーンの言葉をさえぎった。「それはオドランの問題なんだ。あの娘は邪気のない悪魔だった。おまえさんがオドランのなかに見た悪魔は、彼自身が作りあげたものなんだよ。彼の邪悪な人格が、彼の他人の苦しみを喜ぶゆがんだ心が作りあげたものなんだ。いいかい、オケリーの娘、さっき神たちはオドランを追放したと言っただろう？　あのとき初めて亀裂が入ったんだ。異なる世界のあいだにね。はるか昔から築きあげてきた信頼関係や平和があのとき壊れたんだ。これは確かだよ。あともうひとつ、わたしが言いきれるのは、オドランを完全に葬り去らない限り、どの世界に住んでいようと誰も彼の飽くなき血への渇望からは逃れられない。そして、彼の最大の標的はおまえさんだ」

「ええ、わかっています」

「オドランの倒し方を知っているのかい？」

「それは……あなたは知っていますか？」

「その方法を見つけるのはおまえさんで、わたしではない。おまえさんを題材にした歌や物語ができる日を楽しみにしているよ。オケリーの娘がオドランの息の根をとめたという内容の歌や物語ができる日をね。だが、まずはおまえさんがその気になり、自ら進んで行動しなければならない。神が神を殺める。そのとき、悪魔はついに悪魔を解放するのかもしれない」

　ドーカスの顔に笑みが浮かんだ。「さあ、もうひとつビスケットをお食べ」

「ありがとうございます、オールド・マザー。でも、そろそろ帰らなければなりません。あなたから聞かせてもらった話をすぐキーガンに伝えたいので」

「それなら、この本を持ってお行き」ドーカスは椅子から立ちあがり、彼女が話す物語をずっと子供のように聞いていた猫たちのあいだを縫って歩きだした。「ティーシャックが古代の言語を読めなくても、それはわたしの知ったことじゃないからね。この本は返しておくれよ」ドーカスは山積みの本のなかから擦り切れた茶色い革表紙の薄い本を引っ張りだし、ブリーンに渡した。「必ず返すんだよ」

「はい、もちろんお返しします」

ドーカスはブリーンの手にその骨ばった手をのせた。「わたしの目は今もまだはっきり見える。おまえさんはもう処女ではないが、それでも充分純粋だよ。自分の能力を最大限に生かしなさい。自分に与えられた天賦の才能を信じるんだよ。オドランは闇しか持っていない。それは彼の手下も同じだ。でも、おまえさんは闇と光を持っている。その両方ともが、きっとおまえさんの武器になるだろう」

「ありがとうございます、オールド・マザー。この本は大切に扱います」

「ああ、わかっている」

ブリーンはコテージから外に出た。そしてすがすがしい空気を吸いこむと、本をしっかりと胸に抱えて小道を歩きだした。

「オケリーの娘、若いキーガンと情熱的な夜を過ごすんだよ」

声をあげて笑いながら、ブリーンは振り返った。ドーカスが戸口に立っている。老女の肩には猫が一匹ちょこんとのり、足元にもたくさんの猫たちが群がっていた。

ブリーンはどこを切り取っても強く印象に残る物語が綴られた本を抱えて城に戻った。ボロックスはキアラとシネイドに見守られるなか、子供やほかの犬たちと外で遊んでいる。緑の芝生の上を駆けまわっている子供や犬たちの姿は〝ダックダックグース〟（ハンカチ落としに似た子供の遊び。ひとりが鬼。残りがダック。鬼がダック役の子供たちの頭をダック、ダック、と言いながらタッチしてまわる。鬼にグースと言われて頭をタッチされた子は鬼を追いかける）ゲームを連想させた。

ブリーンが近づいていくと、ボロックスが駆け寄ってきた。そして、彼女のまわりを飛び跳ねていたかと思うと、突然立ちどまり、目を丸くしてブーツやズボンのにおいをくんくんかぎ始めた。

「猫よ。もうとっくに気づいていると思うけど。でも、いったい何匹いたのかまではわからないでしょう」ブリーンはかがみこんでボロックスの頭を撫でてやった。「わたしはいつでもあなたを一番愛しているわ」

シネイドが近づいてきた。「いい天気になったわね。子供たちの楽しそうな姿を見ていると、こちらまでうれしくなるわ」

「あの子たちはダックダックグースをやっているんですか？」

「そうなの！　あなたとモレナもよくお友達とあのゲームをしていたわよね」

「ええ。モレナを追いかけても、彼女は羽根があるから飛んで逃げられてばかりいました」

「そうだったわね。そうそう、それで思いだしたわ。あなたに渡したいものがあるんだけど、これから少しわたしの部屋に寄る時間はある？」

「もちろんです」長居はしないこと。ブリーンは本を胸に押し当て、そう肝に銘じた。

「今朝は読書をしていたの？」

「ああ、この本ですか？　いいえ、これはキーガンに渡すんです。今朝はドーカスに会いに行ってきて、彼女からこの本を借りました」

「あらまあ、ドーカスのところに行ったの？　彼女はビスケットとお茶をしつこく勧めてきたでしょう？　猫にもまとわりつかれたんじゃない？」

「あれをビスケットと呼べるかどうかは疑問ですね。それに、あのお茶も。でも、たしかにドーカスにふたつとも勧められたし、猫もたくさんいました」

「そういうことなら、なおさらちょうどいいわ。キーガンはまだシーマスやフリンたちと話し合いの最中なの。しばらくのあいだ、わたしと一緒に本物のビスケットとお茶を楽しみましょう。恐怖の体験はさっさと忘れるに限るわ」

「そのお誘いは断れませんね。でもシネイド、わたしはドーカスになんとなく引きつけられます。猫にも同様に」ブリーンは、まだ彼女のまわりで鼻をくんくんさせているボロックスを見おろした。「ボロックスもわたしと同じ気持ちみたい」

「ドーカスはさすが学者だけあって、知識の泉よ。でも、あのお茶とビスケットを勧められるくらいなら、わたしは物知りにならなくてもいいわ」ふたりとボロックスは城のなかに入り、階段をのぼり始めた。シネイドがさらに言葉を継ぐ。「今度また彼女に会いに行くときは、ワインのボトルと何か甘いもの――ビスケットでも、タルトでも、プチフールでもいいから持っていくといいわ。彼女はきっと喜ぶから。あなたとそのおいしいおやつを食べながら話をしたがるでしょうね」

「わたしったら気が利かなくてだめですね。なぜそれを思いつかなかったのかしら?」

「長年の経験の賜物ね。そういえば、あなたたちは明日、谷へ戻ることになりそうよ」シネイドがブリーンの腕に腕をからめてきた。「その前に、こうしてあなたの時間を少しだけ奪うことができてうれしいわ」

「奪うだなんて、そんなふうに言わないでください。わたしのほうこそ、あなたと過ごせてうれしいんですから」

彼らはシネイドのゆったりとした居間に入っていった。ドーカスのコテージとは何もかも対照的だった。

やわらかそうな布地。明るいきれいな色。ふかふかのクッション。猫はゼロ。三つの花瓶に生けられた美しい花々。太陽の光を受けて虹色の輝きを放つ、窓辺につるされた水晶のサンキャッチャー。

「さあ、座って。砂糖をまぶしたビスケットがあるの。お茶には蜂蜜を入れるわね」

ブリーンは椅子に腰をおろし、ボロックスは彼女の足元に座った。まだ鼻をひくひくさせてにおいをかいでいる。ブリーンは昔と変わらず忙しく動きまわるシネイドを見つめ、口を開いた。「あなたらしい、とてもすてきな部屋ですね」

シネイドが頬を赤く染めて茶葉の入った缶を開けた。「フリンには、クッションに埋もれそうだといつも言われているわ。でも、夫の言い分も一理あるわよね」

シネイドは夏の太陽を思わせる金色の髪を、ピンク色のリボンと一緒に編みこんで一本の太い三つ編みにまとめている。裾からブーツがのぞく、くるぶし丈のワンピースはリボンの色と合わせた濃いピンクだ。耳たぶには、窓辺のサンキャッチャーに似た水晶のイヤリングがさがっている。

「あなたはいつもおしゃれでしたね。それに、よくわたしの髪をかわいく結ってくれた。わたしの母はそういうことが苦手で、祖母が近くにいないときは、あなたのところに走っていったのを覚えています。あなたに髪をやってもらったあとはいつも、自分までかわいくなれたような気がしていました」

「わたしもうれしかったのよ、カールした赤い髪にさわるのが。ほら、ひとり娘のモレナは天から降る雨みたいにまっすぐな髪でしょう」シネイドはお茶を運んできて、クッションの上に置いた。「いろいろ思いだしてきたのかしら？」

「ええ、忘れていたのが信じられないくらいに。そのときの色まではっきりと思いだせるようになったんです。わずか三歳でタラムを離れたとは思えないくらい記憶が鮮明によみがえってきて、自分でも驚いています」

「ひょっとしたら、奪われた記憶だからより鮮明に戻ってきたのかもしれないわね。ここで暮らした記憶をあなたから消すのは、お父さんもつらかったのよ。ただひとえに、あなたのためを思ってのことだったの。それをわかってあげてね」

「わかっています。まあ、おいしそう。あなたが作ってくれるビスケットはいつもとびきりおいしかったわ」

「ここには犬用のビスケットがないんだけど、一枚くらいならこれを食べさせても大丈夫かしら？」

「ええ、この子は大喜びで食べると思います」

「よかった。では、くつろいでいてちょうだい。あなたに渡したかったものを持ってくるわ」

室内には明るい雰囲気が漂っていた。シネイドは大切な息子を亡くした喪失感から少しずつ立ち直りつつあるらしく、ブリーンもほっとした。

「今朝、鏡を通してモレナと話したのよ。そうしたら、あなたがこれを覚えていたことをあの子が教えてくれたの」

シネイドは小さな羽根を手に持っていた。青い縁取りをした若草色の、蝶のような羽根を。

「まあ！ わたしの羽根だわ！ 取っておいてくれていたんですか」

「当たり前よ。あなたはこれをとても気に入っていたでしょう。でも、向こうの世界へは持っていけなかった。今朝モレナから話を聞いて、もしかしたらあなたはこの羽根を手元に置いておきたいんじゃないかと思ったの。子供のころのちょっとした思い出として」

「ちょっとしただなんて、とんでもない。これはとても大切な思い出です」ブリーンは両手で受け取った羽根をじっと見つめた。思い出が洪水のごとくあふれだし、胸がいっぱいになる。

「今はもうあなたの体には合わないけれど、いつかあなたとそっくりのおちびちゃんがつけられるかもしれないわ」

「初めてこの羽根をつけた日のことを覚えています。あなたはこう言ってくれました。まねだってかまわない。時には本物よりも本物らしく見えたりもするわ。それに、ごっこ遊びならあなたの好きなことができるし、好きなところにも行けるし、好きなものにも変身できるでしょう、と。そのとおりでした」

ブリーンは立ちあがってシネイドを抱きしめた。「わたしにはフィラデルフィアに母がいます。サリーという名前の母が」

「その人のことは聞いているわ。サリーに出会えて本当によかったわね」

「ええ。谷にも母がいます。それは、おばあちゃんです。そして、このキャピタルにはあなたがいる。いつでも頼りになるあなたがここにはいます。わたしには三人も母がいるんです。こんな幸せ者がほかにいるかしら?」

「もう、ブリーンったら。うれしいことを言ってくれるわね。わたしを泣かせないでちょうだい」

「この羽根はわたしの宝物です。谷に戻ったら、シーマスにこの羽根を入れる額を作ってもらえるかきいてみます。シャドーボックス（平面の絵や写真を何層も重ねることで陰影ができて立体的に見えるアート作品）を入れるような額を。そして、コテージに飾ります」

「でも、これは古い端切れで作ったものよ。ところどころ色も褪せているわ」

「そんなのかまいません。この手作りの羽根には愛情がたっぷりこもっていますから。わたしには太陽の光と同じくらい羽根の色が鮮やかに見えます」


一時間ほどシネイドの居間で過ごしたあと、ブリーンは本と羽根を胸に抱えてキーガンの部屋へ向かった。そして、そっと羽根をテーブルの上に置き、わくわくしながら本を開いた。そのとき、突然キーガンが部屋に入ってきた。

「きみを探しに行くところだったんだ」

「シネイドの部屋にいたの。あなたはシーマスやフリンたちと話をしていたんでしょう？」

「ああ、長い評議会が終わったあともね。きみが見つかったことだし、エールを飲む時間くらいはあるだろう。きみはワインだな」

ブリーンは今何時なのかわからなかったが、気にしないことにした。「そうね。飲み物の用意ができたら、少し座って――」

「実際は一分たりとも無駄にはできないんだ。何がなんでも明日は谷に帰りたい。そのためには、今日中にやるべきことをすべて片づけなければならない」

「でも、あなたは結局座ることになるわよ。しかも、確実に一分以上。実はわたし、今朝ドーカスに会いに行ったの」

「あの学者のドーカスに？　まったく何を考えているんだ。いったいなぜそこまでする？　ひょっとしてきみは、あえて自らに苦しみを与えたいタイプか？」

「やめて。ドーカスはそんなにたちの悪い人じゃないわ。彼女が作ったお茶とビスケットには心底参ったけど」

「まあ、あの苦行に耐えなければならなかったのは気の毒だが、それはきみの自業自得だ。言っただろう、ドーカスはオドランのなかにいる悪魔については何も知らなかったと。それで、調べてみて何かわかったり、何か思いついたりしたらぼくに教えることになっていると」

「思いついたのよ」

キーガンの顔に浮かんでいたからかうような笑みは消え、いらだちの表情に変わる。

「それなら、なぜぼくに何も言ってこない？」

「今朝だったからよ。彼女の指が痛くなって、ほうきが倒れたあとに」

「来客の知らせか」

「それでビスケットを焼いたの——あのおぞましい味の。すると、ドーカスは子供のころに読んだ本に載っていた古い物語を思いだした」

ブリーンはテーブルから本を取りあげた。「その本を借りてきたわ——読み終わったら彼女に返すという約束で。古代の言語で書かれているわ。おそらくタラム語が生まれる前の時代の言語なんじゃないかしら」

「そうだろうな」

エールを飲むのも忘れ、キーガンは本を開いた。眉をひそめてページをゆっくりとめくっていく。「童話だな」

「強姦や殺人や血を飲む話が子供向けだと思うならね」

ふたたびキーガンの顔にからかいの表情が浮かんだ。彼はブリーンにちらりと目をやった。「きみが向こうの世界で子供に読んで聞かせた童話も、もともとは残酷な物語が多いだろう」

「たしかに、そうだけど」ブリーンはつぶやき、エールとワインを注ぎ足した。「読めそう？」

「読めると思う。というか、読むよ。ひどい頭痛に悩まされるのは確実だが。ドーカスはこれ以外にも何か言っていたか？」

「思いだしたことはすべて話してくれたわ」

「つまり、きみがそれを話し終えるまでに一分以上かかるというわけだ。そのうえ、この本を読む時間も取らなければならない。考えただけで憂鬱になるな。では、座ろうか」キーガンはエールの入ったジョッキを手に取った。「さあ、話してくれ」

結局、彼は椅子には座らず、ずっと室内を行ったり来たりしつつブリーンの話を聞いていた。ボロックスはしばらくそんなキーガンの動きを目で追っていたが、やがて暖炉の脇で手足を投げだして寝てしまった。

キーガンは途中でひと言も口をはさまなかった。ブリーンがひと息ついてワインを飲んでいるときも。場面や話の変わり目にも。

「それで帰り際に、ドーカスがこの本を貸してくれたの。あなたも読めるように」ブリーンは話を終えた。

「もちろん、読むつもりだ。それにしても不思議なんだが、ぼくの知る限り、誰もこの物語を知らない。それはなぜなんだ？」

「これはわたしの推測だけど、この書物はドーカスの家に代々伝わるもので、そこに書かれている童話は彼女の家族しか読んでいないんじゃないかしら。特に深い意味はなく、ただそれだけのことにすぎない気がするわ」

キーガンがうなずく。「それは大いにあり得るな。実はオドランの母親の物語はいくつかあるんだ。ただし、内容にばらつきがある。彼女はひどく貪欲な神にさらわれ、無理やり強姦されたという話もあれば、彼女は夫である欲深い神に眠り薬をのませ、その種を奪って子供を作ったというものもあって、本によってさまざまだ。だが、どれもいまいち説得力がない。最後は息子に殺されるところ以外はね。それはこの童話にも書かれている。この本ではオドランは残虐な行為を働いたかどで厳しい処罰を受け、処刑されたとあるのに、ドーカスが言うには、実際のところ彼は殺されておらず、神に与えられた贅沢(ぜいたく)をする特権を剝奪され、神の世界から追放されたんだろう？ そうなると、この本の内容もすべてが正確ではないのかもしれない。とはいえ、核心部分には真実味(しんじつみ)がある。悪魔を自分のなかに取り入れた話や、若い女の悪魔の話は」

「それと、相手は処女でなければいけなかったという話も」

「まあ、無垢であることが重要なんだろうが、あまりにも身勝手だ。誘拐も、強姦も、殺人も――ときに神は好色な遊びにうつつを抜かす。これは周知の事実だ。しかし、だからといって、神が遊び相手の血を飲むか？ 自分が力を得るために」

ふたたびキーガンは行ったり来たりし始めた。頭を振りながら窓辺に向かって歩いていき、そしてまた、まわれ右をしてこちらに戻ってくる。

「いや、この考えは常軌を逸しているし、決して正当化できるものではない。追放程度の処罰では甘すぎる。誰よりも強力な力を得たいと思っているやつは、どの世界にもいるだろう。だが、それを手に入れるために血をむさぼり飲む行為は正気の沙汰ではない。これがぼくの出した答えだ」

「それに異論はないわ。ねえ、ひとつきいてもいい？ なぜ神々はオドランをとめないの？ なぜこれまでも彼をとめなかったのかしら？」

「それは、ぼくたちの役目だからさ」当然だろうと言いたげに、キーガンが肩をすくめる。「彼らはすでにオドランに対して判決をくだした。次は、彼らに追放を言い渡されたあとも悪事を重ねてきたあいつに、ぼくたちが判決をくだす番だ。今、ぼくたちはそれぞれの世界に分かれて生きている。ドーカスが言ったように、この原因を作ったのは神々だったのかもしれない。もしオドランがタラムを破壊したら、神々自身があいつを仕留めにかかる可能性もある。彼らなりの理由にもとづいてね。だが、彼らは知っている。きみが鍵であることを。きっときみをあてにしているはずだ」

「それはまた、やけに短絡的な発想ね」

「ずる賢い発想とも言えるな。自分たちではオドランに勝てる見込みはほとんどないからね」

ブリーンは開きかけた口をまた閉じた。

そして、もう一度キーガンの言葉の意味を考えてみる。ずる賢い発想とも言える。

なぜなら、自分たちではオドランに勝てる見込みはほとんどないから。

「まずはやるべきことを片づけてしまおう。この本を読むのはそのあとだ。使い走り役を頼まれる者には気の毒だが、本は無事に明日ドーカスに届けられるだろう」

「ドーカスとあなたのおじいさんはワン・ナイト・スタンドを持ったんですって」

「ふたりが何を持ったって？」

「ワン・ナイト・スタンド。一夜限りの関係という意味よ」

キーガンがぎょっとした表情を浮かべた。「ぼくの祖父とドーカスが？」

「といっても、何世代も前のおじいさんよ。つまりあなたの祖先ね。はるか昔の、もう何代も前のあなたのおじいさん。名前はオーウェンだと言っていたわ。彼は精力が旺盛だったみたいよ」

キーガンはまぶたを指で押さえた。「ぼくは善なる神々にこの先祖の悪行がぼくに悪影響を及ぼさないよう配慮を求めたい」

ブリーンはこらえきれず笑いだした。「ドーカスはあなたのことをハンサムだって言っていたわ。それに、オーウェンに負けず劣らず精力が旺盛そうだとも」

「勘弁してくれ」

「あなたとオーウェンはとてもよく似ているらしいの。それでドーカスはわたしをうらやましがっていたわ。でも帰るとき、彼女はわたしにあなたと情熱的な夜を過ごしなさいと言ってくれたのよ」

キーガンがかたまったままブリーンを見つめ返してきた。しばらくして、大きく息を吐きだした。「ぼくたちの会話の最後の部分は聞かなかったことにしよう。それじゃあ、またあとで」

部屋に入ってきたときと同じように、突然キーガンが大股で歩み去っていった。ブリーンはにやにやしつつその背中を見送った。まさか彼に恥ずかしがり屋の一面があるとは思ってもみなかった。

20

その夜の家族の食事会では、重い話題ばかりが続いた。

「その童話だけれど」タリンがワイングラスをのぞきこみながら、口を開いた。「どの本にも載っていないわね。わたしは初めて聞いたわ。古代の言語で書かれた本だということも含めて。でも、あなたとキーガンがこの話は真実だと言うのなら、わたしも信じるわ。ふたりとも、それを確信しているみたいだもの」

「ぼくもお義母（かあ）さんの意見に賛成だな」マオンがうなずく。「独善的な神々の話は無数にある。彼ら独自の目線でも、フェイの目線でも書かれているし、人間の世界やそのほかの世界で書かれたものもある。だが、それらの本では、彼らが誰かの命を奪い取るにしても、戦争や正当な理由があるときにしか殺す描写はない」

「これはわたしの個人的な見解だけど、血を飲み、その肉を食べたことで、オドランは越えてはならない一線を越えてしまったんじゃないかしら」ブリーンが口をはさむ。

「このふたつが彼を神の世界から追放する決め手になった気がするの」

「そうね」タリンが相槌を打つ。「それに、あなたはオドランのなかに悪魔がいるのをその目で見たのよね。しかもマーグによれば、彼のここには焼き印があるそうじゃない」タリンは心臓の上に指を置いた。「オドランはこの焼き印をわざと隠さないのか、それとも隠せないのか、どちらなんでしょうね」

「隠せないんだよ。オドランは虚栄心の塊だからな」キーガンが言う。「焼き印の跡にしろ、傷跡にしろ、そんなものが残っていたら、自慢の完全無欠な姿が台無しだ。おそらく、神々がオドランを追放するときにその焼き印も押したんだろうな。悪魔の、そして獣の証であるしるしを」

「わたしたちはそれをどう解釈したらいいの？　弱点かしら」タリンは考えこむ表情を浮かべ、グラスを口に運んだ。「その焼き印は彼の持つ魔力でも隠すことができない。イズールトでもできない。あなたはもう本を読んだの？」

「ああ、読んだ。と言っても、ドーカスがブリーンに話した内容を先に彼女から聞いていたおかげでなんとか読めたよ」

「ドーカスに本を返す前に、わたしも読みたいわ」

「でも、母さん、古代の言語で書かれているんだぞ」

タリンの眉がきっとつりあがる。「失礼ね。誰があなたに言葉を教えたと思っているの？　わたしもその本を読ませてもらうわ。明日、評議会でこの話をするの？」

「せざるを得ないだろうな。ただ、話す時間を取れるとしたら早朝しかない。遅くとも昼には西部に向かいたいんだ」

「それなら、わたしから評議員たちに本の内容を伝えましょう。そのあと、わたしが責任を持ってドーカスに本を返しに行くわ」

「母さん、あの本はただでさえ解読が難しいうえ、いたるところに書きこみがしてあって読むのが大変なんだ。ドーカスのところへは誰かに届けさせるよ」

「いいえ、わたしが持っていくわ」タリンは譲らない。「手土産に甘いものとおいしいワインをバスケットに入れてね」

「シネイドも同じことを言っていました」

タリンが声をたてて笑い、ブリーンに向き直った。「わたしとシネイドは何度もドーカス特製ビスケットの洗礼を受けているの。その苦痛に満ちた経験から学んだのよ。キーガン、ドーカスは喜ぶわ。ティーシャックの右腕が手土産を持って訪問するんですもの。いい、これはわたしの役目よ。ブリーン、あなたも彼女を訪ねてよかったと思うでしょう」

「ええ、思いきって会いに行ってよかったです。話を聞かせてくれただけでなく、本まで貸してくれましたし。それに、ドーカスにはどこか独特な魅力がありました」性的な意味をほのめかしているふうに取られたのだろうかと、ブリーンはけげんに思った。なぜか突然、タリンがおなかを抱えて笑いだしたからだ。

「やめてくれ、嘘だろう?」キーガンが母親のほうに顔を向ける。「まさか母さんも例の話を知っているのか?」

「知っているわけがないでしょう。わたしはそのころ、まだ生まれていないんだから。でも、わたしの記憶が正しければ、オーウェンという名前の男性はわたしの家系にもあなたのお父さんの家系にもいるの。だから、どちらのオーウェンがドーカスと……情熱的な夜を過ごしたのか、それはわたしにはなんとも言えないわね。百年は前の話であることは確かだけれど」

「ドーカスは今、何歳なんですか?」ブリーンはふと思ったことを口にした。

「年齢の話になると彼女はいつもはぐらかすのよ。そうね、たぶん百五十歳はゆうに超えているんじゃないかしら。ドーカスは子供を持たない選択をしたの」タリンが先を続ける。ブリーンは一緒に座って話をしていた相手が百五十歳かそれより上の人だったということに内心驚いていた。「そして学問と猫を選んだ。でも、恋人はたくさんいたみたい。これは有名な話よ。だから、どちらの家系のオーウェンにしろ、彼女と何かあったとしても意外でもなんでもないの」

「彼は別れ際に薔薇のつぼみを置いていったそうです」

「あら、なんだかとてもロマンチックね」タリンはため息をもらし、肘で息子の腕をつついた。「少しは見習いなさい」

「だったら、もしドーカスと激しい夜を過ごす機会があれば、そのときは彼女の枕元に薔薇のつぼみを置くのを忘れないようにするよ」

「実は、言おうかどうしようか迷ったんだが——この際だ、言ってしまおう」マオンが口を開く。「ぼくの祖父がまだ若くて……露骨な表現は避けるが……色事がまるで未経験だったころ——聞いたところによると——ドーカスと三日間一緒に過ごしたらしいんだ。当時、ドーカスはぼくの祖父から見て祖母と言ってもいいくらいの年齢だったが、彼女は若かった祖父に女性の喜ばせ方を教えたそうだ。ぼくの祖母はドーカスをえらく褒めていたよ。彼女はすばらしい先生だったと」

「その授業の成果は祖父から父へ、父から息子へと代々受け継がれたのかしら？」

　マオンは義理の母親に向かってにっこり微笑んだ。「自慢ではありませんが、あなたの娘さんはいつも満足していますよ」

「そう。それではみんなで学者のドーカスに乾杯しましょう。彼女の長寿と、深い知識と、すばらしい授業を讃えて乾杯」

　霧雨が降るなか、キーガン、マオン、そしてブリーンとボロックスは正午過ぎに谷へ向かって飛び立った。雨はタラム全体に広がり、小雨の地域もあれば、土砂降りのちょうど眼下に見える道は雨で雪が解け、ぬかるんでいた。部隊や訓練生たちはその道を歩いて新しい配属地へ移動中だ。

ブリーンたちは途中、亀裂の痕跡を再度確認するためにいくつかのポータルに寄り道した。そこで、キーガンの打ちだした新しい防衛戦略が功を奏しているのを、彼女は目にした。やはり彼の優れた判断力は経験の賜物なのだろう。

キーガンが警備隊と話すのを、雨のなか立って待っているあいだ、ブリーンはつくづくコートを着ていてよかったと思った。改めてキアラに感謝だ。

まもなく谷に到着するというころ、雨雲を割って太陽の光がさしこんできた。空にはきれいにアーチを描く虹がかかり、眼下の地上では緑の丘や草原、そして耕された茶色い土が日ざしを反射してきらきら輝いている。

歓迎のしるし。ブリーンはそう受け取った。

二匹のドラゴンとマオンが地面におり立つとすぐに、モレナが駆け寄ってくるのが見えた。もうひとつの歓迎のしるしだ。

「おかえりなさい、旅人たち」農場の門を走り抜けてこちらにやってきたモレナは、全身びしょ濡れだった。「少し前まで土砂降りだったのよ。きっとあなたたちが太陽を運んできてくれたのね。わたしが結婚した農夫が、大雨なのに肥料をまくようわたしに命令するものだから、息をするたびに牛糞(ぎゅうふん)のにおいがぷんぷんするでしょう」

「これは春のにおいさ」キーガンが言い直す。

「農夫と彼のお兄さんにとってはね。そのコート、キャピタルで手に入れたの？」モレナは手をのばして、ブリーンのコートの生地に触れた。「こんななめらかな革、見たことないわ」

「キアラからのプレゼントなの」

「すてき。さすがキアラね。ところでマオン、そろそろ上の男の子ふたりが昼寝から目を覚まして、外に飛びだしてくるころよ」

「そうか。キーガン、今日はもう用事がなければ、家に帰らせてもらうよ」

「ああ、明日まで用事はないから今日はゆっくりしてくれ。それで、キャピタルでぼくたちが話しあった内容や例の童話のことをアシュリンに伝えておいてほしい」

「わかった。それじゃ、また明日」

「なんの話？」家族が待つコテージへ飛んでいったマオンを見送り、モレナが口を開いた。

「ハーケンの仕事が終わったら、ふたりに話すよ――乾いた場所で、エールを飲みながらね」

「おばあちゃんとセドリックも呼んだほうがいい？」

「ふたりはわたしのおばあちゃんのところにいるわ。マルコも一緒よ」モレナが言う。「いつものように焼き菓子コンテストをしているの。不幸にも、今夜はわたしが料理当番だから、ふたりがお裾分けを持ってきてくれたらすごく助かるわ」

「すぐ明日になる。明日の朝はすることが山積みだ」キーガンが続ける。「だから訓練は午後からにしよう」

「わかったわ。わたしもシーマスにちょっと話があるからちょうどよかった。モレナ、あなたのお母さんがわたしにあの羽根をくれたの。それで、シーマスに額を作ってもらおうと思っているのよ。そこに羽根を入れて、コテージの壁に飾りたくて」

「ついにあなたに羽根を渡せて、お母さんは涙を流して喜んだでしょうね。おじいちゃんなら、あなたのコテージにいるわよ。今ごろ、せっせと庭いじりをしているわ」

「完璧なタイミングね。ボロックス、シーマスに会いに行きましょう。じゃあね、モレナ、料理がんばって」

「口で言うのは簡単よ。きっとマルコはストーブの上で舌がとろけそうな料理を作っているはずだわ。そして、わたしは半日かけて畑に牛糞を広げるの」

「モレナ、あなたは農夫と結婚したのよ」

「そうだった。うっかり忘れていたわ」けらけらと笑い、モレナは濡れた髪を後ろへ払った。「キーガン、ハーケンを呼んでくるわね。乾いた場所で、三人でエールを飲みましょう」

「用事をすませたら戻るよ」キーガンは歓迎の木のほうへ目をやった。もうすでに、そこでボロックスが待っている。「おそらく、マルコのほうがぼくより早くコテージに戻るだろう。彼にもすべて話してやれ」

「よかった。そのほうがわたしも気が楽だわ」

キーガンがブリーンを抱き寄せてキスをした。そして驚いたことに、彼はブリーンの全身に両手を滑らせ、乾かしてくれた。

「もう雨は降らないからな」キーガンはぶっきらぼうにつぶやき、歩み去った。

意外に優しいところがあるのよね。ブリーンは歓迎の木に向かって歩きながら考えた。ちゃんと見ていれば、キーガンにも優しいところがあるのがわかる。

ブリーンとボロックスはアイルランドに戻ってきた。空気中に牛糞のにおいは漂っていないが、こちら側も太陽の光が降り注いでいる。春の日ざしだ。ほんの数日離れていただけなのに、春は確実に近づいていて、木々の新芽は大きくふくらみ、なかには開き始めているつぼみもある。

そろそろガーデニング計画を実行に移すときが来た。自分のコテージとマルコとブライアンが住むコテージのあいだに小さな菜園を作るのだ。

まだ雨で体が濡れていたボロックスは、さっそく小川に飛びこんだ。愛犬はすぐに水から出てきて、ブリーンをちらりと見あげると、あっという間に林から飛びだしていってしまった。

シーマスに迎えられて、うれしそうに吠える声が聞こえてくる。

「よしよし、いい子だ。ほら、ここを見てごらん。この場所では、走りまわったり穴を掘ったりしたらだめだぞ」

ブリーンも林から出た。シーマスが帽子を斜めにかぶり、園芸用手袋をはめた手を腰に当てて立っている。どうやら彼は土を耕していたようだ。

目を凝らして見てみると、芝生と野原の境目にあるフクシアの生け垣の正面に、焦げ茶色の土がふっくらと盛りあがった小さな四角いスペースができていた。

ブリーンはシーマスとボロックスのもとへ急いで駆け寄った。たちまち、肥料の強烈なにおいが鼻を直撃する。

これは春のにおいよ。

「ああ、シーマス。ここまでしてくれるなんて!」

ブリーンに向き直ったシーマスの青い目が明るく輝いている。「これがわたしの楽しみなのさ。それをきみは奪うつもりかい? それに今、わが家には身動きできないほど菓子職人たちが集まっているから、ここで過ごせてちょうどよかったよ」

シーマスはブリーンの肩を優しく叩いた。「ここ数日、わたしとマルコとブライアンの三人でこの場所をどうするか話しあっていたんだ。それで、そこの部分だけ生け垣を切って、門か東屋（あずまや）みたいなものを設置したらいいんじゃないかということになってね。そうすれば、きみたちはお互いのコテージを行き来しやすいだろう？　だけど生け垣があるから、それぞれのプライバシーは守られるってわけさ。そのうえ、そこが門か東屋になれば、マルコとブライアンのコテージからも入江や丘の景色を眺められるし、ここにきみが作りたい菜園も三人で手入れしたり、収穫したりできる。マルコとブライアンはこの作業をわたしにまかせてくれたんだ。きみの喜ぶ顔が見たくてね。どうだい？　わたしたちの案は気に入ってもらえたかな？」

「ええ、完璧だわ。わたしも同じことを考えていました。でも、わたしたちには家庭菜園の経験がまるでないんです、マルコもわたしも」

「トマトとピーマンの苗は植えたいと言っていたね。それならあとは、ジャガイモ、キャベツ、スナップエンドウ、ニンジンあたりをそれぞれ少しずつ植えるといいんじゃないかな」

「植え方を教えてください」

「もちろん。こちらこそ喜んで手伝わせてもらうよ。だが実際やってみると、自分が思っている以上にうまくできるものだ。すでにきみには野菜作りの基礎知識があるしね。さあ、きみの苗を見に行こう。今のところは状態がよくても、そろそろ寒さに慣れさせていかないと。今夜あたり、霜がおりそうだな」シーマスは空を見あげて言った。「本当だよ」

「はい、あなたの勘に狂いはありません」

シーマスはコテージの脇に置いてある、土の入った小さなポットが並ぶ箱と小さな苗を見せてくれた。

「これは育苗箱といって、根の張りが充分でない苗を寒さや風雨から守ってくれるんだ。植えつけができるサイズまで育ち、気温もあがったら、この箱から取りだしてきみの好きな場所に植えるといい」

ボロックスが入江で水遊びをしているあいだ、ブリーンとシーマスはガーデニング談義に花を咲かせた。

「シーマス、いつも本当にありがとうございます。実は、あなたにもうひとつ頼みたいことがあるんです」

「遠慮せずになんでも言ってくれ」

ブリーンはバッグのなかから布でていねいにくるんだ羽根を取りだした。

「ああ、これは懐かしいな。きみはよくこの羽根をぱたぱたとはためかせて、駆けまわっていたね」

「はい、当時のことはわたしも覚えています。わたしにとって、これがどんなに大切だったかも。それで、この羽根を額に入れて、コテージに飾りたいと思っているんです。いつでも眺められるように」

「それはすばらしい考えだ。飾っておけば思い出を身近に感じられるからね。そうだな、立体的な羽根を飾るにはシャドーボックス用の額がいいんじゃないかな。ガラスがないし、厚みもあるだろう？」

「そうなんです。きっとあなたなら、この羽根に合う額の種類やサイズや木枠を知っているだろうと思っていました」

「あのころのことを思い浮かべながら額を作るのは楽しい作業だよ。わたしだけでなく、フィノーラにとってもね」

シーマスは手袋を脱ぎ、両手を叩いて細かい土を払い、それから羽根を手に取った。しばらくしてタラムへ戻るシーマスを見送り、ブリーンはボロックスを連れてコテージに入った。マルコがオーブンのなかに入れた料理を言い当てることはできないものの、室内にはいいにおいが漂っていた。

彼女は暖炉に火をつけ、コートを脱いでフックにかけて、ため息をついた。

「ねえ、ボロックス、今回は長い旅だったから、あなたにもご褒美をあげるわ。わたしは熱いシャワーを浴びることにする。そのあと、まだわたしたちふたりきりだったら、少し執筆作業を進めましょう」

ブリーンはゆっくりとシャワータイムを楽しみ、きれいになる魔法(グラマー・マジック)をかけた。そして髪を後ろでひとつに結び、身づくろいを終えた。

一階へおりて冷蔵庫からコーラを取りだしたとき、コテージにはまだ自分とボロックスしかいなかったので、愛犬と一緒に書斎へ向かった。

「あなたが冒険する時間よ」ブリーンはボロックスに話しかけ、ノートパソコンを起動させた。

その後、キャピタル滞在中に頭のなかでメモしておいた場面を一時間ほどかけて打ちこんだ。

わくわくして、どきどきはらはらして、いたずらがいっぱいだ。

ふいに携帯電話の着信音が静かな部屋に鳴り響き、ブリーンは椅子から飛びあがりそうになった。つかの間、充電器に立てかけてある携帯電話を見つめる——それがまるで見慣れない奇妙なものか何かのように。

ようやく現実に戻ってきたのだ。

画面に表示された名前を見て、誰からの電話かわかったが、彼女は出るのを一瞬ためらった。

まったくあきれる。なぜカーリーに原稿を送ったことを忘れていたのだろう?

ブリーンは手首のタトゥーに触れ、充電器から携帯電話を取りあげた。

「もしもし」

「ブリーン。カーリーよ。今あなたは仕事が終わったあとか、夕食の前だといいのだけれど」

「まさにそんなところよ」ただし、誰かがコテージのドアを開けるまで仕事を続けるつもりだった点をのぞけばの話だ。「元気だった？」

「元気よ。今から『闇と光の魔法』について少し話せるかしら？」

ブリーンはぎゅっと目をつぶった。「ええ、もちろん」


マルコが意気揚々とした足取りで帰ってきた。手には砂糖とバニラのにおいがする箱を抱えている。

「お嬢さん！　おかえり！」ワイングラスを片手に椅子に座っていたブリーンに、マルコが上機嫌で声をかけてきた。「キャピタルはどうだった？　でも、その話を聞く前に、まず料理のチェックだ。今夜はにんにくとローズマリーの香りを利かせたローストポークだよ」

「話すことがたくさんあるわ」

「そうだろうね。いやあ、今日は楽しかった。フィノーラのコテージで焼き菓子コンテストをしていたんだ。きみにもお土産を持ってきた。セドリックのレモンビスケットと数種類の焼き菓子の詰めあわせだよ。マーグが魔法を使って、料理の準備に時間がかからないようにしてくれたんだ。よしよし。見た目もにおいも完璧だ。ブリーン、きみは何を飲んでいるんだい？　ぼくもそれにしようかな。もう少し待っていてくれ。すぐにリビングルームへ行くから」

「それよりも、マルコ――」

「わあ！　どこでこのコートを手に入れたんだい？」マルコはフックにかけてあるコートに駆け寄り、手に取った。「これは高級品だな。革がやわらかくて軽い。お嬢さん、いつの間にファッションに目覚めたんだ？」

「キアラがプレゼントしてくれたのよ」

「なるほど、そういうことか。彼女はファッションセンスがあるからね。ブリーン、立つんだ！　これを着た姿を見せてくれ」

「まずはちょっと座ってくれない？」

「ああ、ベイビー、何か悪いことがあったんだな」

「違う、そうじゃないわ」ブリーンは立ちあがり、ソファへ移動した。「奇妙な話をあなたにたくさんしなくちゃならないの。まず最新のものから始めて、そこから順番に過去へさかのぼっていきましょう。なぜなら、最新の話があなたに一番話したいことだから。あなたは自分が飲むワインを用意してきて。そのあいだに、わたしは頭のなかを整理しておくわ」

ワイングラスを持ってリビングルームに戻ってきたマルコが隣に腰をおろすまで、ブリーンはずっとすぐそばに座っているボロックスを撫でていた。

「さあ、マルコに全部話したまえ」

「わかったわ。最新の話から過去へどんどんさかのぼるわよ。少し前に、カーリーから電話があったの」

「彼女、もう読んだのか――さすが仕事が速いな。ごめん、黙って聞くよ」

「最新から過去へよ」ブリーンが繰り返す。「それで、わたしたちはあなたのレシピ原稿について話したの。カーリーはあなたの考えた構成案をとても気に入っていたわ。楽しく作れるレシピ、物語のあるレシピ、あるいは音楽から連想されるレシピ」

「ほとんどきみのアイデアだ」

「違うわ。わたしは手伝っただけよ。あなたの物語だし、あなたの音楽でしょう。あなた独自のスタイルで作られる料理本なの。とにかく、カーリーはあなたの原稿を同僚の出版エージェントに渡したそうよ。イヴォンヌ・クレイマーという女性なんだけど、彼女が売りこんだ三冊の料理本の評判がいいんですって。それに彼女は、本に載せるレシピを実際に自分でも作ってみるらしいの。カーリーによると、彼女はあなたのスパゲッティとミートボールを作ったそうよ。結果は大成功。続いて、アップルソースケーキも試してみたところ、これも大成功。わたしたちがニューヨークへ行ったとき、イヴォンヌがぜひあなたに会いたいと言っているみたい」

「なんてことだ！」マルコはぽかんと口を開き、目も見開いたままかたまっている。

「からかっているんじゃないよな？」

「まさか！　からかってなんかいないわ。マルコ、あなたにエージェントがつくかもしれないのよ。その人がもっとあなたのレシピを見たいと言っているの」

マルコははじかれたようにソファから立ちあがり、リビングルームを歩きまわりだした。

「ぼくの考えたレシピが本になる？　嘘だろう。信じられない」

「マルコ、まさか怖（お）じ気（け）づいたんじゃないでしょうね。だめよ！」

彼は足をとめ、親指で自分を指さした。「そんなまぬけに見えるか？」

「見えないわ」ブリーンも立ちあがり、マルコに飛びついて抱きしめた。

「本にするならもっとたくさんレシピを考えないといけないな。だけど、ぼくの頭はもう――」マルコは電気がショートした音を口でまねた。「わからない……ぼくにできるのかな」

「それはイヴォンヌが知っているわ。ねえ、マルコ、あなたはいつもわたしにこう言うでしょう。カーリーを信じろと。だから、あなたもイヴォンヌを信じなさい。彼女の連絡先を教えてもらったわ。明日、あなたと話がしたいんですって」

「わかったよ。しかし信じられない。やっぱり座ったほうがよさそうだ。なんてこった。まさか料理本を出すことになるとは」ぶつぶつとつぶやきながら、マルコはソファに腰を落ち着けた。「これってすごいことだよね？　まずはこの事実に慣れるよ。それから、この状況のなかで楽しみを見つける」

「いつもあなたはどんな状況でも楽しみを見つけてきたわ」

「そのとおりだ。これでぼくの話は終わったよね。過去に向かって時間の流れをたどると、次はなんだい？」

「その前に一度深呼吸をさせて。カーリーがわたしの本を気に入ってくれたの」

「だから言っただろう！」マルコがブリーンの腕を肘で突く。「カーリーに送ったほうがいいって」

「マルコ、カーリーはとても気に入ってくれたわ。絶対にあの本を出版してみせるとも言ってくれた」

「当然だよ。でも、これ以上ない最高のニュースなのに、なんで踊らないで座っているんだい？」

「踊るのはまだ早いわ。今はカーリーに言われたことを理解しようとしている段階だから。実は、一作目でお世話になった出版社はあの原稿の持ちこみ先の第一候補ではないの。わたしの新作はボロックスの本のような児童書ではないし、ヤングアダルト小説でもないでしょう。だからカーリーはあの出版社を第一候補から外したほうがいいと考えているの。最良の選択をするべきだと言っていたわ。出版にも相性があるからって」

「きみはカーリーのその考えに賛成できないのかい？」

「そうじゃないわ。わたしは彼女に全幅の信頼を寄せている。ただ、わたしは今の担当編集者が好きだし、あなたもあそこのスタッフ全員を知っているでしょう。だから——でもとにかく、カーリーが新作を気に入ってくれて、さっそく売りこみを始めたいと言うから、わたしはお願いしますと伝えたわ」

「きみはばかじゃないからね」

「でも、本当にこれでよかったのかしら。さっきのあなたと同じで、わたしも頭がまともに働かないわ」

「そうか。それなら、ちょっと待ってくれ」マルコは小首を傾げ、人さし指を立てた。

「よし、これだ。わたしはすばらしい本を二冊書いた。いや、訂正しよう。わたしの本は二冊ともベストセラーになった」

「二冊目はまだ出版されてもいないじゃない。先走りすぎよ。でも、必ずカーリーは最善を尽くしてくれる。それは彼女の言葉の端々から伝わってきたわ。ねえ、マルコ、不思議よね。ほんの一年前にはこんな未来が待っているなんて想像もしていなかったもの。父とおばあちゃんがお金を送ってくれていたことを知ったとき、わたしの長年の夢は動きだしたの。あなたに何をしたいかときかれたとき、わたしはここに、アイルランドに来たいと言ったわ。そこからの展開はあまりにめまぐるしかったけど。たった一年のあいだに、本当にいろいろなことがあったわね」

「ブリーン、きみの新作だけど、ぼくはこう考えているんだ」マルコは片手にグラスを持ち、もう一方の手をブリーンの髪に滑らせた。「あの物語の一部は、長いあいだきみの頭のなかにあったんじゃないかな。それが、なんていうか、コルクをぽんと抜いたみたいに外にあふれでてきた。そして物語の残りの部分は、すべてタラムにあったんだ。そのコルクも抜けたんだよ」

「あの作品を執筆しているあいだ、物語の舞台となる世界が目の前に見えていたの。それはとてもはっきりと。タラムによく似ていたわ。もしかしたら、あそこに住んでいたときの記憶の断片が意識の底に埋もれていたのかもしれないわね。その断片があふれでてきただけだとしたら、この先もまたこういうことが自分のなかで起きるのかどうか――」

「弱気になるなよ。怒るぞ。この世界一すばらしい犬の物語を書いたのはきみだろう?」

褒められたのがわかったのか、ボロックスが激しく尻尾を振る。

「そうね」

「そして、今は続編を執筆中なんだろう?」

「ええ、順調に進んでいるわ」

「それに加えて、読み応え充分で、多くの支持と共感を得ているブログもほぼ毎日更新しているだろう?」

ブリーンは大きくため息をついた。「あなたがいてくれてよかった」

「それじゃあ、踊ろうか?」

「まだやめておくわ。あの本が出版されることが決まるまでは踊らない。正確には、実際に出版されるまで。だけど、わたしの本とあなたの料理本の出版日には踊り狂うわよ」

「いいよ。一種のゲン担ぎだな。踊り狂うのはしばらく延期しよう」

「本当にあなたがいてくれてよかった」ブリーンはもう一度言った。「ようやくこれでまた息ができる……コテージに戻ってきたとき、ちょうどシーマスがいたの。彼は庭作りを始めていたわ――菜園作りを」

「えっ?　本当かい?」マルコはソファからぱっと立ちあがり、窓辺に駆け寄った。

「あれだな!　さすがシーマスだ」

「彼は庭作りの天才だもの。フクシアの生け垣を一部切って、わたしたちが行き来できるように門か東屋を設置するアイデアも気に入ったわ。何もかも完璧よ。どれも憧れていたものばかり。初めてこのコテージを見たとき、雷に打たれたみたいな気持ちになったの。いつも夢見ていたコテージだったから。ここからすべては始まったのね。わたしの運命もここから大きく変わったわ」

ブリーンも立ちあがり、窓辺に近づいていくと、マルコの腰に腕をまわした。

「あなたがあそこにいる。あなたの横にはブライアンがいて、生け垣のこちら側にはわたしがいる。小説を書いているわたしの横には、ほかに類を見ないほどすばらしい犬がいる。タラムにはおばあちゃんが、そして仲間がいる。居場所があり、マルコがいて、家族がいて、目的がある。

それでもときどき、たとえばカーリーと話したあととかに、はっとするの。またしても雷に打たれたみたいな感じね。そして、わけがわからなくなる。というより、今の自分の状況をあれこれ考え始めてしまうの。これは現実なのか？　摩訶不思議な夢でも見ているんじゃないか？　自分は昏睡状態に陥っているのかもしれないって」

「お嬢さん、きみが昏睡状態に陥ったら、ぼくもそれにつきあってあげるよ。なぜなら、ぼくはもうすべてほしいものは手に入れたし、何よりきみをひとりにしたくないからね」

「わたしたちがお互い昏睡状態になったら、ふたりでそのまま一緒にいましょう」ようやくブリーンの顔に笑みが浮かんだ。彼女はマルコのグラスに自分のグラスを触れあわせた。「話はまだまだあるの。キャピタルで、ドーカスという女性に会ったわ。彼女は少なくとも百五十歳にはなっていて――」

「冗談だろう」

「タリンがそう言っていたの――マルコ、わたしはキーガンのお母さんが大好きよ。たとえキーガンとわたしがうまくいかなくても――わたしたちのあいだに何があっても――彼女のことは変わらず好きだと思う」

マルコの手を取り、ブリーンはソファへ戻った。「それでね、学者のドーカスは百万匹の猫と一緒に暮らしているの。ごめんなさい、大げさに言いすぎたわ。でも、間違いなく百匹はいたわよ。ドーカスはキャピタルの村の近くにある森のなかに住んでいるの。そこにぽつんと立っている彼女のコテージからは、おとぎ話に出てきそうな薄気味悪い雰囲気が漂っていたわ」

「そのドーカスという学者はいいやつなのか、それとも悪いやつなのか?」

「いいやつよ。風変わりではあるけれど、いいやつ。みんなに尊敬されているわ。ほら、わたしたちがオドランのなかにいる神と悪魔について話したとき、タリンが言っていたあの学者よ」

「ああ、思いだした。そういえば、キーガンもまずいビスケットがどうとか騒いでいたよね」

「まずいなんてもんじゃなかったわ。まるでおがくずを食べているみたいだった。おまけに、お茶はタールみたいな味がしたんだから。それに、あの小さなコテージの薄暗い隅からチャッキー（映画『チャイルド・プレイ』に登場する殺人人形）の不気味な笑い声が今にも聞こえてきそうで怖かったわ」

マルコがブリーンの顔をしげしげと見つめる。「本当に彼女はいいやつなのか？」

「それがいいやつなのよ。コテージが薄気味悪いとか、クッキーがまずいとか愚痴るわりにはね。ドーカスはとても興味深い人よ。まあ、それはともかく、彼女は子供のころに読んだ本に書かれた物語を思いだしたの」

「子供だった百五十年前のことを思いだしたのか」

「そういうことね。ドーカスから聞いた話をあなたにも聞いてほしいの。なぜ彼女がその物語の内容を信じたのか、なぜキーガンも信じたのか、なぜその物語を伝え聞いた人たち全員が信じたのかも。それはオドランの物語だった。そして、そこには彼がどうやって自分のなかに悪魔を宿したのかが書かれていた」

半分ほど話し終えたところで、マルコがさっと手をあげた。彼はキッチンへ行き、ワインボトルを持ってリビングルームに戻ってきた。

ブリーンがすべて話し終えると、ふたたびマルコはキッチンへ向かい、オーブンからローストポークを取りだした。そして、焼きあがった肉を寝かせるためにアルミホイルで包み、それからまたブリーンの隣に座った。

「どれだけ夢中になってきみの話を聞いていたとしても、ぼくは最後まで料理には手を抜かない主義なんだ。その若い女の悪魔を食べたという部分だけど、きみは作り話だとは思っていないんだね？」

「ええ、残念ながら、おそらく事実だと思うわ。あえて言うまでもなく、処女だったその女性の悪魔はどんな姿にも変身できる魔力を持っていた。オドランはその力がほしかったの。悪魔の血とともに。彼女が食人癖のあるオドランの最初の犠牲者だったのかどうかはわからない。でも、最後の犠牲者じゃないのは間違いないわ」

「つまり、あいつは〝人食いハンニバル〟ことレクター博士の神版なのか？」

「マルコ、あなたって本当にたとえがうまいわ。だけど、誰の血でもいいオドランとは違って、美食家のレクター博士はワインならなんでもいいとは絶対に言わないでしょうね」

「オドランのなかにいる悪魔は邪悪なんだよな？」

「そう。でもそれは、彼のもともとの性質が邪悪だからよ」

「胸に焼き印みたいな跡があるって？」

「あれは――たぶん――入口であって、出口なの。そして弱点でもある」

「なんの出口だい？」マルコがきき返してきた。「悪魔の出口か？　きみのなかにも邪悪な悪魔がいるんだよね。そいつはどうすればいなくなるんだろうな？」

「それはまだわたしにもわからないわ、マルコ」

ブリーンはまぶたを指の腹で押さえた。ふたりの会話はマルコの料理本の話から始まり、ブリーンの新作、そして悪魔の話になった。

「もしかすると、わたしのなかから悪魔を追いだすのは、廃墟に閉じこめられた魂を解放するのと似ているのかもしれない。正直言って、今はどうしたらいいのかまったく見当もつかないわ。でも、わたしは必ず悪魔を追いだすつもりよ。そのときは、自分のするべきことをするわ」

ブリーンは髪を後ろに払った。「そうだ。これを話すのをすっかり忘れていたわ。オドランがまた悪だくみをしているのよ。向こう側で、彼らはすべてのポータルに亀裂を作っていたの」

「滝の亀裂のようなもの？」

「そう。無事だったのは歓迎の木のポータルだけよ。それで、キーガンが――あら、彼が来るわ。戦術の話はあとで彼からしてもらいましょう」

「わかった。キーガンが来たってことは、ブライアンもそろそろ帰ってくるな。みんなで食事をしながら、キーガンの話を聞こう」

マルコはソファから立ちあがった。「ブリーン、彼に本のことを伝えなよ」

「まだ出版されるかどうかもわからないのよ。あなたこそ、ブライアンに料理本のことを言わないと」

「出版されるかどうか以前に、まだ書いてもいないのに？」マルコはブリーンに向かって人さし指を突きだした。「やっぱりぼくたちはすべて話すべきだ。それに、これはいいニュースだろう？　そういうのはみんなで共有しよう。今までぼくたちは、悲しみも苦しみも怒りも分かちあってきた。だから喜びも分かちあおう」

「あなたにはかなわないわね」マルコの勝ちだ。ブリーンは心のなかでため息をついた。「キーガンに言うわ」

「ぼくに何を言うって？」突然、キーガンの声が耳に飛びこんできた。「ふたりで何を話していたのか知らないが、きみの口ぶりからするとマルコに説き伏せられたようだな。ああ、腹が減って飢え死にしそうだ。食事の準備ができていることを願うよ。ぼくが手を洗い終えるころには、ブライアンも戻ってくるはずだ」

「キーガン、きみはついているね」マルコがローストポークをのせた大皿を持ちあげた。彼はキッチンカウンターの上にその皿を置くと、ローストポークのまわりにハーブ焼きにしたジャガイモ、ニンジン、セロリ、タマネギを並べ、特製ソースを添えた。

「見るからにうまそうだ」キーガンはシンクで手を洗い始めた。「シーマスが庭を作りに来ているみたいだな。においでわかったよ。だから、この話ならしなくていい。それ以外に何かあったのか？」

「ブリーンのエージェントが彼女の新作を大絶賛したんだ」ブリーンはぐるりと目をまわして天を仰いだ。そんな彼女の様子もおかまいなしに、マルコがさらに言い添える。「キャピタルへ向かう直前に、ブリーンは新作の原稿をニューヨークに送っていたんだよ」

「そうだったのか」キーガンは手を乾かし、ブリーンに向き直った。「きみは自信がなかったのか？」

「カーリーから連絡が来るまでは――」

「きみは自分の書いた作品が気に入らなかったのか？」

「まさか。気に入っているわよ。ただ――」

「きみはその作品をマルコに読ませた。そして、彼は本の良し悪しを判断できる男だ。その彼がきみの新作を気に入った。それなのに、きみは気が気でなかったみたいだな。だが、女性というのはそういうものだ」

「なんですって？」

キーガンが肩をすくめる。「これでもう見せない理由はなくなったな。そろそろぼくにも読ませてくれたっていいはずだ。ただし、機械ではなく、ぼくは紙のほうがいい」

「でも――」

「ぼくがプリントアウトしてあげるよ。あっ、ブライアンが帰ってきた」マルコはテーブルに大皿を運び、ブリーンににやりとしてみせた。

ここぞとばかりにブリーンは逆襲に転じた。「マルコだって料理本を出版するのよ。それで、今度ニューヨークでエージェントと会うの」

「それはすばらしいな、マルコ。きみのその卓越した料理の才能を他人に分けてやるなど、なかなかできることではない」

「まだ具体的には何も決まっていないけどね」ブライアンがリビングルームに入ってくるのを見て、マルコの顔に満面の笑みが浮かぶ。「さあ、食事にしよう」

第三部　勇気

誓いを立てたからその者を信じるのではなく、その者の誓いであるがゆえに、われわれは信じるのだ。

——アイスキュロス

勇気は単に美徳のひとつではなく、試練のとき、すなわち究極の現実に直面したときにも失わずに持ち続けるならば、あらゆる美徳が勇気となるのである。

——C・S・ルイス

21

朝、キッチンでコーヒーメーカーを凝視するキーガンを見つけても、ブリーンはそれほど驚かなかった。彼には務めがあるので、たいていはブリーンがおりてくる前に出かけてしまうのだが、ゆっくりしていく日もたまにはある。

「コーヒーが飲みたいの？」

「この機械は気に入らないが、必要に駆られている」

「やってあげる」彼女はまずボロックスを外へ出してから、コーヒーに取りかかった。

「朝の乳搾りはしなくていいの？」

「夕方を受け持ったから。それに、ほかにするべきことがあるんだ」

「あまり眠れなかった？」

「充分とは言えないが、寝たことは寝たよ。きみと……情熱的な夜を過ごしたあとに」彼の言い方にブリーンは思わず笑ってしまった。「きみはすぐに寝入ってしまったから、ぼくはちょっときみの本を読んでみようと思ったんだ。マルコが読めるようにしてくれたから」

「ふうん」それだけ言って、コーヒーのマグカップをキーガンに渡す。

「そうしたら、思っていたより遅くまで読みふけってしまってね。これまでにも、きみが置きっぱなしにしていた文章を読んだことはあった。だけど今回のはそれ以上で、冒頭部分からタラムの景色が目に浮かんだよ。色鮮やかに描きだされていた」

ブリーンは時間をかけて自分のコーヒーもいれた。「書き始めたのはタラムを見る前よ。つまり、そのときはまだタラムに戻っても、思いだしてもいなかった。それ以前にその冒頭部分を書いたの」

「心が覚えていたんだろう」

ブリーンはキーガンに視線を向けた。「きっとそうね」

「きみが中心に据えた女性――ともかく、ぼくには中心人物に思えた女性だが、あれはきみじゃないんだね」

「そう思う?」興味をそそられた彼女は、はっきり答えを口にしないままドアのほうへ歩いていった。朝を感じたかった。入江を、朝靄を、やわらかな夜明けの光を感じたかった。

「ああ。きっときみは自分を主人公にしているんだろうと思っていたんだ。たいていはそういうものだろう。でも、違った」

ブリーンに続いてキーガンも外へ出てくる。目覚めたばかりの太陽が東の空に顔をのぞかせ、水面から影のように立ちのぼっていた。

「物語の始まりの時点では、彼女はかつてのきみよりも意志が強い。それに怒りを覚えている。たぶん、きみより若くて、成長途中なんだろう。きみがそうだったように自己を探し求めているが、すでに自分の力には気づいている。あるいは、彼女の目には力と映っていなくても、それを感じ取っている。きみが彼女の指導役にしたのはマーグではなく、ついでに言えばぼくでもない、年老いた皮肉屋だ。だけど、彼のことは気に入ったよ」

「どうして？」

「多くを見てきて、それ以上に学んでいるからさ。教えたいから教えるのではなく、彼という人の本質を、失ったものを思う気持ちを、彼女に引きだされていくところがいい。自分もまだ変われるかもしれないと思ったんだね」

ブリーンはゆっくりとコーヒーを飲んだ。「あなたがそれを理解してくれることが重要だったのよ。ふたりをそういうふうに見てくれることが」

「ぼくだってまぬけじゃないからね。読めばわかる」

「そうなったらいいなと思って書いたの」

「間違いなく成功しているよ。それに関しては気をもむのをやめるんだな。見当外れもいいところだ」

ブリーンはまたしても笑ってしまった。「違うのよ。あなたは自分が背負うものと同じくらい、闇と光、善と悪、存在するものと存在してはならないものに重きを置いているでしょう。じゃあ、わたしの物語は？　わたしが書いているのは架空の世界よ。だから、あなたが読んだものを気に入ってくれたことが、わたしにとっては大きな意味を持つの」

キーガンが筋肉をほぐすように首をまわした。「発売されたら絶対に買うよ。睡眠時間を削るほどおもしろかったんだ。きみには才能がある、ブリーン。それは間違いない。受け入れるんだ。魔法の能力と同じように、その才能を尊重しろ」

ブリーンはもうひと口コーヒーを飲んだ。「努力している最中よ」

「きみはもうすぐフィラデルフィアとニューヨークへ行くんだよな？」

「近々ね。ここでわたしが必要だと、あなたに言われない限りは」

「きみは行くべきだと思う。そして戻ってきてくれ。自分の家族に会うのは当然のことだ。仕事を片づけるのも。それから、戻ってくれればいい」

「あなたは一緒に来られないのよね」

「ああ。残念だが、無理なんだ」

「そんなふうに思わないで。わかっているから」

「だけど、本当に残念なんだ。きみのサリーや彼のクラブ、それにあそこの音楽が好きだった。ビールもうまかったし。一日でも時間が取れるなら、きみと一緒に行きたかったよ」

ボロックスが水からあがり、体を震わせて水滴をまき散らしている。

「サリーもあなたを気に入っていたわ」

「ブライアンも、マルコの家族に会いたがるだろうな。つまりサリーと、彼が愛する人に」

「デリックね」

「ああ、そうだ」キーガンがブリーンを見おろして言った。「できることならブライアンも行かせてやりたいが、今は時期が悪い」

「わかっているわ。向こうにいるあいだに、母に会いに行くつもりなの」

彼はしばらく無言で朝靄が日の光に照らされる様子を見つめていたが、やがて口を開いた。「それならなおのこと、きみと一緒に行って、そばにいてあげられなくて残念だ」

彼の声に無念さがにじんでいたので、ブリーンは心を揺さぶられた。キーガンはあからさまに思いやりを見せたりしない。だからこそ、彼の思いやりに気づくといつも胸が熱くなった。

「いいえ、わたしが自分でしなければならないことだから。これで片がつくわ」

「ぼくがきみのアパートメントに作ったポータルを使うんだろう。メイヴにはそのあいだ出ておいてもらおう」

「必要ないわ。当日の夜はホテルを予約しているし、翌朝には電車でニューヨークへ行くつもりなの」

「メイヴは気にしないと思うけどな。帰りはニューヨークにあるポータルを利用すればいい」

「なんですって? ちょっと待って。ニューヨークにポータルがあるの?」

キーガンがブリーンに向き直って彼女を見つめた。「まあね、世界でも有数の重要都市だから。戻る準備ができたら、セドリックが案内してくれる。それが彼の能力だから、歓迎の木を通ってこちらへ連れ帰ってくれるだろう。むしろ、どうしてそんなことも知らないんだ?」

「きっと誰も話してくれなかったからよ」

彼は不満げに息を吐くと、コーヒーの残りを飲み干した。「まあ、こうしてぼくが今説明しているからよしとするか。ともかく、きみの準備が整いしだい、セドリックが迎えに行ってくれるだろう」

「わかった。それならニューヨークからフィラデルフィアへ戻るチケットはキャンセルするわ」

「フィラデルフィアのポータルを常設にしたいと考えているんだ。そうすれば、きみは必要なときにすぐ向こうへ行けるだろう。といっても、評議会の許可を得なければならないんだが。まったく、面倒なことだ」

ほら、まただ。ブリーンは思った。さりげない思いやり。彼女はキーガンのほうを向いて彼を抱きしめた。「気遣ってくれてありがとう」

「そうしたほうが効率がいいからさ」そう言ってブリーンの体に腕をまわす。「そろそろ行かないと。今朝はすることがあるんだ」

「ブライアンも？」

「彼は今夜の当番だから、日中は時間がある。ブリーン」キーガンが彼女の顔を包みこんで言った。「ぼくは時間が取れそうにないから、きみからマーグとセドリックに話しておいてくれないか」

「ええ。今日ふたりと会って、わたしたちが知ったことをすべて伝えるわ」

「頼むよ。ただし、ぼくの先祖とドーカスの件は言う必要はない」

ブリーンは笑みを浮かべ、まつげをぱちぱちさせてみせた。「必要はないかもしれないけれど、たぶん話すでしょうね。だって、すごくおもしろい話だもの」

「くそっ」不満げな声をあげながらも、キーガンは彼女にキスした。それ以上は何も言わず、タラムを目指して林のなかへ入っていった。

彼のこういうところに強く心を惹かれるのかもしれない。キーガンという人は、まったく揺らぐことなく、闇に対する光、悪に対する善であり続ける。

ブリーンは彼から受け取った空のマグカップを片手に持ちながら、自分のコーヒーを飲み終えた。

そして、そばに戻ってきたボロックスと一緒に夜明けの明るい光を見つめた。

その日の仕事をこなしたブリーンは、マルコとボロックスを連れてタラムに移動した。アイルランドも晴れていたが、こちらも快晴だ。ブルーボネットの花のように青いタラムの空には雲がほとんどなく、日光が地上に降り注いでいる。

「一日が、半日余計に使えるみたいなものだな」マルコがうれしそうにサングラスをかけた。「そのうえ、こっちはもうかなりあたたかいし、ぼくたちでなければ毎日は見られない光景がある」

モレナが耕したばかりの畑の上を飛びまわって種をまき、ハーケンがその上に土をかけている。別の畑では、温室で育てて植え替えた苗が、青空へ向かって元気にのびていた。

「みんなは忙しい朝を過ごしていたみたいね」

「きみがおばあちゃんを訪ねているあいだ、手を貸そうかな。ぼくたちの小さな畑で作業するときの参考になるだろうし。まだにおいが取れないよ」マルコが付け加えた。

「きみは慣れたようだけど」

遠くではアシュリンが赤ん坊を抱っこ紐で背負い、息子たちと一緒に菜園で働いていた。

「アシュリンを手伝ってあげたほうがいいんじゃない。モレナとハーケンは、ふたりのリズムができているみたいだし」

「そうだな」

ふたりが道路を渡ると、ボロックスが挨拶代わりにひと声吠えた。

気づいた男の子たちが顔をあげる。叫び返す声がそよ風に乗って運ばれてきた。

「それじゃあ、ぼくは農夫マルコを演じてくるとしよう。またあとで」

「あんなことを言いながら、楽しむに違いないわよ」ブリーンはボロックスに話しかけながら石垣を越えた。「彼のそんな姿をいったい誰が想像したかしらね?」

のんびりした足取りで歩いていると、さらにいくつかの春の兆しを目にすることができた。かすみのように芽吹く木々の緑、一生懸命に太陽の光を吸収しようとする野の花たち。

「これで四季をひと巡りすることになるわ、ボロックス。ちょうど一年前にわたしの人生は変わったの。今思えば、マルコの人生も。郵便物を分類するとか、家中の窓を開けるとか、植物に水をやるとか、ばかげた雑用を言いつけられて母のところへ行くためにあのバスに乗ったところからね。そのとき初めてセドリックを見かけたのよ。とても不安になったわ。ああ、あのころのわたしはものすごく不幸せだった」

片方の手でボロックスの頭の毛を撫でる。「正直なところ、自分がどれほどひどい状態か、わかっていなかったと思う。そこから抜けだして、ついに自分自身を見つけるまでは。もちろん、あなたのこともね」

ボロックスがそのとおりだと言わんばかりに尻尾を振った。ブリーンは手に入れたすべてを、あれから知ったこと、感じたことのすべてを抱きしめるかのように両腕を大きく広げた。

「マルコの言うとおりね。本当に、半日得した気分よ」

マーグのコテージへ続く角を曲がる。ブリーンは初めてこの道を歩いたときのことを思った。子犬のボロックスを追ってよろめきながらポータルを通ったばかりで、まだ少しめまいがしていた。

そして、開け放たれた戸口に現れた祖母を目にして衝撃を受けたのだ。

コテージのドアは今日も歓迎するように開いていた。それを見たボロックスがうれしそうに駆けだしていく。そこへマーグが出てきた。

つややかな髪を後ろでまとめている。目の粗い生地のズボンと着古したセーターという格好からして、室内か、あるいは屋外で作業をしていたのだろう。

「庭いじりをするには最高の、いいお天気ね」マーグが言った。「ちょうどお茶にしようとしていたところだったの。そうしたら、あなたがやってくるのが見えて。キャピタルから戻ったのね」

「ふたりに話すことがたくさんあるの」

「なかに入ってお座りなさい。昨日焼いたビスケットがたっぷりあるわ。もちろん、あなたの分もね」マーグはかがんでボロックスを撫でた。「いつだって忘れないわよ。そのコート、やっぱりあなたにぴったりだったわね」

「キアラからの贈り物のことを知っていたの？」

「彼女に相談されたの」マーグはブリーンを抱きしめて両頬にキスした。「それにしても、今日のお天気と同じくらい輝いて見えるわ」

「ここには春が早く来るみたいだなって、ちょうど考えていたの。わたしが今まで馴染んでいたより早いわ。春が来たら、タラムとアイルランドで四つの季節すべてを経験することになるわ。わたしにとっては本当に初めてのことばかりだから、わくわくしているのよ、おばあちゃん」

キッチンへ行くと、ゆったりしたズボンをはいたセドリックが、カップにお茶を注いでいた。マーグがしたように、ブリーンは彼を抱きしめて挨拶を交わした。セドリックは土と緑のみずみずしいにおいがした。

「初めてあなたを見たのは、バスに乗っているときだった。でも心のどこかでは、あなたのことを知っていたに違いないわ。あるいは、うすうす感づいていたのかもしれない。だからものすごく不安になったの。風を起こしたのもあなたよね。ファイリングキャビネットに入っていた書類があたりに散らばるように。父とおばあちゃんがくれたお金に、わたしが気づくように。わたしの人生はあの瞬間に変わったの」

「お金そのものはそれほど重要ではなかった」

「あって損はなかったはずよ。わたしたちは毎月ぎりぎりの生活をしていたんだもの。だけど、そうね、大事なのは父に捨てられたのではなかったと知れたことだった。あの思いがけない収入（ウィンドフォール）――文字どおり、風で手元に落ちてきたお金――がなかったら、アイルランドへは来なかった。アイルランドへ来なければ、ここに来ることもなかったわ。だから、わたしは気分がいいの。たとえふたりに暗い話を聞かせなければならないとしても。学者のドーカスが教えてくれた話よ」

「あなた、ドーカスのコテージに行ったの？　セドリック、この子にお茶とビスケットをあげて、あの味を忘れさせてあげなくちゃ」

ブリーンは大騒ぎするふたりの好きにさせ、椅子に腰をおろした。彼らが楽しんでいるとわかっていたからだ。

窓を開けて新鮮な空気を取り入れつつ、暖炉のおかげでほどよくあたたまった居心地のいいキッチンで、彼女はドーカスから聞いた内容を最初から最後まで伝えた。

「聞いたことのない話だわ。あなたはどう、セドリック?」

「それが、こうして聞いてみると覚えがあるんだよ」彼がうつむくと、銀髪が日光を浴びてきらりと光った。セドリックは両手に視線を落としたまま続けた。「ずっと昔、子供のころのことだ。小さい子たちを——わたしも含めて——怖がらせるための話だった。行儀よくふるまって、外をうろついたりしないように。大人になってからは思いだしもしなかったが」

「同じ話なの?」マーグが尋ねた。

「まったく同じではない。あれはオドランの話だったよ。わたしが子供のときでさえ、彼の名は恐怖をかきたてたからね。覚えている限り、悪魔の話ではなかったと思う。あちこちを旅していた老人から聞いたんだ。彼はオドランが、息子を切望していた母親の手によって黒魔術から生みだされたと言った。母親が好き放題させて甘やかし、何かにつけておだてたせいで、その息子は高慢で強欲に育った。そこはドーカスの話と同じだね。彼のなかには生まれる前から闇があり、それを受け入れていたんだ。

悪魔に関しては、オドランが邪悪な悪魔から学んだということしか触れられていなかった。それから、生き血を飲んで力を得ること、生きたままむさぼる肉の味に喜びを感じること。老人によれば、オドランは特に若い肉を好み、家から離れてうろつく子や、母親の言うことを聞こうとしない子供たちを探しまわるのだとか。

そんなふうにひそかに楽しみつつオドランは年を重ねていたが、やがてひとりの子供が彼の手を逃れて生きのびたことで、彼の罪が神々の知るところとなった。オドランは追放され、絶望した母親は息子のあとを追って身を投げ、暗い海(ダークシー)の岩場に打ちつけられて死んだ」

セドリックはかすかに笑みを浮かべた。「その話を聞いたあとは幾晩も怖い夢を見たものだ。母はそんなわたしをなだめてくれた。子供を怖がらせるための、ただの作り話にすぎないと言って。わたしは母の言葉を信じた。だが今思えば、真実もいくらか含まれていたんだろうな」

「そんなことをするなんて」マーグがゆっくりと口を開いた。「力を欲するあまり他人の、それも大勢の命を奪うなんて。神々は薄情になることがあるし、気まぐれだけど、さすがに許せなかったんでしょうね。信頼を裏切られたんですもの。だから、彼を追放した。でも、それほどの罪を犯したにもかかわらず、どうして生かしておいたのかしら? 信頼は簡単には回復できないものよ。世界の団結の、終わりの始まりだわ」

「ドーカスもそんなことを言っていたわ。キーガンも同じ考えよ。終わりの始まりだと」

「悪魔をむさぼったことで、オドランは神ではなく半神になったんだな」セドリックが指摘した。「ブリーン、きみと同じ半神に。オドランはこの事実を知られたくなかったのだろう。だから彼の物語には曖昧な部分があるのかもしれない。自らに取りこんだもののせいで、彼の力は減少した。彼が望んだように増幅するのではなく、減ってしまったんだ」

「より対等になった?」

マーグが首を横に振った。「これまで一度も対等になったことなどないわ。オドランの闇に対して、あなたは光なの。闇は光を覆い隠そうとして、その結果、光が弱まったり一時的に遮断されたりするかもしれない。でも、光はいずれ必ず目的のものにたどり着く。それがわかっているから、彼はあなたを恐れるのよ」

マーグは立ちあがり、窓に近づいて身を乗りだした。「今思うと、息子から、わたしのかわいい赤ん坊からパワーを吸い取るだけでは、オドランは満足していなかったのでしょうね。あの夜わたしが目を覚ましていなければ、わたしの息子はいったい何をされていたのかと思ってしまうわ」

「だが、きみは目を覚ました」セドリックがテーブルを離れてマーグのもとへ行き、彼女を抱きしめた。「それにきみは、オドランを闇へ送り返した。だからイーアンは強く育ったんだ。そして今では彼の娘が、もっと強くなってここに座っている」

「光が彼の弱点なんだわ、おばあちゃん。知ったからには、利用する方法を見つけられる。それだけじゃないの」

ブリーンがキーガンの戦略を、祭りを装う計画や夏至を利用する狙いを説明すると、ふたりはテーブルへ戻ってきた。

「夏至は昼がもっとも長い日だわ」マーグが言った。「光が一番強くなる日。わたしたちと同様に彼もそのことを知っているはずだから、罠(わな)はうまく仕掛けなければ」

「マーグ、オドランはわれわれが愚かで弱いと思っている。だが最後には、その思いこみが鏡のように彼自身に跳ね返るだろう。夏至はタラム中で祝われるが、ここにはブリーンがいる」セドリックは瞳をきらめかせてブリーンの手をぽんぽんと叩いた。

「もう一年だね。記念するにはふさわしいタイミングだ。夏至の祝いに加えて、彼女の帰還を祝う祭りだよ。オドランがじっとしていられるはずがない」

「鍵となるだけでなく、おとりにもなるというの？」そう口にしたとたん、マーグはセドリックの手をつかんで言った。「ごめんなさい。あなたが彼女のために命を捧げる覚悟だとわかっているのに。おばあちゃんの弱いところね」

「いや、違う」彼は自分の手を握るマーグの手に口づけた。「強さだよ」

「終わらせなければならないのよ、おばあちゃん。オドランの存在を消すには、きっとこれがわたしたちの取るべき方法なの。少なくとも、最適なタイミングだと思うわ。彼がすべてのポータルを開いてわたしたちのところへやってくるなら、そのときに決着をつけずにいったいいつやればいいの？」

ブリーンは重ねられたふたりの手の上に自分も手を置いた。「わたしに教えることがまだ残っているなら、どうぞ教えてちょうだい」

「わかったわ。あなたにはその権利があるもの。学びには終わりがない。そうでしょう？　それにドーカスの話が、若い悪魔の娘の話が真実なら、探るべき道があるはず。わたしたちはそこに足を踏みださなければ」

「キーガンと話してこよう」セドリックがふたたび立ちあがった。「わたしで役に立てることがないか確認するよ」

「あなたはいつだって役に立つわ。気をつけて、わたしの大切な人」マーグも席を立って彼にキスした。

セドリックが去ると、マーグはブリーンの手を軽く叩いて言った。「わたしたちは工房へ行きましょうか。新たな道を歩きだす助けになりそうなものがあるの」

コテージを出て橋に近づいたところで、ボロックスが期待のこもったまなざしでブリーンを見た。

「いいわよ、水しぶきをあげていらっしゃい」

そのとおりにするボロックスを見つめながら、ブリーンはマーグの腕に腕をからませて言った。「心配しないで、おばあちゃん。いつまでも気をもんでいられないくらい、気持ちのいいお天気だもの。大丈夫、わたしたちは道を開くわ」決意をこめて言う。「それに、いい知らせがあるの――少なくとも、そうなる可能性がある知らせがふたつ。マルコが料理本に取り組み始めたでしょう？　実はただの料理本じゃなくて、それぞれのレシピにちょっとした物語やエピソードを添えて、音楽を紐づけたものなの。ニューヨークのエージェントが、かなり興味を示しているわ」

「まあ、それこそすごいニュースじゃない！」

「本当に。あと、わたしのエージェントが新作を読んで気に入ってくれたの。彼女は売れると思っているみたい」

「まあ！　あなたはずっとここにいるのに、今になってわたしに話すなんて！」

「それほど重要なことじゃ――」

「ばかなことを言わないで」マーグが橋の上で足をとめ、ブリーンの両肩をつかんだ。「これ以上ないくらい重要よ。それはあなたの人生そのもので、人生の輝きだもの。わたしの孫娘は作家で、わたしたちのマルコは誰もが認める料理の腕前の持ち主。こんなに誇らしいことはないわ」

マーグはブリーンをきつく抱きしめた。足元の水のなかではボロックスが吠え、ぐるぐる泳ぎまわって水しぶきをあげている。

ブリーンは笑い声をあげて、視線を落とした。そして、それを見た。

「あそこにあるわ。水のなかに」

「何が？」

「そこよ。見えないの？」

「わたしに見えるのは犬と、水と、その下の岩、それから小さな魚が泳いでいるわね。あなたには何が見えるの？」

「ペンダントよ。金のチェーンにドラゴンズ・ハート・ストーンがついている。きらきら光ってとてもきれいだわ。前にも見たことがあるのに、おばあちゃんに尋ねるのをずっと忘れていたの。本当に見えない？」

「ええ」マーグの声は小さく、元気がなかった。「見えないわ」

「わたし……肖像画で、審判の間にある肖像画で、おばあちゃんがつけているのを見たわ。でも、それ以前にも見たことがあって」

記憶をはっきりさせようと、ブリーンはこめかみをこすった。

「夢を見たのよ。今思いだした。アイルランドへ向けて出発する前に、緑の光のなかへ入っていく夢を見たの。滝があって、川があって、苔に覆われていた。何もかもすごく美しかったわ。それから、水中にそのペンダントがあったの。わたしは引っ張りあげて、拾おうとしたわ。誰かのものに違いないと思って。だけど手が届かなくて、そこで——足を滑らせたの。気づくとガラスの檻のなかに閉じこめられていた。何がなんだかわからなかったわ。わたしは溺れかけていて、どうしても水面に浮上できなかった。そのとき、マルコがわたしを起こしてくれたの」

ブリーンは祖母に向き直った。「わたしはあのペンダントの夢を見たのよ」

「一度も話してくれなかったわね」

「ずっと忘れていたの。おかしいわよね」思いだそうとすると、今も頭が痛んだ。

「それに、ここへ来てからもまた夢に見たわ。ペンダントは滝の近くの、川のなかにあった。やっぱり手が届かなくて、足が滑り始めた。落ちてはいけないと思ったわ。とても怖くて、落ちるわけにいかなかった」

そのときの光景が、ばらばらになってまじりあいながら頭のなかを旋回する。

「でもそのあと……またペンダントを見たの。今度は夢ではなく、マルコと一緒に滝へ行ったときに。わたしが影を見た日よ。最初に気づいたとき、それは水のなかにあった。もう少しで手が届きそうだった。だけど……肖像画のおばあちゃんはあれをつけていたわ。おばあちゃんのものだったのね」

「今はもう違うわ。しばらく前から。あなたはそこに、水中にペンダントが見えるのね？」

「ええ、わたしには——」けれどもブリーンがふたたび目を向けてみると、そこにはボロックスの姿しかなかった。「なくなってしまったわ。たしかに見たんだけど……。どういうことかしら？　おばあちゃんはあのペンダントをなくしたの？　それとも盗まれたとか？」

「いいえ」マーグは背を向けて何歩か歩いた。それから両手を顔に押し当てる。「彼らは常に、さらに多くを求めるんだわ。いつだって」

「誰が？」

「神々よ。運命。わたしたちを超越する力。いつも、それ以上を求めるの。わたしは思った——願ったのよ、与えられたものだけで足りることを。でも彼らは今、この最後のものまでも要求している。すべてをよこせと」

「よくわからないわ」

　マーグがブリーンを振り返った。疲労が外套（がいとう）のように彼女を包みこんでいた。「農場からあなたの馬を連れていらっしゃい、わたしの宝物（モ・ストー）。わたしはイグレインに鞍（くら）をつけるわ。あなたが夢のなかで、そして実際にペンダントを見た場所へ行きましょう。そこでペンダントが見えても見えなくても、それがどういう意味を持つのか説明するわ。お願いだから、気持ちを立て直す時間をちょうだい。そうすれば、何もかも話すから」

「わかった。すぐに戻ってくるわ。ボロックス、おばあちゃんと一緒にいて」

祖母のひどく疲れた様子を目にしたせいだけでなく、自分自身も気がはやっていたブリーンは、走って農場へ戻った。作業中の友人たちを心配させないよう、彼らの視界に入る前に、なんとかペースを落として歩く。

「おばあちゃんが馬に乗りたがっているの」彼女はモレナに言った。「ボーイに鞍をつけるわ」

「助かった！」耕した畑に立つモレナが、笑って両手を握りしめる。「わたしも一緒に連れていって」

「あともう少しなんだぞ」ハーケンが手をのばしてモレナの帽子のつばをつかみ、彼女の目の上に引きさげた。「一時間もすれば終わるから、そうしたら解放してあげるよ。それから追いかければいい」

ブリーンは心を開いて馬に呼びかけ、出発を伝えた。気もそぞろになっている自覚があったので、鞍と馬勒の装着は慎重に行った。そして畑にいるモレナたちに明るく手を振ると、ゆったりとした駆け足で農場をあとにした。

マーグとボロックスは曲がり角の先で待っていた。

ブリーンはボロックスが近道できるように、これから行く場所を伝えた。

「馬に乗りながら話すわ」

しかしマーグはなかなか話しださず、数百メートル進んでからようやく口を開いた。

「あのペンダントに名前はないの。少なくともわたしは知らない。〝宿命の責務〟とか、〝義務の鎖〟と呼ぶ人もいるけれど。チェーンはここの丘で採掘された金を鍛造したもので、石はドラゴンのねぐら（ドラゴンズ・ネスト）のものよ。本物のドラゴンの心臓（ハート）で、ある偉大なドラゴンが――最初のドラゴンだという説もあるけど――死んだときに、その心臓を魔法で石にしたの。タラムより古いと言われているわ。オドランが打ち負かされたあと、わたしたちの世界と条約を結ぶにあたって神々がくれた贈り物よ」

「力があるものなのね」

「大きな力よ。そして、非常に高い価値がある。フェイは神々からの贈り物に敬意を表して、ペンダントをガラスに入れたの。それをほしがったオドランが――すべてを欲していたんだけど――彼の世界から襲ってきた。ガラスは粉々に砕け、ペンダントは失われてしまったわ。もしくは、そう信じられていた」

「おばあちゃんがそれを見つけたのね」

「わたしが最初というわけではないの。オドランの欲深いやり口のせいだけど、神々はペンダントがなくなったことに不満を抱いた。その結果、ふたたび条約が適用されるまで、不穏な時代が続いたわ。それで、魔女の一団がペンダントを見つけるために魔法をかけたの。今度はペンダントをガラスに封じこめたりせず、水から引きあげて空に掲げれば、誰であろうとそれを身につけるにふさわしい者と見なすと——その者が選択し、誓約するならば」

「何を誓うの？」

ふたりは森のなかへと馬を進めた。苔がじゅうたんのように地面を覆い、緑色の光が広がっている。

「タラムとフェイへの忠誠よ。すべての世界とその法の尊重。喜びのときにはそれを守り、ひとたび争いが起こればタラムとフェイのために戦うこと」

マーグは一瞬だけ目を閉じた。「そして、望まれればタラムとフェイのために命をさしだすこと。求められたら即座に、自らを進んで捧げることを」

「求められたら即座に？」

「戦いのさなかに、ということではないわ。選択したその瞬間。すべての命はひとつの命に勝る。すべての光はひとつの光に勝る。ペンダントを取りあげて身につけ、そのうえで誓約を破れば、その者はあらゆる力を奪われることになるの。自分が選んだ人生は価値を増すかもしれないけれど、どんな能力を持っていようと失われて、その人自身も死んでしまう」

「おばあちゃんはその誓約をしたのね」

「ええ、そして守った。命だってさしだすつもりでいた。フェイと世界を守るために戦いに身を投じ、敵を倒し、自分も血を流したわ。そのときが来れば、ためらわず命を捧げたでしょう。だけどそれでは足りなかったの。ええ、そうよ、充分ではなかった。結局、あなたが連れていかれてしまった。それでもなお、わたしは誓いを守り続けた」

マーグは馬からおりると、イグレインの首に顔を押し当てた。「次に奪われたのは息子の命だった。わたしの大切な子。わたしは最後にもう一度だけ、あのペンダントを身につけたわ。キーガンが湖で剣をつかみ取ったあの日に。次代のティーシャックに敬意を表して。そして彼に杖(つえ)を渡したその夜、わたしは極西部へ飛んで、海にペンダントを投げた」

背筋をのばして続ける。「ほかの者たちもそうしてきたの。命をさしだすときに、あるいはわたしのように奪われた命を悲しんで。次にペンダントが姿を現すのは、何百年もあとかもしれない。海に投げ入れたとき、わたしはそう信じたわ。それが今だなんて、しかもあなたが見つけるなんて、思いもしなかった」

「おばあちゃんが海に投げたのに、あれはそこにあるわ」ブリーンは透明な緑の水の下できらめくペンダントを指さした。

「わたしには見えないの。わたしのためのものではないから。でも、かつてはそうだった。あなたよりも若かったわたしは、ここではない別の森を歩いていて、今日ボロックスが水しぶきをあげていた流れのなかにペンダントを見つけたのよ。目にしたとたんにわかったわ。わたしはそれを拾いあげて誓約した。その翌日、みんなと一緒に湖に入って、剣を取ったの。ペンダントは変化をもたらすと言われている。大きな変化のときに現れると」

マーグはブリーンの両手を握った。「そのままにしておいてもいいのよ。恥じる必要なんてない。わたしたちは選択にしたがって生きていて、これもひとつの選択なの。できることなら、わたしがもう一度取って身につけたい。わたしは自分の人生を生きてきたけれど、あなたの人生は始まったばかりだもの」

「そうね。本当にそう。わたしにとって本当の人生は、始まってまだ一年にもならない。わたしは戦ったわ、おばあちゃん。血を流させ、自分も血を流した。でも……それは殺すか殺されるか、瞬間的にわれを忘れたときだけよ。わたしはタラムのために戦うと誓ったわ。オドランを打ち負かして平和をもたらすために、できることはなんでもすると。でも、それでは足りないのよね？」

「別の人が現れるまで待ってもいいのよ」

ブリーンは首を横に振った。「わたしはここへ来る前にあのペンダントを夢で見たの。死ぬかもしれないという恐怖を感じたわ。あれはわたしの子供のころの記憶なの？　おばあちゃんが身につけていて、わたしに話してくれたの？」

「戦いや儀式のときにはつけたわ。でも孫娘のためにビスケットを焼くときはつけなかったし、今のような話もしていない」

「あれはわたしの命を求めていて、もしも――要求されたときにさしだすことを拒んだら、わたしという存在のすべてが失われるのよね。死にたくない。生きたいし、書きたいし、笑いたいわ。子供がほしいし、その子たちの成長を見守りたい。だけど、もう情けない自分には戻りたくないの」

「そんなことにはならないわ。ああ、モ・ストー、これまでだって一度も」

「ぱっと火をつけたり、呪文を唱えたりするのとはわけが違う。何かの一部になることなのよ」

ブリーンは握られた両手から不安を感じ取った。彼女自身の、そして祖母の恐れを。

「ペンダントはあのまま放っておきなさい。そうすれば何も失わずにすむわ」

「あれはわたしのものよ」ブリーンはつぶやくように言った。「前はそう感じなかったけど、今は違う。あれはわたしがわたしである理由の一部なの。わたしがなぜここにいて、何をするべきなのか。とても怖いわ。何よりも怖い。以前のわたしは選択を迫られるたび、つかみ取るのではなく一歩引いていたの」

彼女は後ろを向いた。「オドランはこの水のなかでわたしを檻に閉じこめた。彼はわたしのすべてを奪うつもりだったんでしょうね。あんなことがあったせいで、わたしは人生のほとんどを自分らしく生きてこなかった。だけどここで、あのペンダントはわたしのもとに現れた。どうしてか、わかるでしょう。あなたも選択をしたのよね、おばあちゃん。わたしより若かった少女が誓約をした。彼女の前には長い人生があったはずよ。でも、あのペンダントを手に取った。なぜなら、それがあなたという人だから。わたしもそうせずにはいられないの」

土手に近づいていくと、滝の落水音をかき消すほど心臓が激しく打ちだした。ペンダントを見おろす。

これは選択なのだ。ブリーンは思った。選択。たとえ命をさしださなければならなくなったとしても、そんなときが来ても、かけがえのない一年を過ごすことができた。本当の意味で生きたのだ。

ブリーンがまっすぐ水のなかへ入っていくと、ボロックスがくんくん鳴き、マーグがすすり泣きをもらした。ブリーンは手をのばし、金のチェーンをつかんでペンダントを持ちあげた。

「わたしはタラムとフェイに忠誠を誓う。すべての世界とその法に敬意を払うことを誓う。喜びのときにはそれを守り、争いが起こればフェイのために戦うことを誓う。求められればその瞬間に、タラムとすべてのフェイのために喜んでこの命をさしだすことを誓う。すべての命はひとつの命に勝る。すべての光はひとつの光に勝る」

ブリーンはかすかに震えながら、空へ向かってペンダントを高く掲げ、チェーンを首にかけた。「これらの誓いをひとつでも破れば、わたしは力を、能力を失うだろう。それだけの報いを受けるに値するからだ」

抜けるような青空に突如として稲妻が走り、続いて雷鳴がとどろいた。

だが、次の瞬間にはふたたび静けさが戻っていた。ブリーンは水からあがり、涙ぐむ祖母を抱きしめた。

「泣かないで、おばあちゃん。これはわたしのものなの。チェーンと石が組みあわされたそのときから、このペンダントはわたしを待っていたのよ。オドランが欲望に駆られてしでかしたすべてを、わたしが終わらせるわ」

どんなことをしてでも。ブリーンは心のなかで思った。

22

　ふたりは馬に乗り、やわらかな緑色の光のなかから明るい日ざしのもとへ戻ってきた。「あなたのお父さんのお墓のそばを通るわ。モ・ストー、あなたもわたしも、少しのあいだそこで過ごしたほうがいいと思うの」

「そうね、わたしも行きたい」

　ブリーンが目的地を伝えても、ボロックスは先に駆けていこうとはしなかった。馬に速度を合わせ、ぴったり寄り添って歩いている。

　ブリーンはネックレスの重みを感じた。それは金と石でできた単なる装飾品ではなく、象徴であり、誓約なのだ。この重みに慣れる日は来るのだろうか？　ほかのいろいろなことに慣れた――あるいは慣れつつあるように。

　馬の背に揺られながら顔をあげ、そよ風を受ける。今日の空気は春の兆しをたっぷりと含んでいた。足元を見ても、道沿いのあちこちで星形の白い花が咲き、緑の野原からはキンポウゲの鮮やかな黄色い花が顔をのぞかせている。

が見えた。
丘に目を向けると、松の深い緑にまじって、新たに芽吹いたやわらかな色合いの緑

今日のことは、首にかけたペンダントだけでなく、この景色も含めてすべて忘れずにいようと、ブリーンは心に決めた。

丘の上に古代の環状列石（ストーンサークル）と、今はもう浄化された廃墟群が見えた。以前は見かけなかった顔の黒い羊が数頭、廃墟の近くで草を食んでいた。あの羊たちは道の向こうの野原からやってきたのだろうか。そこには弱さのせいで娘を失った、ある家族が住んでいる。

ブリーンは馬をおり、二頭ともつないでから、墓地にいる祖母のところへ行った。去年の夏に、愛と魔法を使ってふたりで植えた花が咲き誇っていた。きっとこれからもずっと、こうして咲くのだろう。ともに過ごした時間は短くとも、はっきりと覚えている男性の墓を、色彩豊かな花のじゅうたんが覆っていた。

「イーアンはあなたをとても誇らしく思っているわ。ここに立つと感じるの。あなたへの愛と誇りを感じる。あなたが生まれて数時間後、まだお母さんが休んでいたときに、あなたを抱いているイーアンを目にしたわ。腕のなかで眠るあなたに歌を歌っていた。わたしの息子とその娘が、光に包まれていた姿を覚えている。色鮮やかな絵画のようだったわ、ブリーン。その光景を思いだすと、力強く愛情に満ちたイーアンの

声もよみがえるの」

「お父さんはなんの歌を歌っていたの、おばあちゃん？」

「古い、古い歌よ。平和と美しさを歌った甘い歌。タラムの歌で、愛とともに現れる光の歌」

「いつかわたしにも教えてくれる？」

「ええ、必ず」マーグはブリーンの手を取って言った。「わたしはあなたに強さを与えるべきだったのに、涙を与えてしまったわね」

「おばあちゃんは、誰よりも強さを教えてくれたわ。わたしの成長を見守ってくれた。あのころのわたしは強くなかったから」

「あなたが自分で思うより強かったのよ」

「わたしはすべてをあきらめて、仕方ないって受け入れていたの。立ちあがることも、反撃することもなかった。やり方を忘れていたのね。それをわたしに思いださせて、手段を与えてくれたのはおばあちゃんよ。この一年は、わたしにとってすべてだった。だからそのために戦うことをとっくに選択していたの。これは――」

ブリーンはペンダントの石を握りしめた。「次のステップにすぎないわ」

「あなたにそんな重荷を背負わせるなんて」マーグが小さな声で言った。「わたしはその重みを知っているのに」

「だからこそ、わたしにはこのペンダントを持つ力があると信じてくれないと。おばあちゃんはこれを海に投げたのよね」

「ええ、そうよ」

「だけど、力は失っていない」

「誓いを破ってはいないもの。ただの一度も。わたしはタラムのために戦ってきたし、これからも戦うでしょう。求められれば進んで命を捧げるわ。それなのに、彼らはわたしから息子を奪った。わたしの命を求めることだってできたのに。そのうえ息子の子まで連れ去って、向こうの世界で不幸せな人生を送らせたのよ？　わたしはもうこのシンボルを身につける気にならなかった。だけど、これがあなたのもとに現れると知っていたら、忌々しい神々がそんなことをするとわかっていたら、わたしは自分の命が尽きるその日まで、ペンダントをつけ続けていたでしょうね」

「だけどこれは、必ずわたしにたどり着くようになっていた。そうよね？」土手に立って水中のペンダントを見おろしたとき、ブリーンはそう感じた。確信したのだ。

「今日までのすべてが、何もかもが、わたしがこれを身につけて誓いを立てるように導いていたんだわ」

「そうね。今は、こうなるしかなかったんだと思う。神々は冷酷よ。逃れられないクモの巣を張りめぐらせていたんだから」

「わたしのなかにも冷酷な部分があるから、自分が知る限りの冷たい言い方をするわ。わたしは生きるために戦うつもりよ、おばあちゃん。もちろん誓約を破る気はないけれど、もしもそのときが来るのなら、まさにその瞬間までは生きるために戦ってみせるわ」

ボロックスがかなり遠くまで行ってしまっていたので、ブリーンは一緒にボーイに乗るよう呼びかけた。ボロックスの不安を感じ取ったブリーンは、それをやわらげるため、家へ帰るマーグと別れたあと、入江に立ち寄ることにした。

入江ではふたりのマーが岩の上に座って髪をとかしていた。六人ほどの若いマーが水中でたわむれている。

「行ってきていいわよ。みんな、あなたと遊びたがっているし、わたしは見ているほうが好きだから」ブリーンは身をかがめると、心配そうな目をしたボロックスの眉間にキスして言った。「わたしにも喜びが必要なのよ。さあ、楽しみましょう。本当にあなたの遊ぶ姿が見たいの」

ボロックスが走って水のなかへ入っていくと、若いマーたちが彼を歓迎した。

心なごむ光景を眺めながら、ブリーンはボーイにもたれかかった。海から吹いてくるそよ風を浴びて馬が満足しているのが伝わってくる。

「フェイの娘！」金色の髪に火のような赤がまじったマーのひとりが、ブリーンに声をかけてきた。「もう少し近くへ来てもらえないかしら?」

ブリーンは水際まで歩いていった。衝動に駆られてブーツを脱ぎ、浅瀬に足を踏みだす。

話しかけてきたマーは、深くて暗い井戸のような緑色の目をしていた。「わたしはアラナ。アラの、それからここで遊んでいる子たちの母親よ。アラはときどき、あなたのいる側へ行って、あちらの入江であのお利口な犬と遊んでいるの」

「知らなかった。向こうで見かけたことはないから。そんなことができるのも知らなかったわ」

「あの子は慎重だし、恥ずかしがり屋だから。でも、あの犬と遊ぶときは内気じゃなくなるみたい」アラナはにっこりして続けた。「ポータルは海のなかにもあるのよ。タラムと向こうの世界のために、わたしたちが守っているの。わたしの姉妹のライラが、あなたはなぜ泳がないのかって不思議がっているわ」

「泳ぐための格好をしていないからよ。それに、マーのみなさんほどは冷たい水に耐えられないから。わたしはあなたのお子さんたちが泳いで遊ぶ姿を見ているのが好きなの」

「彼らはあなたに興味があるのよ」黒檀(こくたん)のように黒い髪を光沢のある櫛(くし)でとかしながら、ライラが口を開いた。「わたしたちもそう。わたしはあなたのお友達の、あの人間と取引したことがあるわ」

「マルコね」

「ええ。とても、とてもハンサムだわ、人間にしては。彼は冗談を言って若い子たちを笑わせてくれるの。青い目のシーと絆を結んでいるのよね。見たことがあるけど、彼もハンサムだったわ」

「ブライアンよ。ええ、ふたりは誓いを立てたの」

「彼らに幸せが訪れますように。わたしがもう一度誓いを立てることは当分ないでしょうけれど。わたしの連れあいは強い戦士だったの。でも南部の戦いで深淵に連れていかれてしまった」

「お気の毒に」

「ライラがこんな話をするのは」アラナが口をはさんだ。「あなたが〝宿命の責務〟をつけているのが見えたからなの。タラムのために命を捧げると誓約したのね。すべての命はひとつの命に勝り、すべての光はひとつの光に勝る」

「ええ、そうよ」

アラナが自分の手首からブレスレットを外して言った。「わたしたちはこれをあなたに贈るわ」

驚いたことに、ブレスレットとライラの櫛が、水に運ばれてブリーンの近くまで漂ってきた。

間近で見ると、櫛は真珠層に小さな宝石がちりばめられたものだった。ブレスレットは、純白の真珠ときれいに磨かれた淡いピンクの石が並んでいる。

「とても美しいわ。でも、わたしは交換するものを何も持っていない」

「あなたはペンダントを身につけて誓約した。これはそのことに対する感謝のしるしよ。わたしたちはオドランの影に怯えながら生きている。わたしたちの子供は常に危険にさらされているの。あなたはその影を追い払うため、必要なら命をさしだす誓いを立てた。あなたはフェイの娘だけれど、向こう側の世界で暮らしている。それにもかかわらず選択してくれた。わたしたちはあなたのその選択を讃えているのよ」

「ありがとう、大切にするわ」

そろそろ帰る時間だと察知したかのように、ボロックスが戻ってきた。ブリーンは体を乾かしてやり、自分の足も乾かしてブーツを履いた。「アラに、向こう側の入江でもここと同じように歓迎すると伝えてね」

「フェイの娘、あなたもこの先ずっと、海の上でもなかでも歓迎され、保護されるでしょう」

馬で農場へ戻りながら、ブリーンは思った。少なくとも数分のあいだは、ペンダントをそれほど重く感じなかった。

農場に着くと、キーガンが待ちかまえていた。

「遅かったな。約束の時間をずいぶん過ぎている。マルコはとっくに――」

馬をおりたブリーンを見て言葉をのみこむ。

「ごめんなさい。いろいろと事情があって」

キーガンが手をのばし、彼女の首元にかかっている石をつかんだ。「マーグがこれをきみに渡したのか？」

「いいえ。でも意味は説明してくれたわ。わたしが前にこれを見た場所へ一緒に行ったときに。最初は夢のなかだったの」

「外せ。ぼくに渡すんだ」

いきなり怒った口調で命令されて、ブリーンは一歩あとずさった。「ばかなことを言わないで」

「ぼくはティーシャックだ。ティーシャックになったとき、すでに誓約をしている。だから、これはぼくのものであるべきだ。きみはこのペンダントを、これが要求するすべてをぼくに引き渡すんだ」

「以前あなたが自分で言っていたように、ティーシャックは王様じゃないわ。わたしはこのペンダントを、かつてオドランによってガラスの檻に閉じこめられた川から取りだしたの。あなたが剣を取ったように、自ら選択して手に取ったのよ。そして誓った。あなたが誓約したように。その誓いを破ると思うなんて、わたしをばかにしているの？」

キーガンは彼女から離れると、放牧場の柵の横木を両手で握りしめた。「わかっていたんだ。最初からわかっていた。それなのに……」

彼は振り返って言った。「きみのためにそれを持つと言っているわけじゃない。きみは早まったんだ。まず、ぼくに話すべきだった。水のなかにそれを見つけたと、ぼくに教えるべきだったんだ」

「覚えていなかったんだもの。すっかり抜け落ちていたの。怖かったから、記憶から締めだしてしまったのかもしれない。理由はよくわからないけど、結局は思いだして、これを身につけることを選んだの。早まったわけじゃないわ、キーガン。たぶん……避けられないことだったのよ」

「ばかばかしい。あり得ないよ」

「そうかしら？　ここにいるわたしを見て、キーガン」ブリーンは両腕を広げた。「去年タラムに春が来たとき、わたしはまだフィラデルフィアでみじめな人生を送っていたわ。本当にほしいものに手をのばすことを恐れていたの。変化をもたらしてくれるものがすぐそばにあるのに、動けずにいた。でも今、わたしはここにいる。あなたの助けを得て目覚めたのよ。まさにこの場所で、この忌々しい訓練場で。あなたはありのままのわたしになる手助けをしてくれたの。その過程でわたしはいくつも選択をした。そして今度は、このペンダントをつけて誓うことを選んだ。これはわたしのものよ、キーガン。たとえ外してあなたの手にゆだねたとしても、それでもわたしのものであることに変わりはない。誓約も同じよ」

ブリーンを見つめるキーガンの目には激しい感情が渦巻いていた。

「ペンダントは深い海の底に埋めさせる。あとは運命に身をまかせればいい」

「そうかもしれない。それが人生というもので、ここが分かれ道なのかも。わたしがタラムへ来たとき、あなたはわたしにはやり遂げられないかもしれないと知りながら、それでも、たとえ答えが死かもしれなくても、わたしにチャンスを与えるために、戦う訓練をしてくれた」

「それとこれとは話が違うよ」

「どうして？」

「どうしてもだ」肩をつかまれたブリーンは、悪態をつかれるに違いないと身構えた。だが、キーガンは彼女を引き寄せてきつく抱きしめた。「わからないのか？　ぼくにはどうすることもできないんだぞ。オドランのせいできみの命が奪われたら、あとに何が残るというんだ？」

「タラムよ。わたしはただざしだすつもりはないの、キーガン。だからあなたも、どうかわたしをあきらめないで」

彼はブリーンの髪に顔をうずめた。「もしもきみが死んだら、ぼくは怒り狂うだろうな」

「うれしい。あなたがそうならなくていいように最善を尽くすわ。キーガン、このペンダントは重いけど、同時に力も備わっているの。わたしはそれを利用するすべを学ぶつもりよ」

キーガンは後ろにさがって言った。「今日はもう遅いから訓練は中止だ。その分、明日は厳しくするぞ」

キーガンが放牧場のゲートのほうへボーイを引いていくと、ハーケンが井戸へ行こうと手桶（ておけ）を持って出てきた。

兄弟が言葉を交わす。声は聞こえなかったものの、ブリーンにははっきりと見えた。ハーケンが桶を横に置いて言った。「ボーイの面倒はぼくが見るよ」

だが彼はその前にブリーンのところへ来て、彼女の顔を両手で包んで目を合わせ、頬にキスして言った。「どんな言葉も別の意味に読み取ることができる。それについては、きみが誰よりもよく知っているはずだろう?」

「行こう」キーガンがブリーンの腕を取った。「暗くなる前に戻りたい」

ボロックスの先導で道路を渡り始めたところで、彼女はハーケンを振り返り、それからキーガンを見あげた。

「教えてほしいの。今まで尋ねようと思わなかったけど、誓いを破っても、長く幸せな人生を送れた人はいるの？」

「きみも知ってのとおり、マーグは生きているし元気だ」

「でも息子を失ったわ。わたしをごまかそうとしないで。いい？」

「誓いを破ったことが歌や物語で語られているのは、ふたりだけだ。彼らは力と能力を奪われ、名誉もなくして、しだいに衰えていった。それ以外の者たちは、マーグと同じく、命を奪われはしなかったものの、彼らにとって自分自身よりも大切なものを失った。戦死した者もいる」

「死か、不名誉か、あるいは愛する誰かを失うか」アイルランドへ戻ると、ブリーンは大きく弧を描く幅の広い枝のひとつに腰をおろした。「少し時間がほしいわ」

「ハーケンが言ったことは真実だ」

「ええ、わたしもそう思う。それに、このペンダントをつけた人のなかに、神の血が流れている者は誰もいなかったはずよ。その点はわたしにとって有利な事実だわ」

　隣に座ろうとしたキーガンを、手を振って制する。

「だめよ、やめて。今は優しくしないで。慰めてほしくないの。ふた通りの可能性があると思う――つまり、今回のことをどうとらえるか、明白な考え方がふたつあるわ。

ひとつ目は、オドランの堕落から長い年月を経て現在にいたるまでが、おばあちゃんがオドランの偽りの顔にだまされてわたしの父をもうけたあとに起こった出来事が、全部つながっているという考え方。父とあなたやモレナのお父さんたちが演奏していたその夜に、母がドゥーリンのパブに足を踏み入れたこと。母が父についてタラムへ行って、わたしが生まれたこと。その後いろいろあってから、わたしが同じパブを訪ね、それ以降も段階を踏みながらさまざまな選択をしてきたこと。それらすべてが、オドランを倒してタラムに平和をもたらし、世界を救うためにわたしが命をさしだすことで終わる、ひとつの長い長い物語だったという考え方」

「受け入れられないな」

まるでとがった何かをのみこんだかのように、喉がひりひりと痛んだ。それでもブリーンはできるだけ理路整然と、そして冷静に考えようとした。

「わたしも認めたくはないけど、神々が冷酷で狡猾だという話は何度も耳にしてきたわ。ただ、シナリオはもうひとつあって――わたしはこちらのほうが好きなんだけど――今言ったことと内容は同じで、結末も大部分は当てはまるわ。だけどわたしには強みがある。オドランが悪魔を取りこんだなら、その血を引くわたしにもまじっているはず。だからペンダントが何を与えようと、それを利用してオドランにとどめを刺すわ。そして、なんとしてでも生き抜く。もう充分に犠牲を払ってきたし、多くのものを失ってきたんだもの。オドランの時代は終わりよ」

「その考え方のほうが、最初のよりずっといい」

「わたしもそう思う」ブリーンはボロックスを撫でてから軽く押して合図をし、枝から立ちあがった。「タトゥーを入れようなんて、それまで一度も考えたことすらなかったわ。わたしらしくない——少なくとも、当時のわたしが思っていた自分らしくないから。だけどあの日、わたしはまっすぐタトゥーショップに入っていって、これを入れたの」

彼女は手首を返した。「なぜわたしは〝勇気〟を選んだのかしら？　どうしてアイルランド語で——タラムの言葉だと判明したけど——勇気を意味する言葉を選んだのかしら？　もしかすると、心のどこかでわかっていたのかもしれないわ。オドランとの戦いを終わらせるには、この言葉が必要だと」

「きみは守られる」

ブリーンはうなずいた。ふたたびふたりで歩きだす。「あなたはわたしを守るために戦ってくれるの？」

「ああ、もちろんだ」

「わたしとタラムを守るためなら死んでもいいと思っているのね」

「ぼくはティーシャックで——」

「あの剣を取ったかどうかにかかわらず、きっとあなたの答えは変わらないのでしょうね。ティーシャックであると同様に、それがあなたという人だから。あなたはわたしとタラムを守るためなら死ぬこともいとわない」

「そうだ」

「それなら、わたしにも同じようにさせて。どんなに愚かに見えても、もしわたしが何にも増して死を恐れたら、それでは自分自身でなくなってしまうのよ。あと、誓約のことはマルコに言わないで。彼に話すつもりはないの。もし言えば、きっと心配しすぎて――」

今度はキーガンが彼女の言葉をさえぎった。「嘘をつくのか？　きみの友人であり、兄弟にも等しいマルコに？」

「黙っているだけで、嘘をつくわけじゃないわ。マルコにこの種のストレスをかけたくないのよ」

「子供にするように彼を守るつもりか？　マルコは子供じゃない。大人の男性だ」

キーガンが発した言葉は鞭のように鋭く、ブリーンは思わずあとずさった。

彼が怒るところなら何度も見たことがあるが、これほど激しかったことは一度もない。熱く煮えたぎる怒りは、声を荒らげていなくともまっすぐ彼女を突き刺した。

「キーガン、わたしは――」

「きみはマルコを一人前の大人として、彼にふさわしい敬意をもって扱うべきだ。彼が実際にそうであるように、善良なひとりの人間として。さもないと彼を、そしてきみ自身をも辱めることになる。マルコを未熟な存在にしてしまうんだ。それがどれほど傷つくか、きみ以上に知る者はいないはずだろう」

ブリーンは震える息を吸いこみ、両手で顔をこすった。「あなたの言うとおりね。認めたくはないけど、あなたが正しい。でも、今夜は話さないわ。いいでしょう?お願い。今夜はもう、これ以上この話題を持ちだすことに耐えられそうにないの。それに……話をしなくてはならない人たちがアメリカにいるわ。しっかり考えて、何本か電話をかける必要がある。たぶん、メールも送らないと。朝、マルコが起きる前には全部終わっていると思う。彼にはそれから話すわ。ふたりになったときに。ふたりきりのほうがいい」

彼女はペンダントを外して上着のポケットに入れた。「マルコには明日話す。約束するわ。あなたの言うとおりだから、何もかも打ち明ける。真実を伏せておくのは、ある意味、嘘をつくようなものだもの。いいえ、もっと悪いかもしれない。彼を軽んじることになるわ。マルコは誰からも、とりわけわたしから、そんな扱いをされていい人じゃない」

木々のあいだを抜けてコテージが見えるところまで来ると、ブリーンは長い息を吐いた。

「お願いがあるの。わたしが二階へ行って電話をかけているあいだ、マルコを引きとめておいてもらえないかしら?」

「誰に電話するんだ?」

「なんであれ、勇気を出してやるべきことをするつもりなら、準備にもかなりの勇気が必要よ。それに常識も。わたしにはお父さんやおばあちゃんが送ってくれていたお金がたくさんある。それの扱いについて取り決めをしておかなくちゃ——こちらの世界では重要なことなの」

「好きにするといい。だが、きみは生きるつもりなんだろう? ぼくを怒り狂わせたくないから」

「まさにそれが、わたしが生きたい最大の理由よ」

そう簡単にはいかなかった。ブリーンが前夜に交わした会話——証券会社、会計士、弁護士との会話——は満足のいくものではなかった。単に、何もかもが複雑すぎたせいだ。マルコにすべてを打ち明けるのは、それよりも複雑で大変な作業になるだろう。

朝になり、ブリーンは法的文書の下書きを読み返した。変更や修正を加えていくつか追加事項を足し、質問に答え、それからメールに返信した。

素人にしては適切に対処できたのではないだろうか。もっとも、すべてをかためるには、さらに何度かやり取りしなければならないだろうけれど。

朝の早い時間はそれでつぶれてしまった。マルコが起きだしてキッチンで作業をする音が聞こえてきたが、ブリーンはもうしばらく待つことにした。コーヒーくらい飲ませてあげるべきだと、自分に言い聞かせて。

だがついに、彼女は手首に刻んだ言葉に目を落とし、背筋をのばして覚悟を決めた。

「おはよう。早めの休憩にしない？」

マルコは袖を切り落とした古いセーターを着ていた。腕に入れたハープのタトゥーが見える。細い三つ編みを頭の上でまとめ、ジム用のショートパンツをはいて裸足（はだし）でキッチンを歩きまわっていた。

「ぼくがきみにおいしい朝食を作るというのはどうだい？　チーズとホウレンソウのオムレツに分厚いアイリッシュ・ベーコン、ブレックファストポテト。それにブルーベリーも添えてあげよう」

今のブリーンの精神状態では、食べられるかどうかわからなかった。だがマルコにどう伝えるか、頭のなかをもう一度整理するための時間稼ぎはできそうだ。

「おいしそうね」

「仕事に取りかかる前に、燃料を補給しないとな」

ブリーンはキッチンでマルコのアシスタントを務めつつ彼の話に耳を傾けた。今度のニューヨーク行きについて、提案された料理本のために、あとひとつかふたつレシピを考えることについて。

とてもわくわくしているようだ。マルコの様子をうかがいながら、ブリーンは思った。これまでメールや電話やZｏｏｍを通じて仕事をしてきた人々と、直接会えるのが楽しみなのだろう。

到着した夜のミュージカルのチケットを――しかも一階席のチケットを――ブリーンが買ったことを彼はまだ知らない。黙っていて、サプライズにするつもりだった。

「旅行のことで不安になっているのか、ブリーン？　やけに静かだけど」

「違う、そうじゃないの。まあ、本のことは少し気になっているかもしれないけど」

これは嘘ではない。

「心配なんて時間の無駄さ」マルコが断言した。「ショッピングをすれば吹き飛ぶよ。ニューヨーク・シティでショッピングだぞ。ぼくたちはふたりとも、一年近くまともなショッピングをしていない。それをニューヨークでするんだ。きみは向こうで人に会うための、新しい服を買わなくちゃ」

「ビジネス用の服なら持っているわ」

「だけど新しくないだろう。マルコのルールだよ。向こうに着くのは日曜の午後だから、店は開いている。あちこちまわろう」

ブリーンは反対した。そうすれば、食べているあいだの話題ができるからだ。

食事が終わると彼女が食器を洗って片づけた――これはブリーンのルールだった。

マルコはノートパソコンを開いて仕事に取りかかっている。

行きたがっていないのはわかっていたが、ブリーンはボロックスを外へ出した。

それから、マルコの肩に手を置く。

「仕事の途中で悪いけど、あなたに見せたいものがあるの。取ってきて、それから話していいかしら」

マルコはノートパソコンを脇へやった。「なんだか深刻そうだ」

「そうね。ちょっと待っていて」

ブリーンは書斎へ行った。ペンダントは曹灰長石(ラブラドライト)の水晶玉の横に置いてある。

戻ると、マルコはすでにノートパソコンを片づけ、ふたり分のコーラを用意して待っていた。彼女が手にしたペンダントを見て目をみはる。

「うわあ。なんてことだ、ブリーン。それは……すごいな。古いものに見える。かなり古くて貴重なものに」

「実際、相当古いものなの」

「きみのなのか?」

「ええ、わたしのものよ」

「つけてみてくれ！　あの黒いセーターに合わせたら、きっとアカデミー賞の授賞式で着るようなドレスに見えるに違いないよ」

「マルコ」ブリーンは彼の手に触れた。「あなたに話さなくてはならないの。これがなんなのか、そしてどういう意味を持つものなのか。まずは聞いてちょうだい。最後まで話させて」

彼の目の輝きが消えていく。「ぼくが気に入らない話かな？」

「とにかく聞いて。わたしたちがアイルランドへ出発する直前、悪夢を見ていたわたしをあなたが起こしてくれた日のことを覚えている？」

「忘れられるもんか。きみが発作か何かを起こしたのかと思ったんだ」

「あのとき、わたしは夢を見ていたの。このペンダントの夢を」

ブリーンは一部始終を話した。途中でマルコが口をはさみたい衝動と闘っているのがわかった。異議を唱えたいのだろう。彼の顔にさまざまな感情が浮かぶ。怒り、恐怖、否定、悲しみ。

彼女が話し終えると、マルコは立ちあがってテーブルをまわった。ドアのところまで行き、悲しげな顔で我慢強く待っていたボロックスをなかに入れてやる。

そしてキッチンに行って瓶から犬用のおやつを取りだした。

「おまえは最高の犬だ。心配しなくていいぞ」

戻ってきたマルコはブリーンの目をまっすぐに見つめて言った。

「きみはそれを川のなかに放置しておくこともできたと言ったね」

「ええ、でも――」

「ばかだな。きみには絶対できなかったよ。ぼくのブリーンには無理だ。その忌々しい選択については？　必ずしも正解とは限らない。もしかすると、きみは怖かったのかもしれない――怖がらないやつがどこにいる？　だがいざというときが来たら、きみはペンダントを取って身につけた。ただきれいだからそうしたわけじゃない」

「マルコ――」

「ちょっと黙っててくれ」マルコの瞳は濡れて光っていたが、涙はこぼさなかった。目の奥が熱く燃えている。「言われたとおり、きみの話を聞いたんだから。そのペンダントについてどんな記録が残っていようと、どこかのくそったれの神々が何を言おうと、ぼくはまったく気にしない。ぼくはきみという人を知っているからね。きみは長いあいだ抑えつけられてきたけれど、誰かをおとしめるようなことは絶対にしなかった。真実を知る前からそうだった。そんなきみが負けるわけがない」

おやつのビスケットを口にくわえたまま、ボロックスが立ちあがってマルコのそばへ来た。激しく尻尾を振っている。

「あなたにも受け入れてもらわないと――」

「そんな必要はないよ。ぼくたちふたりとも。きみはすばらしく強力な魔女であり、とんでもなくすごい人間で、しかもそれだけでおさまらない。いいかい、今度はきみがぼくの話を聞く番だ。しっかり聞くんだぞ。きみはこれからあの、ろくでなしのサイコ野郎をぶちのめす。そのあと、ぼくたちはやつの遺体だか亡骸（なきがら）だかの上でダンスを踊ってやる。そして、いつまでも幸せに暮らすんだ。ぼくはただそう信じているんじゃない。そうなるって知っているんだよ。きみもわかっていたほうがいい」

ブリーンはそっと息を吐いた。「あなたの反応をいろいろ想像していたけど、これはまったく予想外だったわ」

「またばかなことを言ってるな。当たり前じゃないか。ぼくはきみを信じている。信じているんだから」

胸が詰まってすぐには言葉が出なかった。「このペンダントを手にしてから、わたしが何より聞きたかったのが、あなたが今言ったことよ。そうよね、わかったわ。わたしたちはこの戦いに勝つ」

「何がなんでも」

「ええ、そうね。もうちょっとだけ時間をちょうだい。あなたに話しておくことがまだあるの。昨夜、帰ってきてから、証券会社やら弁護士やらいろんな人たちと話をしたわ」

「二階でずっとやっていたのはそれか?」

「いろいろ取り決めておく必要があったから。お金のことで。マルコ――」

「やめろよ、ブリーン」

「あなたこそ、聞いてちょうだい。こうなってから、ずっと考えていたの。遺言書を作るべきなんじゃないかって。わたしはお金をほとんど使っていない。少なくともこちらへ来てからは。しかも、ただ座っているだけでどんどん増えていくわ。それにボロックスの本の前払い分がある。そこからあなたがやってくれることに対する支払いをしてきたけど、幸運に恵まれて次の本が売れれば――」

「運は関係ないよ」

「ともかく、そうすればもっと増えるし、さらにボロックスの本の続編もある」

ブリーンはいったん口をつぐんで息を整え、両手で髪をかきあげた。

「そんなにたくさんのお金、わたしには必要ないわ。以前から考えてはいたことなんだけど、昨日の出来事があって、実行に移すことに決めたの。基金のようなものを作って、財産の一部をそれにあてるのよ。だから、そういうことに詳しい人たちと話す必要があった。サリーとも話をするつもり。頭が切れる、成功した実業家だから。ところで、何も言わないのね」

「きみが聞けと言ったんじゃないか」

「そういえばそうね。それで最初は助成金とか寄付とか、なんであれ作家のためになりそうなものを考えていたの。物書きになりたくて、必死でやりくりしている人たちのために。だけど実際に考えていくうち、それでは利己的で狭量じゃないかと思うようになった。ミュージシャンとか芸術家とか、エンジニアや科学者になりたい人たちは？　そういう人たちだって大学に行く余裕がなかったり、あなたがしていたように仕事を掛け持ちしたりしているかもしれない。だからわたしは財産の一部を基金にまわして、その手の問題に詳しい人にまかせることにしたの。できればサリーにも手伝ってほしいと思っている。誰かの人生を変えることができるのよ。わたしの人生が、あなたの人生が変わったように。どうしてもやりたいの」

ブリーンは微笑もうと努力した。「それでもまだニューヨークで新しい服が買えるくらいのお金はあるわ」

「ウェブサイトが必要だろうな」

「ええ、相談した人たちもそう言っていたわ。準備が整って基金を設立して、理念を掲げたら作らないと。考えることが多くて、おかげで目がまわりそうよ」

「なるほどね。それなら名前を決めないと」

「考えたんだけど……〈ファインディング・ユー〉はどうかしら。それでいいかどうかわからなくて」

「いいよ。ぴったりだ。それでこそブリーンだ。ぼくのブリーンだよ。これを全部ひとりで計画したのか？　やっぱりきみはすごいよ」

「わたしが遺言書を作ったからって動揺していない？　現実的になっただけなのよ」

「そもそもきみは死なないんだから、ぼくは気にしない。そうすることできみの心が安らぐならかまわないよ。さあ、そのペンダントをつけてみせてくれ。きみがつけている姿を見たいんだ」

言われたとおりにすると、マルコはじっと観察してから言った。「石がさっきより輝いている」

「そう？」彼女は眉根を寄せてペンダントを見おろした。「前は――こんなふうじゃなかったのに。本当に輝きを増しているわ」

「ぼくとここにいるお利口な犬が、きみに道理を説いて聞かせたからかもしれないな。きみは強いし、これからだってきっと強いままだよ。さて、きみは自分のお金を人に分けてやることにしたんだから、そろそろ仕事を始めてもっと稼がないと。出かけるまであと数時間しかないぞ」

ブリーンは立ちあがった。「本当はあなたに話さないつもりだったの」

マルコの顔にショックが広がる。「なんだって？」

「わたしが間違っていたわ。あなたに打ち明けないなんて絶対にだめだと、キーガンに激怒されたの。今度はキーガンに話さなくちゃ。わたしが間違っていて、彼が正しかったと」

マルコが短いひげを撫でて言った。「そんなことをしたらプライドが傷つくんじゃないか？」

「まあね。だけど知っているでしょう？　わたしはそれに耐えられるくらい強いって」

23

今日もいつもと変わらない一日になりそうだと、ブリーンは思った。普段より少し涼しいけれど、雨は降ったりやんだりしている。それに早朝の訓練もいつもどおりだ。

「先に剣術の訓練をしてから弓術に移ろう」キーガンが彼女に言った。「見てのとおり、モレナが――」的の方角を指して続ける。そこにはモレナがマルコと一緒に立っていた。「マルコにも同じ訓練をする予定だが、順番は逆になる」

ふたりのいるほうから笑い声が聞こえてきて、ブリーンは裏切られた気分になった。

「なんだか楽しそうなんだけど」

キーガンは例のごとく肩をすくめるだけだった。「ハーケンとシーマスは羊毛刈りがあるからマルコと組んでほしいと頼んだら、モレナは喜んでいたな」

彼は剣の柄に手を置いた。「まずはぼくが相手で、その次に死霊だ」

「待って。わたしの日課の苦行を始める前に、あなたに言っておきたいことがあるの。マルコのことで、彼に話をすることに関して、あなたは正しいだけじゃなかった」

キーガンから焦れたいらだちが伝わってくるが、それにも慣れた。「どう間違っていたというんだ?」

「あなたは正しくて、むしろそれ以上だったと言いたいのよ。マルコは取り乱したりせず、わたしが想像していたような反応はしなかった。腹を立てて、全部たわごとだとか、そういう意味のことを口にしたわ。わたしが必ずオドランをぶちのめすと。それから、彼はわたしを信じていると言ったの」

「互いを過小評価する関係なんて、ろくな結果にならないからな」

「ひとつの哲学ね。それからマルコに言われてペンダントをつけたんだけど、そうしたら石が輝きを増したの。感じたわ。それまで以上の何かを感じた」

「今はつけていないんだな」

「訓練にふさわしくないでしょう」

「明日は身につけるといい。みんなに見えるように。さあ、始めるぞ。防御しろ」

ブリーンはおよそ五分間、持ちこたえた。最初にキーガンに倒されたあとは、力を引きだして戦った。鋼がぶつかりあう音で耳鳴りがしたものの、二度キーガンに傷を負わせることに成功した。

再度、彼に仕留められる前に。

「足を忘れているぞ」キーガンが言った。「ダンスの要領だ」

注意しようと彼が剣をおろしたとたん、ブリーンは一回転して足を蹴りあげた。振りきった足先がキーガンの顎をかすめかけ、そこですかさず彼に剣を突き立てた。

満足のいく出来だ。

「あなたこそ防御を忘れているわよ」

「よくやった」

キーガンは死霊を呼びだすと後ろへさがり、剣をかまえる彼女を見守った。一体目が倒されるやいなや、次は二体の死霊を向かわせる。ブリーンはにわか雨のなかでそれらと戦った。疲労のせいで彼女の体がぐらつき、剣を持つ手が痛み始めたころ、キーガンはさらに三体の死霊を送りこんだ。

息をするのも苦しく、脚が震える。攻撃を受けた腕がひりひり痛んだ。「燃えろ、このろくでなし」

死霊が爆発して炎をあげた。ブリーンがあえぎながら両膝をつくと、そこへ宙を疾走して魔犬が突っこんできた。

ボロックスが飛びあがってその喉に嚙(か)みつく。

魔犬が消えてしまい、キーガンはボロックスをにらんで言った。「あれは彼女が自分で倒さないといけないんだ」

ボロックスは返事代わりに尻尾を振ると、意気揚々とブリーンのもとへ駆けつけて彼女の顔をなめた。

「もう一度やろう」

「交代の時間を過ぎているわ」

ブリーンは片方の腕をボロックスにまわし、休憩中のモレナとマルコのほうを見た。ふたりは放牧場の柵に腰かけてビスケットをかじっている。雨は通り過ぎ、層になった雲の向こうから、かすかに日がさしていた。

「わたしもビスケットを食べたい」

「弓術が先だ」キーガンが手をさしだして彼女を立たせた。「的の代わりに死霊を使ってきみの腕試しをしよう。われわれは動く的と呼んでいる。反撃してくる的とも言えるな」

雨で濡れてしまったので、ブリーンはまず自分を、それからボロックスを乾かした。

「それと、一回戦では魔法はなしだ」

「どうして?」思わずこぼれそうになる弱音を、歯を食いしばってこらえた。

「技術をテストするためさ。タイミングの取り方や狙いの定め方、それに戦術も」

「お嬢さん、ぼくも同じようにさせられたよ」マルコが柵からおりて言った。

「マルコは的に三回も命中させたわ」ビスケットの残りをすばやく平らげたモレナも加わる。「それにキーガンの指示どおり死霊相手に切り替えたあと、うちのマルコは五体のうち三体倒したのよ」

「目立ちたがりね」

「ぼくには才能があるのさ。ねえ、キーガン、いつかクロスボウを試せないかな？ダリルみたいになれると思うんだ。ほら、『ウォーキング・デッド』のダリルだよ」

「それって物語？」モレナが尋ねた。

「ああ、まあ、そんなところかな。すごくワイルドなんだ。ブリーンは見ようとしないけど」

「そこらへんを歩きまわって人間をむさぼり食うゾンビなんて見る必要ないもの。だけど、クロスボウは試してみてもいいかも。『バフィー～恋する十字架～』でバフィーが使っていたわ」

「ヴァンパイアと戦うためね。彼女は〝選ばれし者〟だったわ」モレナがブリーンの腕を撫でた。「わたしたちのブリーンみたいに」

「マルコと同じようにやってもらう。それから考えよう。さあ、おしゃべりはもう充分だ。時間はどんどん過ぎていくぞ」

ブリーンはあきれ顔で目をまわし、仕方なくキーガンのあとを追おうとした。だがそのとき、いくつもの小さな鋭い針が肌に突き刺さるような感覚に襲われた。「待って」一体が揺らぎ、彼の腕をつかもうとやみくもに手をのばす。「何かが来るわ」振り返ったキーガンがブリーンのほうへ足を踏みだした瞬間、その感覚は拳で殴りつけるように彼女に襲いかかってきた。「ここにいる」

キーガンが腕をつかんで支えてくれなければ、膝から崩れ落ちていたかもしれない。

彼と触れあったことではっきりと見えた光景は、ナイフのようにブリーンの胸を貫いた。「ドラゴンが！　彼らはドラゴンを殺しているわ。見える？　あなたにも見える？」

「ああ、きみを通じて見える。ドラゴンズ・ネストだ！」キーガンが叫んだ。「ハーケンを呼べ。それから可能な限りの乗り手と、羽根のある者たちも。やつらはドラゴンの子供たちを狙っている」

「ロンラフ」頭と心では、すでに彼に呼びかけていたが、ブリーンは恐怖に怯えながら名前を呼んだ。

最初に見えたのは、金色の筋となって西から飛んでくるクロガだった。やがて鉛色の空を滑空するロンラフの姿をとらえて初めて、喉を締めつけていた力が弱まり、ブリーンは息ができるようになった。

猛々(たけだけ)しい目をしたボロックスがロンラフの背に飛び乗る。ボロックスをとめることはできないとわかっていたので、ブリーンも続いてドラゴンに乗った。すぐそばをアーミッシュが弾丸のように通り過ぎていった。鷹はどんどん上昇し、東へ飛んでいく。

守らなければ。ブリーンは思った。間に合うことを祈るしかない。片手に剣を、反対の手で魔法の杖を持つ。クロガの姿はすでに雲のなかへと消えていた。彼女はロンラフを信頼してすべてをゆだねた。

目の前は一面が灰色で、何も見えなかった。

けれども次の瞬間、空から落ちるドラゴンの姿をとらえて、ブリーンの胸は打ち砕かれた。

黒焦げになり、血を流しながら、ドラゴンは雲を貫いて落ちていった。殺されたのだ。彼女にはわかった。もう助からない。ブリーンの下でロンラフが憤怒の叫びをあげた。ほかのドラゴンたちもそれにならい、叫びが次々とあたりにこだましていく。

ブリーンは目を閉じ、剣と魔法の杖の両方を掲げた。

「分かれよ。分かれて薄まり、海まで流れ去れ」

雲の塊が、層が、ひとつ、またひとつと消えていった。だが現れた空は、青というよりむしろ赤と黒の筋に彩られていた。ドラゴンズ・ネストがある山の上から火と煙が立ちのぼっている。

恐ろしいその一瞬、山全体が燃えているかに思えたが、やがてブリーンの目にも実際の状況が見えるようになった。炎をまとった矢や槍を浴びせられているのだ。攻撃しているのは闇のフェアリーたち、そして羽根のある悪魔の背に乗った魔女たちだった。悪魔たちも次々に炎を放っている。

クロガの背に乗ったキーガンは一直線に敵に向かっていた。山の上ではドラゴンたちが自らの炎で応戦し、子供を守ろうとしていた。

刃物のように鋭い稲妻に打たれ、また一頭のドラゴンが落ちていった。開いた傷口から赤い血が流れ、サファイア色の鱗が黒く焼けただれているのがわかる。襲撃者たちが散らばり、キーガンが闇に堕ちたシーの頭を切り落とすのが見えた。

剣を使うにはまだ遠かったので、ブリーンは力を使って弓と矢を思い描いた。そして、旋回して背後からキーガンを攻撃しようとしていた魔女と悪魔へ向けて矢を飛ばす。

彼らの悲鳴がほかの悲鳴に重なり、ひとつの短い音になったのち、魔女たちは灰と化した。

ロンラフがひと声大きく鳴いて、別の襲撃者を火の玉に変えた。

ドラゴンも敵も関係なく、いくつもの体がむせ返るほどの煙のなかを落ちていく。

ブリーンの耳が咆哮をとらえた。東から、そして背後の西から、ドラゴンの叫びが聞こえてきた。キーガンに目を向けていた彼女は、下から飛んできた敵を見逃すところだった。そのままだったらロンラフの腹部に炎の槍が突き刺さっていただろう。だが彼女のドラゴンは尾をさっと払って、オドランのシーの羽根と肉を引き裂き、彼を山の上へ落とした。

クロガのつがいのバンリオンがそのシーを踏みつぶし、高らかに鳴く。

ロンラフが空高く舞いあがると、ハーケンがモレナとともに彼のドラゴンに乗り、羽根を持つ悪魔を打ちのめすところだった。悪魔は背に乗せた魔女もろとも台地へと落ちていった。怒りに燃えた若いドラゴンたちがその上に飛びのる。

クロガが旋回し、キーガンが声をあげた。

「二名、東へ逃げた。おまえが追ってくれ。ただし、距離を置いて追え」彼はハーケンに言った。「やつらがどこへ行くのか、どうやってわれわれの監視の目をかいくぐってここまで来てこんなことができたのか、それを確かめるんだ」

「わたしが行くわ」モレナが羽根を広げた。「彼らにはわたしが見えないし、追ってくるならドラゴンだと思っているはずよ」彼女は腕をあげてアーミッシュをとまらせた。「あいつらにはわたしたちが見えないわ」

「そうだな、そのほうがいい。行ってくれ」

「気をつけて」ハーケンがモレナの手に触れて言った。「そして必ずぼくのところへ戻ってくるんだ」

「わたしたちの姿は彼らには見えないから大丈夫よ」モレナは夫を安心させるように言うと、東へ飛んでいった。

ブリーンは煙越しに、悲しげな鳴き声があがっているほうへ視線を落とした。おびただしい血と亡骸だ。後ろに乗っているボロックスとほとんど変わらない大きさのドラゴンもいる。多くが焼かれ、血を流し、ぴくりとも動かない。

彼女はロンラフを下降させて地面に飛びおりた。涙を流しながら一頭の子供のドラゴンのかたわらに膝をつき、両手で抱きかかえる。

煙のなかから大きなドラゴンが現れてうなり声をあげた。喉の傷から血を流し、後ろ脚あたりに火傷(やけど)を負って足を引きずっている。

「わたしに助けさせて。やらせてほしいの。お願いよ。この子の鼓動を、痛みを感じるの。お願い」

母親――ブリーンが母の激しい怒りを感じたドラゴン――が見つめるなかで、彼女は子供のドラゴンを癒そうとした。矢傷が三箇所。同じ巣の仲間たちと遊んでいたところをやられたのだろう。矢がまとっていた炎に焦がされ、グリーンとブルーの鱗が黒くなっていた。

ブリーンは持てる力をすべて集めた。どうにかしてこの子を、たとえ一頭でも助けることができたら。

鋭く強烈な痛みを感じた。肌にかかる熱い息が骨まで突き抜けていく。彼女は自らを解き放ち、押し寄せる悲しみに身を浸して、危険なまでの深みへと進んでいった。

一頭だけでも、この子だけでもかまわないから。光に光を、心に心を、力に力を。

子供のドラゴンの体が動いた。鳴き声を感じる。幼い子が母を求めるような鳴き声だ。

「待って、待ってちょうだい。お願いだから待って」目を閉じていても、母ドラゴンが近づいてくるのがわかった。「もう少し、あとちょっとなの。彼の鼓動を感じる。今は強く打っているわ。わたしの両手に血がついているけど、彼の内側はあたたかい。痛いのよね、わかるわ。わたしにもわかる。だけど、もうちょっとで終わるの」

ブリーンは頭をのけぞらせて長い息を吐いた。

「あなたが見える。フィニアンのドラゴン、コムラーダイ。あなたが彼を背中に乗せて飛んでいる姿が見えるわ。タラムの上空を飛びまわっている姿が」

目を開けて子供のドラゴンと視線を合わせる。「わたしはあなたを知っている。あなたの乗り手を知っているのよ。まだそのときではないけれど、いずれそうなるわ。さあ、お母さんのところへ行きなさい」

なんとか立ちあがった子供のドラゴンを、母ドラゴンが尾を巻きつけて抱き寄せた。彼女と目が合ったブリーンには、その気持ちが伝わってきた。

ブリーンは両手をついて体を起こした。一頭救うことができたのなら、もう一頭助けられるかもしれない。そのとき、傷ついたドラゴンを抱えているマーグの姿が目に入った。

「おばあちゃん！」

「亡くなってしまったドラゴンもいる。でも、すべてではないわ。キーガンが治癒師（ヒーラー）を呼びにやっているけれど、これはわたしたちの務めだと思うの。ほかのヒーラーたちはきっと間に合わない。自分にできることをやりなさい、モ・ストー。できることは全部やるのよ」

ブリーンはさらに三頭の子供のドラゴンを癒した。血と灰をかき分けて進み、自分自身が血と灰にまみれ、その味が喉に張りつくまで。キーガンとハーケンも、マーグとともにできる限りのことはしているとわかっていたが、痛がる子供のドラゴンの鳴き声や、悲しみに暮れる大人のドラゴンたちの叫びは、ブリーンのなかでいつまでも鳴り響いて消えなかった。

顔をぬぐったところで、一頭のドラゴンが彼女の足元に子供の体を置いた。はっとして動けなくなる。とても小さく、ようやく巣から這いだせるようになったばかりなのだろう。

手をのばす前から、その心臓はすでにとまり、光が失われていることがわかった。

「ごめんなさい」ブリーンはふたたび涙を流しながら、その子を腕に抱えて揺らした。

「ごめんなさい」

「さあ、こちらへ」マーグがブリーンから子供のドラゴンを引き取って持ちあげた。

「ああ、あなたがお母さんね。わたしも子供を失ったのよ。あなたの悲しみはわかるわ。わたしの悲しみでもあるから」

　母ドラゴンが死んだ子を抱えて立ち去ると、ブリーンは自分を鼓舞して立ちあがった。

「しばらく休んでもいいのよ」マーグが言う。

「一頭だけでも助けたいと願ったけど、それ以上に救うことができた。だから、もっとできるはずよ。子供たちをみんな癒してからでないと、大人は自分たちの傷の手当てをさせてくれないでしょう」

　ほかのヒーラーたちが薬や軟膏（なんこう）を携えて到着するころには、子供のドラゴンのためにできることはすべて終わっていた。ブリーンは気持ちを立て直すために、ボロックスのそばでしばらく腰をおろすことにした。

　革袋を持ったモレナが近づいてきた。「飲んで。水場（ドラゴンズ・プール）から取ってきたの。いくらか回復するはずよ」

　煙でかすむ大気のようにぼんやりしていたブリーンは、モレナを見つめて言った。

「戻ってきたのね」

「戻って一時間になるわ。アーミッシュを見張りに残して、わたしはキーガンに報告しに帰ってきたの。彼とハーケンはほかの乗り手たちを連れて向かったわ。必要なことをするために」

「彼らはどうやって入ってきたの、モレナ？　どうしてあんなに大勢やってこられたのかしら？」

「高山や洞窟のなかで野営していたの。うまく隠して設営されていたわ。数カ月、ひょっとするともっと前からいたのかもしれない。つまり、監視をすり抜けたのではなく、前もってこちらに潜伏していたのね。魔女たちが魔法で遮蔽したり――ええと、なんだっけ？――カモフラージュとかいうのをしたりして。あの様子からすると、少なくとも数十人はいるでしょうね。ここから逃げたふたりを追っていったら、まっすぐ野営地へ向かったわ。さあ、飲んで、ブリーン。それと、あなたがプールで顔や体を洗っても、怒るドラゴンはいないはずよ」

ブリーンは革袋を受け取って中身をあおった。「あとでいいわ。まだとてもたくさんのドラゴンが負傷しているもの」

「今はヒーラーの数も増えたし、残念だけど、助けられる子供のドラゴンはもう残っていないわ」

うなだれたブリーンが肩にもたれかかると、モレナは片方の腕をまわして彼女を包みこんでくれた。

「下に目を向けたときに見えた光景は、今までに見た何よりも恐ろしいものだった。あの邪悪なやつらが永遠の苦しみのなかで焼かれることを願うわ。まだ巣立っていない子もいたのに」

「どのくらい亡くなったの？　把握できているのかしら？」

「数える勇気がないわ。だけど、ああ、ブリーン、ブライアンのヒーローが死んでしまったの」

「嘘よ。そんな。嘘でしょう」

「アシュリンもここに来ていて、教えてくれたわ。ブライアンはヒーローが落ちていくのを感じたそうよ。乗り手とドラゴンは絆で結ばれているからわかるのよね。ちょうどつがいの巣にいて、最初に攻撃を受けたうちの一頭だったみたい。ほかのみんなを守ろうと戦って倒れたの」

「ブライアンはこれからどうすればいいの？　ああ、モレナ」ブリーンは革袋をモレナに返して立ちあがった。「こんなむごいことなんてないわ」

血と灰にまみれたまま台地の中央へ歩いていき、彼女は片方の手をあげて待った。やがて現れたペンダントをその手でつかむ。

汚れたシャツの上からかけると、ペンダントの石がまるで血でできた太陽のように赤く輝いた。

「忌まわしいオドラン、わたしの言葉を聞け！」

「モ・ストー」

マーグがとめようとして動いたが、ブリーンはかまわず手を突きだした。

「わたしの言葉を聞いて知るがいい。恐れるがいい。血にまみれ、焼け焦げたこの地に立つわたしの言葉を聞け。この地では、あなたよりも前から存在する魔法が、あなたが消えたあとも生き続けるだろう。この世界を超えてあなたの世界まで届く、わたしの声を聞くがいい」

オドランが聞いているのをブリーンは感じた。見えたのだ。闇の世界の高い崖の上に立つ、黒い煙のような目をした彼の姿が。オドランは彼女に向かって手をのばしたが、次の瞬間、火傷でもしたかのように手を引いた。

「わたしの憤怒を感じ、わたしがあなたを破滅させる者だと知るがいい。時を超えてあなたが犯してきた、あらゆる罪の報いを受けさせよう。あなたに対しては、わたしの炎はどんなドラゴンが吐く火よりも熱くなる」

周囲ではドラゴンたちが大地を踏みしめ、あるいは空を飛びながらブリーンを見つめていた。

「わたしの言葉を聞いて知るがいい。恐れるがいい。この時、この場所でわたしが立てる誓いを聞け。たとえ己が死にいたろうとも、わたしはあなたと、あなたにしたがうあらゆる者たちの息の根をとめるだろう。わたしの光はこの命を、この体を超えて燃え、あなたの黒い燃え残りが冷たい灰に変わるまで見届けるだろう」

ブリーンはオドランの足元の地面が揺れる様子を見て、稲妻が──彼女の送った稲妻が彼の世界の空を鞭のように切り裂く様子を見て、笑みを浮かべた。

「わたしを目にして知るがいい。恐れるがいい。わたしのなかに、あなたは自らの終わりを見るだろう。わたしは誓う」ベルトからナイフを取りだし、その刃を手のひらに滑らせて両手を合わせる。「ドラゴンの血と、わたし自身の血に誓う」

ブリーンは血のついた刃を高く掲げた。ドラゴンたちが立ちあがった。激しい怒りを、あるいは悲しみをまとった、さまざまな色のドラゴンたちが。

彼らの叫びが雷鳴のごとくとどろく。

ズボンで刃をぬぐってナイフを鞘におさめたところで、マーグが近づいてきた。祖母がブリーンの両手を取って傷を癒してくれた。

「あなたは彼を焚きつけたわ、ブリーン」

その一瞬、ブリーンの顔は彼女が身につけているペンダントと同じくらいかっと熱くなった。

「わざとそうしたの。本当よ、おばあちゃん」

「わかっているわ。さあ、いらっしゃい。わたしたちにできることはもう全部したわ。

あとはほかの人たちにまかせて大丈夫。あなたはもう戻ったほうがいい」

「だめよ。癒せる傷をすべて癒すまでは」

ブリーンがボロックスとともに林を歩いてコテージへ向かうころには、あたりはすでに暗くなっていた。キーガンはキャピタルへ行ったと聞いた。敵の野営地を攻撃して、生き残ったふたりを連行したらしい。

これからどうなるのか、ブリーンにはわからない。今はただ、耐えられるぎりぎりまで熱くしたシャワーをたっぷり浴びたかった。

「行って、泳いでいらっしゃい」彼女はかがんでボロックスを抱きしめた。「あなたもわたしと変わらないくらい汚れているもの。今日のあなたはとてもすばらしかった。赤ちゃんのドラゴンを慰める手助けをしてくれたわね。善良な心の持ち主だわ。さあ、泳いできていいわよ」

コテージのほうに向き直ると、マルコがドアを開けた。

「ブリーン」

汚れていることなどかまわず、ブリーンは駆け寄って彼を引き寄せた。

「残念だわ。残念でたまらない。ブライアンはここにいるの？」

「二階に」マルコの流した涙がブリーンの首を伝う。「何も食べようとしないんだ。なんて声をかければいいかもわからない。彼の心は壊れてしまったんだよ、ブリーン。

きみが無事なことは知ってた。モレナが一度ここへ飛んできて、何があったか教えてくれたから。だけどブライアンは——」

「自分の一部を、心の一部を失うようなものなの。どう説明すればいいのかわからないけど。攻撃されるドラゴンたちが見えたとき、ロンラフが飛んでくる姿をこの目で確かめるまでは、わたしも怖くてたまらなかった」

「きみが——ああ、きみが疲れ果てているのは一目瞭然だよ。でも……」

「彼と話をしてほしいのね。同じドラゴンの乗り手として」ブリーンはうなずいて続けた。「もちろん、話すわ。もう少ししたら、ボロックスがおなかをすかせて戻ってくると思うの」

「あいつのことはまかせて。ブライアンはとても深く傷ついているんだ、ブリーン」

「わかっているわ」

二階にあがりながらも、ブリーンは自分に何が言えるのか、なんと声をかければいいのか、確信が持てずにいた。それでもドアをノックして開けると、ブライアンは開いた窓のそばで暗がりのなかに座っていた。

「ブリーンよ」彼女はなかに入ってドアを閉めた。「あなたがいてほしくないと言うならすぐに出ていくわ。ただ、とても悲しくて」思いきって部屋を横切り、ブライアンの肩に手を置く。

彼がブリーンの手を握った。

「ヒーローが倒されるのを感じたんだ。同時にぼくの一部も死んだ。空を飛んで、何本も矢を受けて、炎に包まれるのを感じたよ。子供たちのために自ら楯になったんだ。やがて落下し、彼の大きな心臓がとまった」

ブリーンは無言でブライアンの頭のてっぺんに頰を寄せた。

「一瞬、ぼくの心臓もとまった。まるで自分まで死んだみたいに。ぼくは、そのままでもいいと思ったんだ。だけど……ぼくの心臓はまた動きだした。もう二度と鼓動しないかもしれないと思ったけど、そこにはマルコがいたから」

椅子をまわりこんでブライアンの前で膝をつく。「言葉が見つからないわ、ブライアン。でも、わかる。わたしとロンラフの心も絆で結ばれているから。あなたは、ほかのドラゴンたちを守るために死んだヒーローのことを誇りに思っているのよね。だけどその誇りも、悲しみを断ち切ってはくれない。マルコの心とあなたの心も結ばれているけれど、それでもなお、あなたの心の一部は今日、壊れてしまったんだわ」

「そうなんだ」ブライアンがふたたびブリーンの手を取った。「マルコがぼくを慰めようとしてくれているのはわかっているんだよ。だけど、壊れた欠片がくっついて元どおりになることはもう二度とないだろう。そういうものではないんだ」

「ええ、そうね。でもあなたの心の残りとマルコの心の全部があれば、きっともう一度強くなれるわ」

「どれくらい犠牲になった？」

「わからない。だけど、わたしたちはたくさん癒したわ。多くのドラゴンを救ったの。なかにはまだ幼い子や、ひどいけがを負った子もいて、助けられないかもしれないと思うと怖かった。でも最初のドラゴンを癒しているうちに見えたの。これまでもヴィジョンで見かけたことはあったんだけど、その子が癒えるにつれて見えてきた。あのドラゴンはいずれ、マオンの息子のフィニアンのドラゴンになるわ。彼らは一緒に飛ぶのよ、ブライアン」

「本当に？」

「ええ」

ブライアンがうなずいた。「こんなひどいことをしたやつらはどうなった？」

「ほとんど死んだわ。生き残ったふたりは、キーガンがキャピタルへ連れていった」

「審判で裁かれることになるだろう。いつかはぼくも、それで充分だと思える日が来るかもしれない。いつかは。だけど今日は無理だ。ロンラフは無事だったのか？　そういえば、まだ尋ねていなかった」

「大丈夫。無事よ。彼は――」

「これは彼らの血か？」ブリーンの顔に触れたブライアンがつぶやくように言った。

「ドラゴンの血なのか？」

彼女はうなずいた。「癒したドラゴンの」しかし、続けようとしたところで涙がこみあげてきた。「ほとんどはそうだと思う。ほとんどは」

「どうしたんだい？」ブライアンが血と煤の上に流れた涙をぬぐってくれる。

「ごめんなさい。ただ疲れているだけよ。わたしは――」

けれどもブライアンにまた手を握られると、涙をこらえることはできなかった。

「たくさんの、ものすごくたくさんのドラゴンが傷を負っていたわ。すべては助けられなかった。わたしが抱えていた子が、とても小さい子が、腕のなかで死んでしまった。癒すわたしを見ていたその子のお母さんの目から希望が消えていくのがわかったわ。彼らの叫びは、ブライアン、千の心が砕け散るような音だった」

ブライアンが椅子から滑りおりてブリーンと一緒に床に座り、ふたりは抱きあって涙を流した。

キャピタルでは、キーガンが母と弟、マオン、評議会のメンバーとともに、打ち寄せる大きな波音が聞こえる場所に立っていた。生きたままとらえたふたり――シー族の男と女――からはすでに、知るべきことはすべて聞きだしている。

「自ら裏切った世界のその洞窟で、おまえたちはまるで害虫のように暮らしていた。

一年近くものあいだ、農場や村で盗みを働きながら。おまえたちは先の戦いに参加し、同族と戦って彼らを殺したのち、ふたたび蛇のようにそっと洞窟へ戻り、計画を立てた。今日おまえたちが実行した悪行の計画を。二十六頭のドラゴンが殺され、そのうちの二十頭はまだ子供だった」

「オドランに命じられたからよ。オドランこそすべての神だわ」

キーガンがちらりと目を向けると、女は冷笑してみせた。彼女が厚かましくも戦士の三つ編みをしていることに、はらわたが煮えくり返る。

「われわれが今日ドラゴンを焼いたように、彼がおまえを焼きつくすだろう。すばらしい日だわ！　ティーシャック、これはおまえの審判ではなく、オドランの審判なのよ。それにここは、おまえが椅子に座って、ほかの者たちを支配する力があるふりをする、あの審判の間ですらない」

「おまえたちは罪を自白した。自慢したと言うべきかもしれないが。だが、そうだ、たしかにこれは審判ではない。フェイの審判とは違う。なぜなら、もっと古い法があるからだ。すなわち、ドラゴンの法だ」

男が目を見開いた。「われわれはシーだ。フェイの審判を要求する。追放を選ぶ」

「おまえたちはオドランにしたがい自分たちの種族を拒んだ。もはやフェイとは認められない。それにおまえたちの罪はドラゴンに対するものだ。この件に関して、われわれわれは彼らの法を遵守する。彼らに敬意を表して」

男が地面に膝をついて慈悲を懇願する一方で、女は罵りの言葉を吐いたが、その声は恐怖に震えていた。

執行にはヒーローのつがいが選ばれた。上空から矢のようにおりてくる彼女に、キーガンは見覚えがあった。母のタリンが手をのばして彼の手を取る。

タリンの手は一度だけ震えたが、ドラゴンが火を噴くと動かなくなった。

あっという間だった。おそらくそれが慈悲なのだろう。血も肉も、ものの数秒で灰になった。

ドラゴンはいまだ悲しみの残る鳴き声をひとつあげると、海上を旋回して西へ飛んでいった。

しばらく、誰ひとりとして口を開かなかった。やがてタリンが前に進みでた。

「これまでに執行された記憶がなくとも、ドラゴンの法は神聖なものであり、わたしたちはそれを守り続けてきた。ここに、タラムは一週間の喪に服すことを、そして二週のあいだ半旗を掲げることを知らしめる」

「やつらが自分でまいた種だ」黒焦げの灰を見つめてフリンが言った。「だけど、もう二度と見ずにすむことを願うよ」

「この灰は苦しみの洞窟（ビター・ケイヴス）に持っていく」

「いや」ハーケンがキーガンの腕に手を置いた。「ぼくがやる。兄さんはもう充分に仕事をしただろう。それに、今夜は自分のベッドで寝たいんだ。灰を運んで、それから家に帰るよ。兄さんはまだここに必要だ。何が行われたか、谷のみんなにはぼくから伝えておく」

「じゃあ、頼む。まだ手配すべきことがあるんだ。ドラゴンを失った乗り手たちを呼び寄せて、たいしたことはできないが、感謝を伝えて慰めたい」

「気をつけてね」タリンがハーケンの頬にキスして言った。「さあ、キーガン、いらっしゃい。ほかのみんなもなかへ入って。亡くなった者たちを悼みましょう」

けれども、キーガンはすぐには動かなかった。激しく打ちつける夜の暗い海を眺めながら、しばらくのあいだその場にとどまっていた。

24

服喪期間の最終日、野原に、丘に、山頂に、村に、タラムのすべての者たちが並んでいた。家族で、隣人同士で、種族で集まった彼らの目的はひとつだ。失われた者たちに敬意を示すこと。

さまざまな大きさ、色、年齢のドラゴンが、春らしい青色に染まった空を飛び交っている。仲間への手向けのために。何百年も飛んできたドラゴンたちと、かろうじて巣立ちを終えたばかりのドラゴンたちが、北から南へ、南から北へ、西から東へ、東から西へと、タラム中に彼らの影を落としながら飛んだ。

音もたてずに。

そしてブリーンも、ほかの乗り手たち同様、無言でドラゴンに乗ってタラムの上を旋回した。ドラゴンへの敬意を示す言葉の代わりになることを願って、彼女はペンダントと、トロールから贈られたティアラ、マーのブレスレットを身につけた。

クロガに乗ったキーガンの姿が見える。杖にはめこまれたドラゴンズ・ハート・ストーンが輝きを放っていた。

そしてブライアンは、この厳かな最後の旅のために、ヒーローのつがいの背に乗っていた。

声をあげる者は誰もおらず、ただ風の音だけが聞こえる。大地と海もまた、静まり返っていた。

これは追悼なのだ。

ブリーンが癒し、いつの日かフィニアンと絆を結ぶ子供のドラゴンが、母親に付き添われ、生きのびた同じ巣穴の仲間たちとともに隊列を組んで飛んでいた。子供の亡骸を運ぶ母親ときょうだいたち。このあいだの戦いで命を落とした大人のドラゴンの大きな体を、列を作って運ぶほかのドラゴンたち。

緑色の大地の上にかかる空は、さまざまな色であふれていた。金、緋色、サファイアブルー、エメラルドグリーン、銀。マーグもドラゴンに乗っていた。かたわらを飛ぶのは、彼女の息子イーアンのドラゴンだ。

ブリーンは自分の鼓動だけでなく、ロンラフの鼓動も感じた。彼も同じように感じていると思うと心が慰められた。

太陽が西に傾くころ、ドラゴンたちはついにある場所を目指して海の上を飛び始めた。

向かうのは、船ではたどり着けないくらい遠くにある、岩でできた島エイル・ドラガンだと、祖母が教えてくれた。ドラゴンたちは、誰も足を踏み入れたことのないその聖なる島へ死者を運び、亡骸を火にかけるのだ。灰が風に運ばれて海を越え、残された者たちのもとへ届くように。

眼下では、空虚に見える海が、はるか遠くの水平線に向かって流れていた。水平線の上空はドラゴンたち自身と同じくらい輝いていて、沈みゆく太陽が空の青を鮮やかな赤に、ちらちら光る紫に、そして目を奪われる金色に染めた。

エイル・ドラガンは波立つ海のなかにそびえ立っていた。最初はかすみかと思ったが、近づいていくうちにはっきりと輪郭が見えてきた。塔のように突きでた灰色の山々が連なっている。

岩に打ちつける波の向こう、周辺の海中ではマーたちが待っていた。

ロンラフとほかのドラゴンたちが空を旋回するあいだに、運び手たちが亡骸を島におろす。

こんなに多くのドラゴンが死んだのだ。かなり小さい亡骸もある。ブリーンが救えなかった子もいた。改めて悲しみに襲われながら、彼女はほかの乗り手たちと一緒に、亡骸と石の上に感謝の意をこめて花を落とした。

最後の亡骸が安置され、舞いあがった運び手が旋回するドラゴンたちの輪に加わると、マーたちが歌い始めた。

胸が張り裂けんばかりの悲痛な歌声は、風に乗って海を越え、誰もいない岩の島中に響き渡った。

声が高まり、マーたちがまいた花が濃紺の水の上を漂う。

やがて、しだいに小さくなった歌声が太陽とともに消えると、ドラゴンたちがひとつになり、耳をつんざく咆哮を一度だけあげた。そして、世界は静まり返った。

続いて、炎があがる。

轟音(ごうおん)をたててうねる炎に貫かれた岩が赤く焼け、まるで島全体が燃えているようだった。熱はブリーンのいるところにまで届いた。大気をなめる炎に似た純白の煙が、もうひとつの塔のように立ちのぼる。

舞いあがった灰が、風に抱かれて運ばれていく。

炎と煙と灰が薄れて視界が開けると、そこには岩とそびえ立つ山々だけが残っていた。

一度、二度、三度と旋回したのち、夜空に最初の星が瞬き始めるころ、ドラゴンたちはタラムへと戻っていった。

ロンラフが農場近くの道路におり立ったときも、あたりでは静かな追悼が続いていた。ブリーンはすぐにはおりず、ロンラフの背に手を置いて鱗を撫でた。それから大きな頭のほうへまわり、目をのぞきこむ。

「気持ちが落ち着いたらわたしに呼びかけて。あなたが必要ならいつでも、どこへでも一緒に飛んでいくわ」

ロンラフが首をめぐらせて、モレナと一緒に石垣の上に座っているボロックスのほうを見た。

「ええ、もちろん、ボロックスも一緒よ」

ブリーンが後ろへさがると、ロンラフは空高く舞いあがった。そしてルビー色の羽根を広げ、ドラゴンズ・ネストを目指して夜空を飛び去った。

「あんな光景は今まで一度も見たことがなかったわ。みんな、そうだと思うけど」

ブリーンはうなずき、石垣へ歩いていってモレナと一緒に腰をおろした。ふたりのあいだにはボロックスがいる。

「おばあちゃんも、記憶にある限り初めてだと言っていたわ。ドラゴンが死んだら、いつもはひそかに運ばれるから」

「そうね。だけど今回は、老衰でも戦死でもない。これは……言葉が見つからないわ。追悼の儀式は美しかった」

「ええ」

「彼らは輝いていたわ。はるばるここまで火が見えたのよ。小さな子供たちでさえ、いっさい物音をたてなかった」モレナが背後を振り返った。「ハーケンはひとりで歩きに行ったわ。もっとも、もうひとりの奥さんは連れていったけど。ダーリンは彼から離れようとしないから。ハーケンのドラゴンが、同じ巣穴で育った仲間を失ったの。彼もその悲しみを感じている。わたしには同じように感じることはできないわ。だから、彼はひとりで歩く必要があったの」

ブリーンはモレナの手を取った。慰めを与えてくれるその手に、彼女からも慰めを返す。

「まったく同じではないかもしれないけど、タラムにいる全員が感じているわ。ドラゴンたちもそれを知っている。だからこそ、わたしたちが儀式に参加することを許してくれたんだと思うの」

「そうね。ああ、ブリーン、たしかに美しい光景だったけど、二度と見ないですむならそのほうがいい。マルコはブライアンと一緒に帰ったし、キーガンがクロガに乗って東部へ向かう姿も見かけた。たいしたものはないけど、あなたがわたしたちのところで夕食を食べていってくれるなら歓迎するわよ」

「散歩から戻ってきたハーケンには、あなたが必要になると思う。わたしも少し歩きたいし。ボロックスとゆっくりコテージへ帰るわ」

「じゃあ、わたしはなかに入ってハーケンを待つことにする。だって、彼はこれまで散歩どころじゃない長いあいだ、わたしのことを待っていてくれたんだもの」

前方に光を放って足元を照らしながら、ブリーンは歩いた。「今日はあなたも行きたかったわよね」彼女はボロックスに語りかけた。「ロンラフもきっと、そうしたかったと思う。ただ、今回は許可がおりなかったの。だけど次に飛ぶときは、あなたも一緒よ」

今日見て、聞いて、感じたことは、この先も決して忘れないだろう。生きて参加していた者たちのことも、もう二度とその鼓動を感じることができなくなった者たちのことも。

林を抜けて入江へ向かう。ボロックスが泳いでいるあいだ、ブリーンは岩に腰かけて星や小さな月を眺めた。

次は何が起こるのだろう？　見えればいいのだけれど。だが炎を見つめても、ラブラドライトの水晶玉をのぞきこんでも、今のところ何も教えてくれない。

今回の襲撃は見えるのが遅すぎて、すべてのドラゴンたちを救うことができなかった。手遅れになる前に見えないのなら、この力を持つ意味があるのだろうか？

ボロックスが水からあがってきたので体を乾かしてやると、犬はブリーンのそばに座った。それからしばらくは、愛犬と一緒に入江を見渡したり、空の星を見あげたりして過ごした。

コテージのなかに入ると、マルコがひとりで待っていた。

「ブライアンは？」

「ちょうど二階へあがったところだ」マルコがブリーンを抱きしめた。「以前ぼくたちが城での葬儀に参列したときのこと、覚えているよね？ あれ以上に美しくて胸が張り裂けそうな経験をすることは二度とないだろうと思っていた。でも、違ったよ。今日、それを経験した」

ため息をつくと、マルコは最後にもう一度彼女をぎゅっと抱きしめて言った。「きみは食事をしないと」

「ええ。自分で用意するから、あなたは二階へ行って彼のそばにいてあげて」

「そうするよ。ブライアンにとってはつらい一日だった。もちろん、きみにとっても。みんな同じ思いだけど、ドラゴンの乗り手にとっては特につらかっただろう。ぼくにもそれはわかる。とはいえ、前よりは元気になったと思うんだ。今日の儀式が助けになったんじゃないかな。ちょっとだけだけど食べたし、ヒーローの心が安らいでいるのを感じると話してくれたんだ。ほかのドラゴンたちを守るために命を捧げて、安らぎを得たのだと。それと……」

マルコが両手をポケットに突っこんだ。「きみがニューヨークへ行くあいだ、ぼくは残ろうかと彼に言ったんだ」

に振った。

「ニューヨーク行きは延期してもいいのよ」だが、マルコはブリーンの提案に首を横に振った。

「ブライアンはすぐに却下したよ。絶対にだめだって、ちょっと怒ってた。きみと一緒に行く予定を立てたんだから、ばかなことは考えるなって。サリーのこと、誕生日プレゼントのことをぼくに思いださせた」

マルコは笑顔になって続けた。「それで、ぼくはブライアンが最悪の状態を脱しつつあるのがわかったんだ。だって、腹を立てたんだからね。それに彼は、あのプレゼントに本当に誇りを持っているんだ」

「ブライアンはそうでなくちゃ――不機嫌になるのも悪くないけど、誇らしげなほうがずっといい。さあ、二階へ行って。ボロックスとわたしは夕食を食べたら、早めに休むことにするわ」

マルコに叱られないのをいいことに、ブリーンは食べながらノートパソコンを開いて仕事をした。今日感じたことや思ったことを、その日のうちに書き留めておきたかったのだ。ブログにあげられるような内容ではないが、いつか本に書けるかもしれない。彼らがなんのために誰と戦ったのか、必要になったときのためにメモしておくだけでもいい。

キッチンを片づけたあと、もう少し仕事をすることにした。翌日のブログの下書きだ。こうしておけば午前中に余裕ができて、ボロックスの次の本にかける時間を増やせるだろう。

「予定より遅れているのよ」ブリーンは暖炉のそばで丸くなっているボロックスに話しかけた。「ニューヨークへ出発するまでに終わりそうにないわ。それから、次のファンタジー小説のことは考えるべきじゃないと思うの。まだ最初の本を売りだしてもいないんだから。でも、少しずつ準備は始めているわ。それならいいでしょ」

すべてをすませると、書斎から水晶玉を取ってきた。寝るときには父と祖母の写真の横に置いておきたいのだ。

「もう遅い時間だけど、まだ眠れそうにないわ」寝室のドアを閉じて言う。ボロックスは、小さな羊のぬいぐるみが置いてある自分のベッドへまっすぐ向かった。「あなたは違うみたいね」

ブリーンはボロックスのために火をおこしてやった。ペンダントやほかの装飾品をしまって着替えると、祖母から借りた本を手に取った。タラムの数多くの伝承を集めた本だ。

タラムのことをもっとよく知る必要がある。

本を読めば、疲れた体に見合うくらい頭も疲れて眠くなるんじゃないかと期待したけれど、結局は話に夢中になり、かえってページをめくる手がとまらなくなってしまった。

そのとき、ボロックスがさっと頭をもたげて低くうなりだした。ブリーンは即座に立ちあがり、剣に手をのばした。力を引き寄せるため、もう片方の手を掲げる。

しかし、ドアを開けて入ってきたのはキーガンだった。「とっくに寝ているはずの時間なのに、まだ起きているのか。もうかなり遅いし、明日も訓練があるんだぞ」

話すのは数日ぶりだというのに、ずいぶんな挨拶だ。けれども腹は立たなかった。彼がひどく疲れて見えたからだ。

「あなたが戻ってくるとは思わなかったわ」

「キャピタルから離れる必要があったんだ」キーガンはブリーンのもとへは来ず、部屋を横切って窓を開けた。新鮮な空気を欲しているかのように。「今日はよくやったな、ドラゴンの娘」

「わたしは――なんですって？」

「みんな、きみのことをそう呼んでいる。フェイの娘、人間の娘、神々の娘、そして今度はドラゴンの娘だ。ぼくはその場にいなかったから見ていないが、きみは殺戮の現場に立ってオドランに呼びかけたそうだな。自分の誓いを、血の誓いを聞けと言って。オドランがそれを耳にしたとき、地面が揺れたと彼らから聞いた」

キーガンが振り返った。「本当なのか？　オドランは聞いていたのか？」

「ええ」

「それでみんな、きみのことをドラゴンの娘と呼ぶようになったんだな」

「みんなって誰のこと？　わたしは――」

「もちろん、ドラゴンたちだよ。ぼくは彼らに呼びかけられると話しただろう？　どうやら、彼らのほうからの呼びかけも届くみたいだ。それでドラゴンたちの意見を聞いて、今日するべきことがわかった」

彼は剣を外してブリーンの剣の隣に立てかけた。

「今日の儀式は美しかった。彼らにふさわしい儀式だったわ」

「可能な限りそうなるように努めたよ。きみはオドランを愚弄したんだな」キーガンが手をのばして彼女の髪の先に触れた。「その行為が勇敢なのか、愚かなのか、まだ決めかねているが、両方だと思うことにするよ」

あのときの光景が、においが、感情が、一気によみがえってくる。

「わたしの体中にドラゴンたちの血がついていたの、キーガン。わたしは死んだ赤ん坊のドラゴンを抱いて、母親の目から光が消えていくのを見ているしかなかった。わたしが救えなかったせいで。耐えられなかったわ。彼らはどうなったの？　あなたがとらえたふたりは？」

キーガンはブリーンに背を向けて窓を見た。「ドラゴンの法で裁かれた」

「それがどういうものか、知らないわ」

「すばやく、残酷で、決定的。ぼくにとめられたか？　わかる日は来ないだろう。だが、とめようと努力はしたか？　ドラゴンとわれわれの絆を犠牲にしてまで、亡くなった者たちに屈辱を与えてまで？　やつらにとって今回の攻撃は自殺行為も同然だった」

怒りと嫌悪に満ちたきつい口調だ。「オドランの名において、フェイを陥れるのに理由はいらない。敵の数は十を超えていた。ドラゴンの炎と爪に対抗するため、魔法の使い手とペアを組んでいた。彼らにはタラムを出るすべなどないのだから、生き残ったとしてもドラゴンたちに一掃されただろう。やつらは子供を狙った。それが、もっとも苦痛を与える方法だとわかっていたからだ」

「ドラゴンの法というのは？」ブリーンはふたたび尋ねた。心臓が激しく鳴っている。答えはすでにわかっている気がした。

「死だ。ドラゴンの炎で焼きつくされる」

彼女は身を震わせ、ベッドの片側に腰をおろした。「わたしが、追放のためにポータルを開くのはやめてとあなたに頼んだから？　もしわたしが――」

「違う、そうじゃない。ドラゴンの法は、タラムやわれわれの法よりも古いんだ。それに、もう終わったことだ」

キーガンにさらなる重荷を背負わせてしまった。ブリーンは立ちあがって言った。

「わたしは、火傷をして血まみれになった幼い子たちをこの手に抱いたわ。救いたくても、どうにもできないことが多すぎた。わたしはブライアンを抱きしめて、ヒーローのためにふたりで泣いた。これは何もかも、オドランが命じたせいなのよ、キーガン。あなたに責任はない」

「ぼくは杖を持つ者だ」キーガンはきっぱりと言った。「とにかく、終わったんだ。刑の執行を見届けながら思ったよ。オドランが自分たちをかえりみないことが、彼らには決して理解できないのだろうなと。彼らが死んだところでオドランはなんとも思わない。死なせたのはオドランだ。それはわかっている。彼らはみじめな思いをしながらも、オドランのために洞窟に潜伏していた。それなのにオドランは、そんな彼らを死に追いやったんだ」

「彼を勝たせはしない」

「もちろんだ」キーガンはもう一度ため息をつき、かすかに笑みを浮かべて続けた。

「ドラゴンの娘か」

ブリーンは彼のそばへ行って両手を取った。きつく握り返される。「あなたは何か食べないと。あたため直してあげるから――」

「いや、いい。まだ何も食べる気になれないんだ。ぼくはドラゴンたちが泣いているのを感じた――ぼくがほしかった能力のおかげで。日没とともに兄弟、姉妹、子供、同じ巣穴の仲間を岩の上に安置しながら、彼らが泣いているのを感じた。あの声を忘れることはないだろう。今は何も口に入れる気になれない。エールでさえ。だけど睡眠はとらなければならないし、きみにそばにいてほしいと思ったんだ」

「それならベッドへ来て」

キーガンはうなずき、ブーツを脱ぐために腰をおろした。「今日、きみのお父さんのドラゴンが、マーグのドラゴンと並んで飛んでいるのを見たよ。イーアンが亡くなってからというもの、彼のドラゴンは夜しか飛ばず、日中はずっとエイル・ドラガンへ行って、自らの終わりが来るのを待っているそうだ。だけど今日、彼が日の光の下で飛んでいた」

「わたしも見たわ。あのドラゴンのことは知っていたの。父が乗っているところをヴィジョンで見たから」

ブリーンは自分の父親とキーガンの父親が写っている写真に目をやった。

隣に置いた水晶玉のなかで何かが渦を巻き始める。

「キーガン、見て」

「その写真なら見たことがあるよ。いい思い出だ」

「違うの、水晶玉のなかよ。影が動いて雲が晴れつつあるわ。見えない？」

近づいてきた彼がブリーンの横に立った。「水晶玉しか見えないな」

「動いているの。闇と光がある。声が――声が聞こえるわ。誰かが叫んでいる。あなたには見えない？」

キーガンは彼女の手を取って指をからませた。ブリーンを通じて、水晶玉を通じて、彼にも同じものが見えた。

暖炉で火が燃え盛っている。金の柱がついたベッドにはシルクの寝具が敷かれ、炎から放たれる光で血のような赤い色に染まっていた。室内のあちこちに置かれたキャンドルと、窓の外の様子からしてどうやら夜らしい。

荒々しく打ちつける波の音が聞こえる。ベッドでのたうつ女性があげる、怒りに満ちた悲鳴や悪態も、波音と同じように激しい。

シャナだ。拳を振りまわしてシルクに爪を立てていた。叫ぶたびにゆがむ顔に、美しさは欠片も残っていなかった。

「出して！　引きずりだしてよ！」

髪を頭の上でまとめた女性が、シャナの脚のあいだにひざまずいていた。女性は首輪をつけられていて、顔にはシャナの爪で引っかかれたと思われる傷がいくつもあった。

「まだ正常な向きになっていません」

そばに立ってふたりの様子を見ているのは、冷たい目をして顔をこわばらせたイズールトだ。「早すぎる。子供はまだ胎内にとどめておくべきだわ」

「すでに破水しています。もうとめられません」首輪にひとつだけついた石が脈打ったかと思うと、女性が痛みに顔をしかめた。「わたしに何をなさろうとも、出産をとめることはできません。わたしには、子宮内の子供の向きを変えることしかできないのです。赤ん坊は彼女を傷つけています。あなたにもわかるでしょう！」

「ケシをもっと与えなさい」イズールトは、震えながら近くに立っていた娘に命令した。

「気をつけて」助産師が指示した。「いきまないで。今はだめよ。このままでは母体が危険です」最後はイズールトに向けて言う。

「なすべきことをしなさい」

「殺してやる！」痛みのあまり激高したシャナが娘に殴りかかった。娘が手にしていたカップが飛ばされ、頬に血が流れる。シャナの指輪で皮膚が切れたのだ。

「みんな殺してやる。オドランがおまえたちの骨を砕くわ。早く取りだして！」

「彼女を押さえてください」助産師が言った。「イズールトさま、あなたのその偉大なお力で痛みを取ってやるか、あるいは少しでも眠らせたら――」

「出産は血と痛みを伴うものよ。おまえは自分の役割を果たせばいい」

赤ん坊の向きを変えようと助産師がシャナのなかに手を入れたとたん、悲鳴が、人のものとは思えない、おぞましい叫びに変わった。助産師もあっと声をあげる。急いで引き抜いた手には深い切り傷があり、血が滴っていた。

「赤ん坊に――鉤爪(かぎづめ)があります。それで母体を裂いているんです」

「おまえとおまえ、彼女を拘束して。聞こえた？　おまえは、まもなく子供が産まれそうだとオドランに伝えに行きなさい。それからおまえ」イズールトは助産師に近づいて、彼女の喉をつかんだ。「この子供を無事に出産させなければ、死が待っているわよ」

そのとき、空気を切り裂いて悲鳴が響き渡った。痛みに苦しむシャナが、汗でもつれた白髪まじりの髪を振り乱している。

助産師が処置をするあいだ、四人がかりでシャナを押さえつけておかなければならなかった。

それでもシャナは悪態をつき続けた。息をするたびにこの場にいる全員を呪い、抗(あらが)って産まれてこようとしないわが子を呪った。

「向きが変わったわ！」汗と血をぽたぽた垂らしながら、助産師がシャナの上にかがみこんだ。「さあ、いきんで！　今よ」

シャナは横たわったまま笑い声をあげた。「死ね、死ね、みんな死ね。おまえたちの血で水浴びしてやるわ」

けれども、シルクがたわむほど滴ったのはシャナの血だった。助産師が、なんとか赤ん坊を手助けしようと手をさし入れる。「いきんで。いい子だから力を入れて。イズールトさま、お願いです、手伝ってください。わたしひとりでは無理です。この娘にはもう力が残っていません」

イズールトはシャナの近くに立ち、正気を失ってどんよりした目を見おろした。「ここにいる子供をこの世に押しだしなさい」シャナのふくれあがった腹部に両手をかざす。「産みなさい」

シャナが歯をむき、よろめきながら両肘をついて半身を起こした。そして悲鳴とともにいきんだ。

「頭が出てきたわ。その調子よ。イズールトさま、どうかそのまま続けてください」出てきた赤ん坊の頭は血に覆われ、切りこみのような目は腫れ、ゆがめた口元からは鋭く短い牙がのぞいていた。

「ああ、神々よ、哀れみたまえ」助産師がつぶやくように言う。だが次の瞬間、首輪から送りこまれる痛みに悲鳴をあげた。

「オドランのほかに神などいないわ。さあ、子供を引っ張りだしなさい」

助産師の血まみれの手に産み落とされた赤ん坊が身もだえする。両手で包みこめるほど小さな体は、まるでロープさながらによじれていた。鉤爪のついた手で引っかくようにもがきながら、赤ん坊は弱々しい泣き声をあげた。

ベッドの上では死人のように青ざめたシャナが声をあげて笑っていた。目と同じくらい狂気に満ちた、低い笑い声があたりに響く。

「赤ん坊は息をしています」助産師が言った。「でも残念ながら、長くはもたないでしょう。へその緒を切って後産を促さなければ。手当てをしないと彼女まで死んでしまいます」

「子供をよこせ」

背後からオドランの声がして、助産師は手を震わせた。ぶるぶる震えながらへその緒を切り、赤ん坊をオドランにさしだす。

彼は子供を凝視した。「これには力がない。あるのは病、奇形、そして死のみだ。どうにかできるか?」

イズールトがオドランに歩み寄り、彼が片手で持っている赤ん坊を吟味した。「一時間も生きられないでしょう。わたしの手には負えません」

「母親のほうはどうだ?」

「もはや身ごもることはできないかと」

「癒して生かすことは可能か?」

イズールトは、シャナと助産師を振り返った。

「大量に出血しています」助産師が言った。「それに出産でかなりの損傷を受けています。わたしひとりではどうにもできません。手助けしていただければ助かるかもしれませんが……時間がかかるでしょう。それに手間も」

「もうしばらくのあいだは生かしたい。そのように対処しろ」

離れようとしたオドランに、イズールトが急いで駆け寄った。「わが王、わが君主、わがすべて、子も産めぬ気のふれた女がなんの役に立つというのですか？」

「狂気のなかに利用価値があるのだ。その女を強くしろ、イズールト」

「おおせのとおりにいたしますが、数週間はかかるかもしれません。なにしろ死ぬ寸前ですので」

「強くしろ。そして使えるくらいになったら、タラムへ戻す方法を見つけだすのだ」

「すべてお望みのままに。わたしの持てる力を注ぎます。ですが——」

オドランがイズールトの喉をつかんだ。先ほど彼女が助産師にしたように。ほんの一瞬、彼の灰色の瞳が赤く光った。

「こんなものを腹で育てさせたうえに、死産させたのはおまえの仕業か？」

「わが王よ、あなたさまのものに危害を加えるようなことをするわけがありません。彼女を連れてきたのはわたしです。お求めになったことには全力で対処いたします。」

わたしは常にあなたさまに、あなたさまだけにお仕えするのですから」

「それなら彼女を強くしろ。この数カ月はわたしを楽しませたし、役にも立った。だから、最大の望みを叶えさえてやるのだ。最後の望みを」

「わが王よ」

「この女はタラムへ戻り、自分に背を向けた者を殺すだろう。彼女を裏切った者、ティーシャックを殺すのだ。そしてやつの死とともに、わが息子の子がわたしのもとへやってくるだろう」

オドランは手のなかの小さなねじれた体を見おろした。「これの血は黒く、弱く、力がない」

そして赤ん坊を火のなかに投げ捨てると、横たわってくすくす笑い続けるシャナをあとに残して立ち去った。


コテージで、ブリーンは思わずあとずさった。一歩、二歩、三歩。ベッドに突き当たり、のろのろと腰をおろす。

「ああ、なんてことかしら」彼女はそばへ来てくれたボロックスの毛皮に顔をうずめて言った。「オドランは——子供を火に投げ入れたわ。泥炭の塊か何かみたいに」

「ブリーンと一緒にいてくれ」震えながら犬にしがみつく彼女を見て、キーガンはボロックスに声をかけてから部屋を出ていった。

戻ってきた彼は、ワインの入ったグラスをブリーンに持たせた。

「こういうときはウイスキーのほうがいいんだが、きみは好きじゃないから」キーガンはそう言って、自分用に持ってきたウイスキーのグラスに口をつけた。

「あなたも見た？　あの一部始終を？」

「ああ。それに聞いた。これまではどうにか出産に立ち合うのを避けてきたから詳しくはないが、出産があああいうものだとしたら、誰もふたり目の子供なんて持てないだろうな」

「わたしも立ち合いを経験したのは一度きり――ケリーが生まれたときだけよ。しかも、見たのは一部だった。それでも断言できるわ。あれは普通じゃない」

「きみは以前、シャナのおなかの子は正常ではないと、健康ではないと言っていたよな」

「ええ」

「そのとおりだったわけだ。それにぼくたちが目撃した様子からして、オドランの子が正常に生まれないのは今回が初めてではないのだろう」

ブリーンは自分の体が、心が震えるのを感じた。

「オドランはただ力を得るために子供がほしかっただけなのね。わが子に愛情なんて感じていなかった」

キーガンが彼女の隣に座った。「オドランは誰に対しても、何に対しても、なんの感情も抱かない。力にしか関心がないんだ。きみはそれを知っているはずだろう」

「わかっているわ。でも、実際に目にすると――自分の子供なのに」ブリーンはワインに口をつけた。さらにもう少し飲む。「わたしたちの手で終わらせなければならないわ、キーガン。こんな苦しみは、こんなむごたらしいことは終わりにしないと。あの助産師は、賢者(ワイズ)だと思うけれど、奴隷のように扱われていたわ。赤ん坊の鉤爪で手を切り裂かれて、首輪で言うことを聞かされて。こんなことはやめさせなければならない」

「それとシャナだが、彼女は生きられるだろうか？」

「彼らはそう考えていたようだけど、出血の量が多すぎるんじゃないかしら。ダメージが大きすぎて、光ではもう癒せない。イズールトはきっと黒魔術を使うはずよ。ああ、また犠牲者が出るわ。キーガン、あなたを殺すために。彼らはあなたを殺すためにシャナをこちらへ戻そうとしている。そんなことはさせられないわ」

キーガンは動揺する様子もなく座っていた。「簡単にはいかないだろうな。どの面から考えても」

「シャナは正気を失っているのよ。こんなことがあって、無理に生かされたら、おそらくもっとおかしくなる。彼女を強くしろとオドランは言っていたわ。あなたは気をつけなくては。防御しなくてはならないわ。フィラデルフィアとニューヨークへの旅行はキャンセルする。わたしたちは――」

「きみがそんなことをする必要はない」

ブリーンはキーガンに向き直った。「あなたを殺すために、オドランが常軌を逸した暗殺者の力を強めようとしているっていうのに、わたしがここを離れられると思うの？」

「シャナ程度の相手なら、充分に身を守れるはずだ」

ブリーンは頭を抱えた。髪をかきむしりたくなる衝動を懸命にこらえる。

「オドランの言葉を聞いたでしょう？　シャナの最大の望み。彼女が何よりもあなたに死んでほしがっていることを、オドランは承知しているのよ」

「きみだって彼女のリストの上位に入っていると思うが」

キーガンが軽い口調で言った。フェイの指導者である彼は、自分の立場を正確にはかり、敵を見きわめている。

「われわれ全員が気をつける必要があるだろう。シャナは正気を失っているから、オドランに逆らってまたきみを狙ってくるかもしれない。いずれにしろ、癒すのに数週間はかかると彼らは言っていた。もっともあの様子では、闇だろうが光だろうが、どんな魔術を使おうと、彼女の体を癒せるかどうかもわからない。それにぼくたちはこうして目撃したわけだから、彼らの策略に備えられるんじゃないか？」

「そうよ。だからこそ、わたしはここに残ると言っているの」

「だめだ。ぼくはティーシャックで、戦士で、そのうえワイズだ。ぼくは敵を知っている、ブリーン・シボーン。とてもよく知っているんだ。正気でなかろうと、シャナは戦士じゃない。きみがぼくのことを、気のふれたエルフに負かされる程度だと思っているのだとしたら、それは侮辱だ。しかも、きみの不在はほんの数日じゃないか。われわれがすべきは、どこかのポータルからすり抜けてこられる可能性があるという情報を、関係者に知らせておくことだ。残念ながら彼らがどのポータルを使うかは特定できないが、すべてに目を光らせておけばいい」

キーガンはすでに手順を考え始めているようだ。どこかうわの空でブリーンの額にキスして言った。「ワインを飲んでしまえ。気持ちを静めるんだ」

「ばかなことを言わないで。わたしは落ち着いているわ」

「そうだな。きみは以前ほどそわそわしなくなった」

「そわそわなんてしたことないわよ。わたしが反論しないように、いらつかせようとしているのね」

「反論は時間の無駄だからな。それに、ぼくたちは睡眠をとらなければならない」キーガンは空になった自分のグラスを置いた。「この件に関してはぼくを信用してくれ。頼む」

「信用の問題じゃないの」

彼はもう一度ブリーンにキスすると、服を脱ぐために立ちあがった。「少しくらいなら心配してもいい。だが、しすぎるな。過度な心配は侮辱になるぞ」

「あなただって不死身じゃないのよ、キーガン」

「魔法の使い手であり、戦士であり、ドラゴンの乗り手であり、ティーシャックでもあるぼくが、一度たりとも戦場に出たことのない、頭のおかしなエルフを相手にするんだぞ」

「彼女はローレンを殺したわ」

「ローレンはシャナを愛していたから殺されたんだ。ぼくは違う。さあ、おまえは自分のベッドへ行ってくれ」キーガンがボロックスに言った。「ブリーンはぼくがもらうよ」

まだワインが半分残るグラスを取りあげて脇に置くと、彼はブリーンをベッドに寝かせた。

「『スター・ウォーズ』でハン・ソロがルーク・スカイウォーカーに言った台詞(せりふ)を知っている?」

「あの話は好きだな」キーガンは、ブリーンが彼の肩に頭をのせられるように引き寄せて言った。「どの台詞？〝フォースとともにあれ〟？」

「それもいいけど、違うわ。彼はこう言ったの。〝調子に乗るなよ〟って」

笑い声をあげたキーガンが寝返りを打ってブリーンに覆いかぶさる。「そんなふうにぼくを挑発するからには、睡眠はもうしばらくおあずけだな」

25

心配してもどうしようもなかったものの、その後の数日間、不安は心のなかでふくれあがるばかりだった。そしてそれが表に吹きだしてしまうと、ブリーンは水晶玉を通して、炎の向こうをもっと見ようとした。

しかし、花咲き乱れる四月になってもまだ、オドランの世界は影のなかにとどまっていた。

ブリーンは注意深く、かつ簡単に荷造りをし、五日後には旅行に出かけるのだということを自分に思いださせた。だが、行けば行ったでサリーの店でのパーティーやニューヨークでのミーティングが待っている。

それに、母親とのことも。

「あなたを連れていくことはできないの」彼女はすね続けているボロックスに言い聞かせた。「あなたならおばあちゃんともブライアンとも、キーガンとも楽しく過ごせるはずよ。子供たちやマブやダーリンと農場で過ごしていたら、時間なんてあっという間に過ぎてしまうわ」

ボロックスがうなだれたままなので、ブリーンはため息をついた。「たった三日のことじゃない」

中身がぎっしり詰まったスーツケースにもうひとつだけ物を入れたところで、キーガンが寝室に入ってきた。

彼女は驚き、やましさからぱっと蓋を閉めた。「あなたとはタラムで会うことになると思っていたわ」

「マーグににらまれたんだ」

「にらまれた？」

「きみの荷物を運んでやれってね」キーガンは彼女のスーツケース、ノートパソコンを入れたケース、ショルダーダートートを一瞥した。「三日間の旅だと言っていたよな。三週間でも、一カ月でも、半年でもなく」

「いろいろと……やることがあるのよ。それぞれの場面で必要な服があるの。マルコだって、少なくともこれくらいは持ってくるはずよ」

「彼は自分の荷物は自分で運べる。もしくはブライアンに運ばせるだろう」

「わたしだって運べるわ」彼女は片手をひらひら振った。「まかせてよ」

「たしかにきみなら運べるだろうが、ぼくがせっかく来たんだ。筋肉の代わりに常に魔法を使う必要もない」キーガンはファスナーの閉まったスーツケースを持ちあげた。

「やっぱり魔法が必要みたいだな。お土産用に石でも詰めたのか？」

手持ちの服が好きなものばかりだと、どれを持っていくか決めるのは大変なのよ。そう思いながら、ブリーンは答える代わりにトートバッグとノートパソコンのケースを手に取った。

一年前だったら、トートバッグひとつで荷造りがすんだだろう。彼女の服はベージュで退屈なものばかりだったからだ。

つまり、スーツケースは前向きな変化を証明しているというわけだ。

「せっかく来てくれたのなら、サリーへのプレゼントも持っていって」

キーガンはカラフルにラッピングされた箱を小脇に抱えた。

「すてきな贈り物だ。きっと喜ぶだろう。これで全部かい？　まだ持っていくバッグがあるのか？」

「それで全部だし、そんなに文句を言われるなら、おばあちゃんにこれ以上あなたをにらまないよう頼んでおくわ」

「それは助かるよ。彼女のにらみはめったに出ないが、凶暴なんだ」

ブリーンは冗談をおもしろがることにした。ふたりはゆっくりあとをついてくるボロックスと一緒に階段をおりていった。

マルコとブライアンは、足元にマルコのバッグを置いたまま、リビングルームで抱きあってキスをしていた。

「マルコの荷物はきみほど多くないぞ」キーガンは指摘した。

「だってわたしはプレゼントもあるし、それに……女の子にはいろいろあるの」

「ぼくがこれだから女の子は……なんて言おうものなら、またにらまれただろうな。それで、きみはもう用意ができているのか、マルコ？」

「ああ」しかし彼はコテージをぐるりと見まわした。「キャセロールを作っておいたから、あたためて食べてくれ。パスタが食べたくなったら、レッドソースを冷凍してある。きみたちはただお湯を沸かして――」

「ああ、もう、そんなに心配しないでくれ。ぼくたちは飢え死にしたりしないから」ブライアンはマルコのスーツケースを持ちあげた。「きみの料理が恋しくならないということじゃないよ。でもぼくは、料理よりきみのほうが恋しくなるだろうな」

マルコは自分のノートパソコンのケースを肩にかけ、キーガンからプレゼントを受け取った。

外に出ると、ブリーンは庭に目をやった。畝は手入れされ、新しい植物が育っている。

「ぼくは農場で育った。こういう小さな畑を世話していれば、数日なんてすぐ過ぎるな」キーガンは首を振りながら、スーツケースを持って林へ向かった。

ブリーンは祖母の工房で作られた風鈴を枝につるしていた。美しさと音色を楽しむことができるし、防御にもなる。風鈴はそよ風に揺られてちりんちりんと音をたて、太陽と影の両方を受けて宝石のような色を放った。

それに、小鬼どもは夜にやってくる。だから、キーガンがコテージに泊まっていてもそれが警告になるだろう。農場にはハーケンとモレナがいるし、キャピタルに行けば彼の戦士たちがいる。

シャナが回復したかどうかが見えたらいいのに。彼女をなんとか生きのびさせる方法は見つかったのだろうか。

キーガンのこと、見守っていてね。彼女がボロックスに伝えると、うなだれていた頭が持ちあがった。頼んだわよ。そばにいられるときはそうしてあげてね。

ボロックスは足取りを速め、尻尾を振った。自分は置いていかれるのではない。お願い。任務を与えられたのだ。守護者として。

「写真をたくさん撮って、戻ったら見せてくれ」ブライアンが言っていた。「パーティーの写真や、すてきな街の写真を。ブリーン、帰ってきたらマルコのパソコンで読めるように、旅のことを書いてほしいな」

帰ってきたら、とブリーンは歓迎の木へと歩きながら考えた。彼女は家に帰るのではなく、旅に出るところなのだ。そして数日後には、ここへ帰ってくる。

四月の弱いにわか雨のなかを歩いていくと、歓迎している――あるいは見送りに来た――一行が見えた。おばあちゃん、セドリック、ハーケン、アシュリンと子供たち。マオンはパトロールのため出かけているらしい。

クリスマスのころに比べると二倍の大きさになった子犬が、うれしそうにボロックスに飛びついた。

「やっと来たわね、旅人さんたち」モレナが踊るように飛びすさり、じゃれあう犬たちから離れた。

キャヴァンが両腕を大きく広げたので、ブリーンは荷物を置いて少年を抱きあげた。

「この子はあなたと一緒に行きたいみたい」アシュリンが彼女に言った。

「それ、楽しそう」ブリーンはキャヴァンに鼻をすり寄せた。「いつかあなたも行きましょうね」少年を腰の上に抱えたまま、マーグを抱きしめた。「三日後には戻ってくるわ、ここに」

「楽しんできてね。わたしたち全員からお誕生日おめでとうとサリーに伝えて」

「ええ。必ず伝えるわ」彼女は続いてセドリックの頬にキスをした。「またね」

ブリーンはキャヴァンをおろし、バッグを持ちあげようとした。するとキーガンが彼女をさらってキスをしたので、フィニアンは笑い、キャヴァンは不満げに声をあげた。「きみはぼくが恋しくなる、そうだろう？」

「そうかもね」

「よし。ぼくもきみを恋しく思うだろう。荷物はこんなにたくさんあるが」彼は微笑んでいるセドリックのほうを見た。

「まったく問題ないよ。さあ、手を取って。そのほうがやりやすいからね」

「やっぱり飛んでいってもいいんだよ――ぼくが言っているのは飛行機でって意味だけど」そう言いながらも、マルコはブリーンの手を取った。「ぼくたちはあの古いアパートメントに戻ることになるんだよね？」

「ぼくがそこにポータルを開けたからね」キーガンが彼に思いださせた。「メイヴはそこにはいないが、きみたちが来ることは知っている。ブリーン、きみはニューヨークのどこにポータルがあるか知っているよな」

「ええ」ブリーンの肌に緊張が走った。「すべて書き留めてあるわ」

「だったら大丈夫だ」キーガンは歩いていってマーグとセドリックのそばに立った。

「あなたならひとりでやれると思うが、ぼくも力を貸そう」彼はセドリックに言った。

「ありがたく借りるよ」

　ふたりは手のひらを広げて持ちあげた。

「開かれたものはふたたび閉じられた。閉じられたものはその先の世界へ向かう旅人たちのためにまた開かれるだろう。彼らが通るとき、彼らを守りたまえ」

　光が道の上で渦を巻き、広がり、円を描き、大きくなった。

　キャヴァンは喜んで金切り声をあげたが、フィニアンは母親の足元でただ見つめており、その目が深い色に変わっている。

　彼もパワーを注入しているのだとブリーンは悟った。すてきな魔法使いの少年。

　ブリーンは大きく息を吸った。「さあ、行くわよ」

「ああ、くそっ」マルコが悪態をつきながらも彼女の手を握り、ブリーンがそうしたように足を踏みだした。

　彼女は最後に、キャヴァンの声を聞いた。「バイバイ！　バイバーイ！」

　それからは光と風とマルコの手しか感じられなかった。息は吸いこむそばから消えた。心臓が大きくひとつ弾んだ。

　閃光（せんこう）よりも短い一瞬ののち、ブリーンは古いアパートメントのなかに立っていた。

　一方、マルコは四つん這いになって落ちた。

「大丈夫？　平気そうね。わたしはここよ」

「ちょっとめまいがして、息が切れてる。待ってくれ」

「わたしはここにいるわ。バッグのなかに薬もあるわよ」

「息を整えるだけでいい。まったくもう、なんてこった。前回ほどひどくはないけど、うわあ！」

マルコはまだあえぎながら床に座りこんだ。やや興奮した目つきであちこちを見渡す。「ぼくたちは本当にフィラデルフィアにいるんだな」

「ええ、そうよ」ブリーンはバッグのなかに手を突っこんで薬を探した。「ふた口飲んで。それでもめまいがおさまらなかったら、もうひと口」

「まわっているのはぼくの頭というより部屋のほうだ」マルコは薬をひと口飲み、もうひと口飲んだ。「よし、いいぞ、少しよくなった。ひとつ飛びだったな」彼がなんとか笑みを浮かべる。顔色がだいぶよくなっていたので、ブリーンも一緒に笑った。

「テレポート完了よ」

ブリーンはマルコと一緒に座り、あたりを見まわした。メイヴはいくつかのものを加え、家具を多少動かしていたが、ほとんどは元のままだった。

これは郷愁だとブリーンは気づいた。そこでマルコとともに築いた思い出のせいでノスタルジックな気分になったものの、それに焦がれているわけではない。

ここはわたしの家ではない。もう二度と、ここがわたしの家になることはない。

「ここはいい感じに見えるね」

「恋しいの？」ブリーンはマルコに尋ねた。

「恋しくなるんじゃないかと思っていたけど、そんなことはなかった。またここを見られたのはうれしいよ。でもそれは――ほら、昔通った学校のなかを歩いていくと、いろいろ思いだしたり、感じたりするだろう？　そんな感じだよ。いいこともあれば、悪いこともあった。だけど、そこに戻りたいとは思わない」

「何かを持って帰りたいとか思わないの？」

「思わないね。ぼくのほしいものはすべて、自分で手に入れた――あるいはセドリックがぼくのために手に入れてくれた。きみはどう？」

「あのテーブルはほしいわ。ドラゴンのテーブル。わたしの誕生日祝いに描いてもらったやつよ。今回ではなくて、また今度でいいけど」

「あのテーブルで楽しい時間を過ごしたよね」

「ええ」ブリーンは立ちあがり、彼に手をさしだした。「もう動けそう？」

「まかせろ」

「じゃあ、ホテルにチェックインしに行きましょう」

「フィラデルフィアのホテルに泊まるなんて、おかしな気分だ。贅沢な気分だよ」

「贅沢な三日間を過ごすのよ。チェックインしたら、わたしは母に会いに行くわ」

その前にマルコの母親に会いに行くついでに。

「ぼくも一緒に行くよ。頼むから――」

「わたしが自分でやる必要があるのよ。終わらせないといけないの。そのあと、ふたりでおしゃれしてサリーを驚かせに行きましょう。これが終わったら、マルコ、あとは前向きでハッピーで、楽しいことばかりよ」

「バスには乗るなよ」

「わかっているわ。さあ、観光客のカップルみたいにホテルにチェックインしに行きましょう」

ブリーンがオルセン家のドアをノックすると、さらに思い出があふれてきた。ミセス・オルセンが家庭的でしみひとつないキッチンでケーキを焼くのを見たり、すてきなゴスペル・ミュージックを聴いたりしながら、小さな裏庭でバーベキューをした。いい思い出がたくさんある。ただ、自分たちの息子がゲイであることを知って両親に非難されたマルコが、ブリーンの肩の上で涙を流したことを思いださないようにすればいいだけだ。

アニー・オルセンが礼儀正しい笑みを浮かべてドアを開ける。しばらく目をぱちくりさせていたが――彼女の目はマルコととてもよく似ている――やがて両手を叩いた。

「ブリーン！　まあ、なんてこと、ブリーン・ケリーじゃないの。たっぷり一分は見ていたけれど、あなただと気づかなかった。見違えたわ！」

「お会いできてうれしいです、ミセス・オルセン」

「ああ！」彼女は両腕を広げてブリーンを抱きしめた。背が低く、体格のいい女性で、まっすぐのばした髪にキャップをかぶっている。「よく来てくれたわね。帰っていたなんて知らなかったわ！」

「一日だけなんです」

オルセン家は、ブリーンの記憶どおり、輝いていた。ミセス・オルセンは清潔さと信心深さをとことんまじめに行動で表していた。

「マルコとわたしはサリーの誕生祝いに来たんです。それからアイルランドへ帰る前にニューヨークで打ち合わせがあって」

微笑みをややこわばらせながらも、ミセス・オルセンはうなずいた。「大忙しなのね。どうぞ座って、コーヒーを持ってくるから」

「よかったら、昔みたいにわたしも一緒にキッチンへ行っていいですか？ あなたが料理するところを見ているのが大好きでした。マルコの料理の腕前はあなたから受け継いだんですね」

「どうぞ来てちょうだい。昨日作ったエンゼルフードケーキがあるの。それをコーヒーのおともにいただきましょう。あなたはもうちょっと太ったほうがいいわよ」

ミセス・オルセンはマルコの名前を口にしようとさえしない。そう思うと、ブリーンは喉の奥で心臓がどすんと音をたてて沈むのを感じた。

「お元気でしたか、ミセス・オルセン？」

「ぴんぴんしているわ。昔どおり、カウンターに座って。ニューヨークで打ち合わせがあるって言ったかしら？」

「ええ、わたしの出版担当者とエージェントとの打ち合わせです。マルコがずっと一緒に仕事をしてきた宣伝担当の人たちとも会うんです。それと、わたしのエージェントがマルコの料理本を出すというアイデアにとても興味を持っていて。実際、ニューヨークにいるあいだに彼は契約できると思います」

ミセス・オルセンはコーヒーを注ぎ、ケーキを覆っていたガラスのドームを外した。

「あなたが本を出版することをとても誇らしく思うわ。すてきよね、子供のための本を書くって。それに、あなたはとてもきれいで大人になったわ、ブリーン。あなたのお母さんはお元気？」

「このあと会いに行く予定です。ミセス・オルセン、今日お宅に寄らせてもらったのは、あなたとマルコのことをお話ししたかったからなんです」

「マルコのことはいつも祈っているわ、あなたのことと同じくらいに」ミセス・オルセンがブリーンの前にケーキをひと切れ置いた。

「マルコはこの秋、結婚します」ブリーンは早口で言った。どういう反応をされるかわかっていたからだ。「相手はブライアン・ケリーといって、実は彼はわたしの親類で――」

「ブリーン、神様はそんな逸脱行為を非難することはあっても、決して認めないわ。あの子が神様の言葉を、神様の法を拒絶したせいでわたしの心はずたずたよ。だから、わたしはあの子の魂のために毎晩祈っているわ。マルコは自分の選択をした。そしてわたしは、彼がそれを後悔して、元に戻る道を見つけることを祈っている」

ミセス・オルセンはブリーンの手を軽く叩いた。「さあ、ケーキを食べて。あなたはもうちょっとお肉をつけないと」

「マルコが幸せなことを、あなたには伝えなくちゃいけないと思って。彼は幸せで、彼のことを心から愛してくれる善良な人と一緒にいるってことをあなたに知ってほしかったんです。マルコは心のどこかでいつもあなたを恋しく思いながらも、よい人生を築いているということを、あなたに知ってほしかった」

けれど、ブリーンがアニー・オルセンの目のなかに見たものは悲しみだけだった。

「罪のなかに真の幸福はないのよ、ブリーン。審判がくだされるときにマルコがいかに苦しむことになるかを考えると、つらいの」彼女の目に涙が光ったが、こぼれ落ちることはなかった。「わたしはあの子をおなかのなかで、そして心のなかで育てた。神様の言葉を教えて、その言葉にしたがって生きてほしいと思った。でもマルコは間違った道を選んだ。今夜はいつもより一生懸命お祈りするわ」

「ごめんなさい。あなたを動揺させただけでしたね。わたし、もう行きます」ブリーンは立ちあがった。「あなたはいつもわたしに優しくしてくれた。そのことは忘れません。マルコはわたしの知る誰よりも明るく優しい人です。それこそが大事だと思うんです。人生で、何が起ころうとも」

オルセン家から辞去したブリーンは、母親の住むタウンハウスまでの長い道のりを歩きだした。歩いているうちに気を落ち着けられるかもしれないと思いながら。

彼女は望みを抱いていた。今ではそれが愚かな望みだったと気づかされたが。

マルコには家族がいる。彼女は自分に思いださせた。マルコにはわたしがいる。サリーとデリックがいる。タラムのみんながいる。そして今の彼にはブライアンがいる。マルコの真の家族全員が彼を愛し、受け入れている。彼がどういう人間であろうとも、いや、彼がああいう人間であるからこそ。

それを忘れてはいけないとブリーンは自分に釘（くぎ）を刺した。彼女自身にも同じことが言えるからだ。

母が家にいるのはわかっていた。いつも見ていたからだ。水晶玉はシャナやオドランの世界を見せてはくれないけれど、ジェニファーがきれいなタウンハウスで土曜日のルーティーンをこなしているところを見ることはできた。

まずパーソナル・トレーナーとジムで運動したあと、日用品の買い物に行く。

それから、第四土曜日はサロンの日だ。髪やネイルを整えたり、美顔術を受けるのだ。だが、今日はその予定はない——そのことはニューヨークのホテルを予約し、アポイントメントを取る前に確認済みだった。

四月のまだ早い時期なので屋外に植物や鉢を出すことはできないが、ジェニファーなら少なくとも一時間は窓を開け放しておいたはずだ。さらに、クリーニングに出さない洗濯物を片づけたり、請求書やネットバンキングの処理をしたりしているだろう。清掃サービスは利用しているものの、家中を見てまわり、枕を叩いてふくらませたり、朝買ってきた花を生けたりするのは彼女の仕事だった。

それを雑用と呼ぶ人もいるだろうけれど。タウンハウスの前に立ってブリーンは思った。ジェニファー・ウィルコックスにとって、それは使命だ。アニー・オルセンにとっての宗教と同じくらい、完璧に守るべきものだった。

すべてにおいて完璧なジェニファーの、唯一の例外が子供だ。ブリーンだけが、水準にはるかに及ばない落第生だった。

あとで酒を飲むくらいはするかもしれない。友達と一緒に、あるいは、もっとありそうなのは、領収書の整理をしながら。立派な広告代理店のメディアディレクターに昇進したことで、ジェニファーが家でやる仕事も多くなっているようだ。

すべてにおいて完璧に。

ブリーンはドアに向かい、ノックした。そして、一歩さがって歩道に立った。

ここではコーヒーやケーキを勧められることはないだろう。だがどちらの母親も、洗練された家庭的なうわべに縛られているのは同じなのだと、ブリーンは気づいた。

わたしがあなたを産み、育てた。けれど、あなたが何者で、どういう人間であるかを、受け入れるつもりはない。あなたがそういう人間であることは、ここでは決して歓迎されない。あなたがそれをすべて拒否して、おとなしく列に並ばない限りは。

わたしが受け入れられるものになりなさい。さもなければ、わたしがあなたの名前を口にすることすらないでしょう。

ブリーンは、ドアを開けた母親の髪型がまったく変わっていないことに気づいた。顎の長さの髪にはハイライトを入れ、ほっそりした黒のパンツに明るい水色のセーター、バレエシューズ、注意深くてさりげないメイクという土曜日の装いだ。ゴールドのピアス、小さなゴールドのビーズが並んだ細いゴールドのネックレス、しゃれたスマートウォッチ――これは初めて目にするものだった。

ブリーンは細かいところまですべて見ていた。母親の顔に浮かんだあからさまな驚きの表情も含めて。

「ブリーン。あなたがフィラデルフィアにいるとは知らなかったわ」

「ちょっとだけよ。サリーの誕生日だから」

「そう。まあ、入ったら」

「いいえ。ここではわたしは歓迎されていないもの。わたしがこういう人間であることは歓迎されていない」

「そのことは話しあいましょう」

「話しあっても意味はないわ。あなたは受け入れることができないし、わたしはそこから目を背けて逃げだすつもりがないんだもの」ブリーンは母親が隣接する家のほうにちらりと目をやるのを見て、頭を傾けた。

「近所の人にどう思われるか心配なの？」

「週末はお留守よ。でも、こんなところで立ち話を続けるつもりもないわ」ジェニファーが後ろにさがろうとしたので、ブリーンは魔法を使ってドアを閉めた。

「ここでいい。長くはかからないから」

「こんなの受け入れられないわ、ブリーン。そのことははっきりと伝えたはずよ」

母親の声が震えている。恐怖と同じくらいの怒りからくるものだ。

「ええ、完璧にはっきりとね。あなたはわたしを受け入れない。あなたが受け入れるのは、わたしではないもの、あなたが必死にそうなるように仕向けたわたしだけ。けれど、わたしは別のものになり、幸せに過ごしている。それが言いたかったの、わたしは幸せだって。わたしの人生は完璧ではないわ。完璧になることは決してないでしょうけど、これがわたしの人生なの」

「それは違う！　それは彼らがあなたに、あなたの頭に植えつけたものよ。あなたを育てたのはこのわたし。あなたに家を、安定を、進むべき道を、目的を与えたのはこのわたしなの」

「それは全部、あなたのものだった。あなたの家、あなたの思う安定、あなたの進むべき道、あなたが選んだ目的。今、わたしはなんでも自分で選んでいる。もうすぐわたしの本が出るの。明日にはニューヨークへ行くわ。そうしたら、また別の本が出せるかもしれない。書くことはわたしを幸せにしてくれる。仕事だし、大変なこともあるけれど、わたしはそれで幸せなの。わたしに授けられた能力がわたしを幸せにしてくれる。それも仕事で、大変かもしれないけど、わたしに喜びを与えてくれる。自分で決めた道が、自分で決めた目的があるの」

「それは幻想よ。危険な幻想だわ」

「そのとおりかもしれない、でもやっぱりそれがわたしの人生なの。だけど、あなたが一生懸命働いてわたしに人生を、家を与えてくれたことはわかっているわ。この一年で、あなたのこと、わたしたちのことをたくさん考えた。あなたが最善を尽くしてくれたことも、それで充分だと思わなければいけないこともよくわかっている」

「この忌々しいドアを開けて、なかに入りなさい。こんなくだらないことを人前でぺらぺらしゃべる気になれないわ」

「すぐに開けてあげるけど、わたしはなかには入らない」もう二度と、とブリーンは思った。

「あなたはわたしに嘘をついていた。何年もずっと。その嘘がわたしからとても大切なものを奪った。あなたはいつだってわたしに、自分は欠陥品で、人より劣っていて、不充分だと感じさせた。そして不幸だ、と。どれほど不幸だったか、あなたにはわかっていたでしょう、お母さん」

「あなたは安全だった。健康で、いい教育を受けて、申し分のないキャリアを手にしたわ」

「そして、あなたが自分自身の偏見と恐怖を反映した生き方をわたしに押しつけようとみじめにもがいた。だけどわたしは、決して屈しなかった。自分らしい生き方を探し求めた。簡単じゃなかったけど、やったわ。そしてとうとう、それを見つけた。あなたにわたしの望む生き方を押しつけることはできないし、そうするつもりもない。あなたが最善を尽くしたことは認めるし、感謝もしているわ。ただ、あなたは嘘をついた。わたしに嘘をつき、自分にはその資格がないとわたしが信じるまで、わたしの幸せを否定するという間違いを犯した」

ブリーンは言葉を続けた。「もう二度とここに戻るつもりはなかったけど、これをあなたに言っておきたかったの。あなたは間違っていた。あなたはわたしを傷つけた。それでも、わたしはあなたを許します」

「あなたは──わたしは何もしていないわ、ただ──」

「わたしはあなたを許します」ブリーンは繰り返した。「そして心から願うわ、あなたが本当に望んでいる人生を手に入れることを」彼女は背を向けて歩きだした。「ドアはもう開いているわよ」

ずっと重くのしかかっていたものが、すっと軽くなった。肩の荷がおりた彼女は、涼しい四月の午後の道をずんずん歩いていった。

軽やかに、のびのびと歩いていたブリーンは、タトゥーショップの前を通りかかり、ちらりと手首に目をやった。

そして、またしても衝動に駆られて店に入った。剣を持つほうの腕の肩のすぐ下に、最初のと同じ字体でタトゥーを入れた。

外に出ると、セドリックが待っていた。

「あなたがわたしのことを見ているのは知っていたはずなのに」

「きみにはこの散歩が必要だった。きみが店に入ったから、待っていようと思った。そして今、きみの目には悲しみが見えない」

「ええ」ブリーンは歩み寄って彼の腕のなかに飛びこんだ。「マルコのお母さんのところに行ったの。そしてわたしがやる必要があると思うことをやった。言う必要があることを言った。そのあと自分の母親と対面したときに悟ったの、彼のお母さんとわたしの母はよく似ていて、どうやっても考え方を変えさせることは無理なんだって。だからわたしは母に対しても、やるべきことをやり、言うべきことを言った。それから彼女を許したの」

「ああ」セドリックは微笑み、片手でブリーンの髪を撫でた。「それで重荷が消えたんだね」

「自分のためにそうしたの。彼女のためではなく」

「許しは許しだ」ブリーンの顔を包み、頬に優しくキスをする。「今やきみの心はさらなる光を湛えている。きみのおばあちゃんも喜び、誇らしく思うだろう。さて、今度はどういうタトゥーを入れたんだい?」

「ここよ」彼女は肩を叩いた。「まだちょっと痛いわ。〝イニオン・ナ・フェイ〟」

セドリックがとびきりの笑みを浮かべる。「フェイの娘」

「だって、わたしはそうだから。そして母を許し、彼女に別れを告げることで――マルコの母親にも同じことをしたんだと思うけど――この言葉はいっそう真実味を増したと思うわ」

「それはいつだって真実だったよ」

「わたし、タクシーを呼んでもう戻らないと。あなたも一緒にパーティーに来る?」

「それは楽しいだろうな、間違いなく。だがマーグが待っている。彼女はきみが不幸せなんじゃないかと心配していたんだ。もちろん、わたしから心配いらないと話しておくよ。しかしきみがタクシーを待つあいだは一緒にいよう。それから戻る前にプレッツェルでも買っていこうかな。プレッツェルは最高だからね」


ブリーンが急いでホテルへ戻ると、ふたつの部屋をつなぐドアが開け放たれてマルコがそのあいだを行ったり来たりしていた。彼女のパーティードレスが広げて置かれていて、マルコはそれに合う下着もちゃんと用意してくれていた。

「〝大丈夫、ちょっと遅れる〟ってメールはくれたけど、でも――」

「わたしは大丈夫! 思っていたより遅れちゃっただけ。あなたはもう着替えているのね!」

「向こうに早く着きたいねって言っていたから――」

「ええ、わかっている。急ぐわ」

「きみのお母さんに会った話も聞かせてくれ。さあ、お嬢さん!」

「万事順調よ。全部終わったわ」

マルコの母親にも会ってきたことは言うつもりはなかった。

言っても意味がないのだから。

ブリーンはベッドからドレスをつかむとバスルームに駆けこんだ。

「言う必要のあることは全部言ったわ——彼女は何も変わらなかったけど。これからも変わらないでしょう。わたしはそれを受け入れることにした。彼女に言ったの。最善を尽くしてくれたことはわかっているって」

シャワーの音に負けじと、ブリーンは声を張りあげた。

「彼女がわたしに嘘をついていたこととか、わたしが傷ついていたこととか、いろいろ言った。それから、わたしはあなたを許すと言ってやったわ」

「おっと。そいつは痛いな！」

彼女は思わず笑った。「あれは刺さったかもしれないわね。でも本心だったのよ、マルコ。わたしは彼女を許した。もう恨んでいないわ。解放されたの」

ブリーンはシャワーから出た。サリーとデリックからの贈り物であるグリーンのドレスを着るつもりだった。その選択がマルコにエメラルドグリーンのシャツを着させ、祖母がくれた革のロングベストを着るように仕向けたのは間違いない。

時間節約のため、彼女はグラマー・マジックを使った。本気のやつだ。そうしないとマルコの不平を聞くはめになる。

彼女はトロールのイヤリングとマーのブレスレットをつけ、バスルームの外へ飛びだした。

「ブリーン。きみを誇りに思うよ」

「十分でシャワーを浴びて着替えたから？」

「理由はわかるだろう。ぼくは両親と兄を許すのにだいぶ時間がかかったから、それがどんなに大変なことかわかるんだ。なのに、きみは一年以内にやってのけた。だからぼくは——なんだよ、それ！　またタトゥーを入れたな！　ぼくのいないところで！」

「ごめん、ごめんってば」

ブリーンは座って靴を履いた。

「一瞬のことだったの。わたしはすっかり解放された気分で歩いていた。そうしたら、そこにタトゥーショップがあって、どうしてもこれを入れずにはいられなかったの」

「まったく、ぼくもまた入れなきゃいけないかな？」

「いいえ」

「それはなんて書いてあるんだい？　読めないよ」

「フェイの娘って意味よ」

マルコは息を吐いた。「まあ、理由はわかるよ。ところで、入れたてなのに赤くなっていないのはどうして？」

「まだ痛むけど、パーティーで変に見られたくないから――」彼女は指をひと振りしてみせた。

「いい考えだ。よし、きみとぼくが並んだら、これで完璧だな」

ブリーンはプレゼントを手に取った。「さあ、わたしたちの心の母に会いに行きましょう」

サリーの店に入っていって、誕生日のために店中がとんでもない勢いで飾りつけられているのを見るのはいい気分だった。デリックの仕業だろうとブリーンは思った。早い時間に来たので、まだ客はいくつかのテーブルに散らばっているだけだった。バーカウンターにもちらほらいて、黒髪でショートヘアの大きな輝くブルーの目をした女性がスツールに座っている客としゃべっていた。

アーモンド形の大きな目、鋭い頬骨。彼女はまるでフェアリーのようだ。その輝く青い瞳がこちらを見あげ、歓迎の意を表している。

マルコはためらわずに近寄っていった。「やあ、ジョーイ」

スツールに座っていた人物がぴょんと立ちあがった。「マルコ！　ずいぶん久しぶりだな。みんな言ってたんだ、きみが――ブリーンじゃないか！」彼は片方の腕でふたりを抱きしめた。「再会を祝って、ぼくがおごるよ。こちらはメイヴだ。彼女はきみたちが今うろついているあたりから来たんだ」

「ぼくの代わりにね」

メイヴはきらきら輝く目をマルコに向けた。「ええ、たしかにそうだけど、誰もあなたの代わりにはなれないわ、マルコ。わたし、やっとおふたりに会えてすごくうれしい」

「彼女の作るカクテル——コスモポリタンは、まさに魔法だよ」ジョーイが言った。

「そうでしょうね」ブリーンは手をさしだした。「はるばる遠くから来てくれてありがとう」彼女は静かに言った。マルコとジョーイは近況を報告しあっている。「あなたがしてくれているすべてのことに感謝するわ」

「そんな必要はないわ。わたしはあのアパートメントがとても気に入っているの。それにここは、もうひとつの家のようなものだし。彼らはわたしを家族のように扱ってくれて、家族だと感じさせてくれる。それはすてきな贈り物よ」

メイヴを観察し、ブリーンは理解した。「あなたはここに残るつもりね」

「少なくとも、当分は」彼女はブリーンの新しいタトゥーのすぐ下に指先で触れた。

「あなたもそうでしょう。わたしたちはそれぞれの場所を見つけたのね」

「あとで一杯やろう」マルコがジョーイに言った。「パーティーが始まる前にサリーに会いたいんだ」

「サリーなら楽屋よ」メイヴが彼らに言った。「自分自身をゴージャスに飾り立てているわ」

「また戻ってくる」マルコは彼女を指さした。「どっちが作ったコスモがおいしいか、勝負しよう」

「その挑戦、受けて立つわ、ブラザー」

ふたりが裏へ行こうとしたところに、デリックが出てきた。両手で口元を覆い、目に涙があふれだす。

「嘘だろう。信じられない。ああ、なんてこった。顔を見せてくれ。ふたりともだ」しばらくぎゅっと抱きしめたあと、デリックはブリーンの髪に触れ、マルコの小さなひげをもんだ。「本当に来てくれたんだな。サリーがどんなに喜ぶことか。いつまでいるんだい？」

「今夜だけだよ。明日、列車でニューヨークへ行って、打ち合わせをしたら帰ることになってる」

「本当にきみがしゃべってる」デリックの目にまた涙がこみあげた。「ニューヨークで打ち合わせだって。それの中身が何かは知らないけど——」彼が大きな包みを指さす。「きみたちがここにいること以上に大きなプレゼントはない。たとえ今夜だけでも来てくれてうれしいよ」

「サリーの誕生日を逃すわけにはいかないからね。でも——」マルコは包みをぽんと叩いた。「これもかなりのヒットだと思うよ」

「どうかな。さあ、全部話してくれ。きみのハンサムなフィアンセはどこにいるんだ、マイ・ボーイ?」

「今回は来られなかったんだ。あわただしい旅でね。でも結婚式の前に連れてきて彼のすてきなお尻を見せてあげるよ」

「くれぐれもサリーに結婚式の話はするなよ」デリックは楽屋の外で足をとめた。「とまらなくなるから」そう言ってドアをノックする。「ベイビー、ちゃんとしてる?」

「そうでないことを願うわ!」

デリックが頭をなかに突っこんだ。「きみにプレゼントだ」

サリーは照明のついた楽屋の鏡の前に座り、髪をキャップで覆って、つけまつげを慎重につけているところだった。

鏡のなかでブリーンと目が合うと、その手が静止した。

「もう、やめてよ。わたしのお化粧が台無しになるじゃない」

26

抱擁と涙に続く、さらなる抱擁を受けながら、ブリーンは考えた。

家というのは場所とは限らない。人をそう呼ぶ場合もある。

「シャンパンを取ってくるよ。ぼくが戻るまで、プレゼントは開けちゃだめだぞ」デリックが釘を刺した。

「彼はわたしのことをよくわかっているの」サリーはまた座り、目元を軽く叩いた。

「あなたたちふたりにここで会えたことが、史上最高のバースデイ・プレゼントよ。ああ、わたしの美しい子供たち」

サリーがまた涙ぐむと、その足元にブリーンは座り、ボロックスがよくやるように、頭を相手の膝にのせた。「あなたに会いたかったわ」

「こっちのほうがもっと会いたかったわよ。マルコ、あなたは婚約したんでしょう。彼も来ているの？」

「今回は来ていないよ。ぼくたちはあちこちに行ったり来たりする予定だったから。

でも、近いうちに会わせるって約束する。ブライアンはすばらしい人なんだ、サリー。彼のことをすごく愛してる」

「また泣かせないでよ。結婚式は盛大にやってあげるわ。アイデアがあるの。ふたりは燕尾服に白ネクタイを合わせて、そしてブリーンはゴールドのドレスよ。黒とゴールドのなかで白が映えると思うの。白い花をあちこちに飾って、そして――」

「サリーに結婚式の話をしちゃったのか」デリックが栓を抜いてあるシャンパンのボトルを入れたアイスペールと、シャンパングラスののったトレイを持って戻ってきた。

「最初は虹をイメージしていたんだけど、ふと思いついたの。黒とゴールドのエレガントな式を」サリーは空中に両手で輪を描いた。「それと、たくさんの白い花。彼があなたにふさわしい人でありますように」

「それはわたしが断言できるわ」ブリーンはデリックからグラスを受け取った。「誕生日おめでとう、サリー」

「さあ、何が入っているか見てみましょう。はるばるアイルランドから、あなたたちは何を持ってきてくれたのかしら」

「まずはこれを開けて」ブリーンは小さな細長い箱をさしだした。「おばあちゃんからよ」

「あなたのおばあちゃんがわたしに誕生日のプレゼントをくれたの？」

サリーはうやうやしい手つきでカードを開いた。

親愛なるサリーへ
わたしがそうしてやれないときに、ブリーンに多くのものを与えてくれてありがとう。家族という贈り物ほどまばゆく輝くものはありません。あなたがブリーンの家族なら——マルコの家族でもありますね——わたしの家族でもあります。このささやかな贈り物を、ブリーンの心の母へ、もっとも幸せな誕生日となるように願いをこめて贈ります。
お誕生日おめでとう（ラ・ブレイズ・ショーナ・デュイ）、マーグ

「わたし、全部開け終わるまでにティッシュペーパーをひと箱使いきりそう」

サリーは涙をまばたきで押し返し、箱を開けた。「まあ、すてき！」

シルバーのチェーンから垂れさがる三連の星を引っ張りだす。その星が化粧台のライトを受けて色とりどりに輝いた。

「おばあちゃんが、あなたのために作ったのよ」

「作ったですって？」

「おばあちゃんは……その、器用なの」

「でしょうね。これはとにかく美しいわ」

圧倒されて、サリーはまた目元をぬぐった。「オーケー、もうすっかりあなたのおばあちゃんに惚れちゃったわ」

「ぼくも同感だ」デリックはそのサンキャッチャーを手に取り、ためつすがめつしてひっくり返した。「寝室の窓に飾ろう、ベイビー、そうすれば目覚めたときにベッドから星が見える」

「完璧ね。もちろんマーグにお礼の手紙は書くつもりだけど、これがどれだけわたしにとって意味のあるものか、ちゃんと彼女に伝えてね」

サリーはまたグラスを脇に置いてラッピングを外し始めた。

「これはちょっと時間がかかりそうだな」デリックは彼らに警告した。「ふたりは明日、打ち合わせがあってニューヨークに発つんだよ」

「立派な作家さんね。誇らしい気分だわ。見てよ、これ。二重にラッピングされているの」サリーはブラウンの包装紙を見せた。「時間がかかるのはわたしのせいじゃないわ」

「そんな紙は破っていいんだよ、サリー。さあ、早く開けてくれ」

「わかった、わかったわよ。彼は焦らされるのに耐えられないの」サリーは紙を破り、その下にある絵をひと目見た瞬間、手をとめた。「まあ、神様、これは何？」

「破って、破って、破って！」ブリーンがぴょんぴょん跳ねた。「わたしも焦らされるのは耐えられない」

「おお、ベイビー、それはきみだ。比類なきシェールに扮したきみだよ。なんてゴージャスなんだ」

「わたしだわ」サリーは唾をのみこんだ。「これは――あなたのブライアンが？」

「そうだよ。すてきだろう？　彼はとても絵が上手なんだ。ブリーンのアイデアで、ぼくたちがウェブサイトから持ってきた写真をもとに、ブライアンが描いた。ぼくはフレームを作るのを手伝った――だから、ぼくも褒めてくれよ」

「この箱を作ったのと同じ職人がフレームを作ったの、マルコと一緒に。わたしたちふたりとも、制作にかかわりたかったのよ」

サリーはスポットライトを浴びてステージに立っていた。すらりとした赤いスパンコールのドレスの背中に長い黒髪が流れ落ちている。片手にマイクを持ち、もう一方の手は腰に当てている。赤いハイヒールのまわりには薔薇が散らされていた。

「言葉がないわ――このわたしが言葉をなくすだなんて。彼はあなたにふさわしいのかもしれないわね、マルコ。彼は本当に才能がある。これは――あなたたちがこうしようと考えて、わたしのために作ってくれたことに、とても感動しているわ。これを渡すためにはるばる来てくれて、今日一緒に過ごしてくれていることにも。ふたりとも、愛しているわ……わたしのルブタンのコレクションよりも」

「驚いたな」マルコはにやりと笑い、ブリーンに向かって眉をぴくぴくさせた。「ぼくたち、ルブタンに勝ったぞ」

「これはぼくへのプレゼントでもある。ぼくたちはこの絵をリビングルームに飾るよ。今夜はここの壁に飾るけど、そのあとは、ふたりの家に持って帰る」

サリーがうなずいた。

「さっそく飾ってこよう。きみは顔を直したほうがいい」デリックはかがみこんでサリーにキスをした。「きみには派手に登場してもらわないと」

「ぼくも行くよ。あの新入りの女の子とコスモで勝負をするんだ」

「メイヴの腕前はすばらしいのよ。あなたもきっと気に入るわ」

「もう気に入った」マルコもかがみこんでサリーの頰にキスをした。「黒とゴールドに白ってやつ、ぼくは好きだよ」

「あなたがメイクを直すあいだ、隣で話していてもいい？」ブリーンは尋ねた。

「いいに決まっているわ。さあ」ドアが閉じられると、サリーはさっと鏡に向き直って化粧を直し始めた。「近況報告以外に、何か心に引っかかっていることがあるの？」

「いくつかね」

ブリーンはマルコの母親に会ったこと、それから自分の母親に会ったことを話した。

話を聞き終えるとサリーはうなずき、アイラインを引いた。

「よかった。あなたがマルコの家族のために傷つき、怒りを覚えてきたのを知っているから。それはもう投げ捨てていいの。彼らはああいう人たちなのよ」

「わたしには話してみる必要があった。マルコに言うつもりはないけど」

「マルコはもう前に進んでいる。彼は訣別したのよ。今さら話しても、終わったことを蒸し返すだけだわ。あなたのお母さんのほうはどうなの？」

サリーは手をとめ、シャンパンを飲んだ。

「怒りを覚えるのは健全なことよ、ベイビー。でも、そろそろ怒りを手放すことができるんじゃない？　そうすれば、もっとすがすがしい気持ちになれるわ。お母さんのことは残念に思う。本当よ。ふたりのお母さんたちのことを気の毒に思う。同時に、彼女たちに感謝もしているわ。だって、おかげでわたしはあなたと出会えたし、マルコにも出会えたんだもの」

「おばあちゃんみたいなことを言うのね」

「それって、このわたしも頭のよさそうなことを言っているってことね。だって、彼女は頭がいいってわかるもの。ところで、これはなんなの？」

ブリーンはサリーが身ぶりで示したタトゥーを優しくさすった。「フェイの娘って意味よ。フェイというのは――」

「ハニー、フェイの意味くらいわかるわよ。魔法を使う人たち、妖精の一族みたいなものでしょう。それなら意味が通るわ、だってあなたはアイルランドに居場所を作ったんだもの。あなたにはアイルランドが合っていたのね。さて、ほかには？」

「お金のことよ。まず、エージェントはわたしが書き終えた小説は必ず売れるって考えているの。彼女はそれを読んで――」

「まあ、すごいじゃない、ブリーン！ もっとシャンパンを注いで」

「ええ、そうするわ。だけど――そのことはあまりぺらぺらしゃべりたくないの。けちをつけるようなことになるといやだから」

「フェイって」サリーはたっぷりアイラインを引いた目をくるりとまわした。「迷信深いのね」

「とにかく、お金のことなの」

ブリーンは自分の相続財産の一部で財団を立ちあげる計画を話した。

「財務の専門家なら、財団設立の仕方や運営方法まで理解しているんでしょうけど、あなたとデリックもお金のことや、ビジネスのことをよく知っているわよね。だから、もしよかったら手伝ってもらえないかしら。財団を設立するには役員会が必要らしいの。いろいろミーティングをしなきゃならないんだけど、リモートでできるし。マルコとわたし、それにあなたとデリックがもし――」

「ブリーン」サリーは片手をのばし、彼女の手をぎゅっと握った。「喜んで引き受けるわ。あなたのお父さんのことは知らなかったし、残念ながら会ったこともないけれど、彼は絶対、あなたがやろうとしていることを誇りに思うはずよ」

「父がわたしのためにしてくれたことが、わたしの人生を変えたの。ありがとう、本当にありがとう。わたしの手には負えないかもと思っていたの、ちょっとだけ。いや、ちょっとじゃないわね」ブリーンは訂正した。「完全に。あなたとデリックが手伝ってくれるとわかって、これならやれると思えるようになったわ」

「決まりね」サリーは口紅を引いた。「それで、あのホットなアイルランド人とはどうなの?」

「どうって」ブリーンは笑った。「半分一緒に住んでいるようなものかな」

鏡のなかでサリーが目を細める。「それってどういう意味?」

「そのままの意味よ。うまくいっているし、今のところは順調よ」

「彼を愛している?」

これまで誰にもそこまではっきりときかれたことがなかったので、その質問はブリーンの虚をついた。彼女は考える前に答えていた。「ええ。まあ、なんてこと!」ブリーンは片手で胃のあたりを押さえた。「わたしは彼を愛している。それはわかっていたのよ。わたしはばかじゃないもの。でも、それを声に出して言ったことは一度もなかった」

「彼はあなたを愛している？」

「それはあまり確信がないわ。彼は気遣ってくれるし、わたしたちふたりとも、つきあい始めてからはほかの人とはいっさい関係を持っていない。彼はわたしに対してすごく正直で、それは本当に大事なことよ。マルコを兄弟のように扱ってくれるし――なぜなら彼はマルコを兄弟同然に考えているから。それもすごく大事なこと」

「あなたは幸せなのね」

「幸せよ」

「それが本当に大事なことよ」

その後、ステージにあがったサリーが観客のお気に入りのシェールを歌うのを見て、コスモポリタン勝負の審判を手伝い（結果は引き分け）、デリックとダンスをするうちに、ブリーンはある決心をかためた。

翌朝、電車のなかで、窓越しに初めて見るニューヨークの街並みに釘付けになっているマルコに、彼女はそれを打ち明けた。

「昨夜決心したことがあるんだけど、あなたの意見が聞きたいの」

「もちろんさ。夜のお楽しみだろう？　部屋に荷物を放りこんだら出発だ、お嬢さん。天気予報を見たんだ。おおむね晴れて、気温は十五度。悪くないね」

「サリーとデリックに話そうと思って」

「天気のこと？」

「マルコ、ちゃんと聞いて」

「悪かった。なんだい？」マルコは無理やり窓の外から目を離した。

「ふたりをあっちに呼びたいの。全部終わったら。もちろん終わってからじゃないとだめだけど、彼らには一度来てほしいの」もしわたしが生きのびられたなら、とブリーンは考えたが、それは口にしなかった。「秋ごろとか、あなたの結婚式に来てもらってもいいかもしれないわ。あなたの最初の結婚式に」

「最初はタラムのブライアンのところで――」マルコはしばし考えてから、彼女の手を握った。「タラムに来てほしいってことか？」

「サリーとデリックに言わずにいるのはもう耐えられない。嘘をついているようなものだわ。いいえ、これはもう嘘よ。あのふたりは家族なのに。わたし、母の前から立ち去ったときに決心したんだと思う。でも、完全に決意したのは昨晩よ。それは間違いだと思うなら、そう言って」

マルコは両目を閉じ、長い息を吐いた。「ぼくもずっと考えていた。ふたりと話すたび、いつになったらブライアンに来てもらって彼らに会わせられるんだろうって。ぼくはサリーとデリックに彼のことを知ってほしい。彼の家族に、おばあちゃんに、みんなにも会ってほしい。でも、それを伝えるのはきみだってことはわかってる」

「わたしだけじゃないわ。キーガンにもきかないと。彼はわたしがつきあっている人というだけじゃない。ティーシャックよ。反対されるかもしれないけど、わたしは――わたしたちはそれを受け入れなきゃいけない。でも、しっかり納得するまで話しあうつもりよ」

「ぼくはいつだってきみの味方だ。これでぼくの負担が軽くなったよ、ブリーン。でも彼らに話すとき、なるべくこうはならないように――」

マルコは両手を顔の脇に投げあげて、爆弾のような音をたてた。

「それは絶対ね」

「すばらしい考えだと思うよ。ねえ、それでもぼくは結婚式を二回やるのかな？」

「それも絶対よ。あなたの燕尾服姿を見たいという以上に、自分がゴールドのドレスを着たいもの。さあ、ニューヨークに着いたわ」

ブリーンは、最初に来たときと同じくらい興奮していた。いや、それ以上かもしれない。なにしろ今回はマルコが一緒で、彼が興奮しきっているからだ。彼女は以前と同じホテルを予約していたが、今回は少し奮発した。

マルコは窓の外の景色と同じくらい、小さいながらもすてきな寝室が二部屋あるスイートに見とれていた。

「二泊するし、街に出ていないときは一緒にくつろげるように、このすてきなかわいらしい居間があったほうがいいと思って」

居間には、ふっくらとした枕つきのソファと、流線形の椅子が二脚あった。長いローテーブルにはフルーツを盛ったボウルと、無料の赤ワインのボトル、グラスがふたつ置かれている。

そして大きな窓からは、ニューヨークのダウンタウンが一望できた。

ブリーンは部屋のアメニティを確認したあと、テレビのリモコンを手に取った。

「これを見て」彼に言って、ソファに面した大きな鏡にリモコンを向ける。

鏡はテレビモードになり、画面にホテルの映像が流れだした。

「そうこなくっちゃ！」マルコは勝ち誇ったように顔と両腕を天井に向けた。「ぼくはテクノロジーの世界に戻ってきたんだ！　こういうのを手に入れないと。ぼくたちがコテージを作るときには、こういうすてきなものがひとつはほしいな」

彼がさっと回転する。「ブライアンのために写真を撮ろう。何もかも写真に撮るんだ。動画も撮ろう。ソファにも、あの椅子にも、ぼくの部屋にある椅子にも座りたい。ベッドに寝っ転がって、シャワーのなかで踊りたい。きみの部屋でも同じことをしよう。でも、とりあえずは外に出ないと」

「豪勢だな！」

「まず荷ほどきをしましょう」ブリーンは人さし指を彼に向かって突きつけた。「丸一日使えるんだから。でも五時半までにはここに戻ってきて着替えるのよ」

「急いで荷ほどきをしよう。街を隅々まで堪能しなくちゃ。それで、五時半というのは？」

「劇場へ行く前に豪華なディナーをとるためにここを出る時間よ」

「なんだって！　豪華なディナー？　劇場？　ショーを観るのか？」

「あらやだ、マルコ、ただのショーじゃないわ」ブリーンはバッグのなかに手を入れ、封筒を取りだした。「ここにあるのは、一階席、センター三列目のチケットよ。演目は……ちょっと待って。リバイバルの……ここでドラム・ロール。『ラ・カージュ・オ・フォール』よ」

　マルコは流線形の椅子にどさりと座りこんだ。「からかうなよ、お嬢さん」

「カーリーがチケットを取るのを手伝ってくれたの。ゲイの親友とニューヨークまで来るのに、『ラ・カージュ』のチケットを取らずにいられると思う？」

　跳ね起きたマルコは、部屋中を踊りまわり、ブリーンをつかみ、一緒になって部屋中をくるくるまわった。

「楽しみがどんどん増える一方だ。ありがとう。愛してる！　ああ、まさかブロードウェイで『ラ・カージュ』を観られるなんて！」

笑っているブリーンにマルコはキスをした。「さっさと荷物を片づけてくれ。お返しがしたい。ゲイの親友が明日のために完璧な服を何着か見つけるのを手伝うよ」

「じゃあ、十分後に」彼女は約束して、自分の部屋へと向かいかけた。「ちょっと待って、何着かって言った？」

「ビジネスランチとビジネスディナー。それだけで二着必要だ」

「でも持ってきた服が――」

彼は片手をあげ、だめだめと言わんばかりに振った。「ぼくにめちゃくちゃマジな顔をさせないで」そして《ダウンタウン》を歌いながら自分の部屋へと歩いていった。

マルコはエネルギーの塊だ。しかもとめられないし、何があってもとまらない。速度をゆるめることすらもできないのだ。マルコはブリーンを連れて何件も店をまわり、店員とおしゃべりをするうちに誰もが彼の魔法にかかってしまう。

彼は通りで数えきれないほどの写真と動画を撮り、歩道に並ぶ屋台の売り子と古くからの友人のようにおしゃべりをした。彼はミッドタウンまで地下鉄で行こうと主張した。だってフレッド・アステアとジュディ・ガーランドのように、きみと連れ立ってフィフス・アベニューを歩きたいじゃないか、と。

マルコは彼女を引っ張って、土産物店にもブティックにも同等の熱意を持って入っていき、休んだのはニューヨークのピザを食べる――これも彼のやりたいことリストのひとつに入っていた――ために腰をおろしたときだけだった。

ブリーンもまた彼の魔法にかかっていたので、山ほど買い物をして、生涯でも最高の一日を過ごした。

彼女はお返しに、その夜をマルコにとって最高の一夜にしようと決意した。

ふたりきりのディナー、キャンドルの明かり、おいしいワイン、そして慎ましく優雅に盛りつけられた料理。

まるで別世界だとブリーンは思った。どちらにとっても馴染みのない世界だけれど、今日、この夜を過ごすには完璧だ。

マルコがさっと勘定書きをつかむと、ブリーンはその手をぴしゃりと叩いた。

「だめよ、マルコ。ここはわたしのおごり」

「違うね。きみはぼくをニューヨークに連れてきてくれた。アイルランドとタラムにも連れていってくれて、おかげでぼくはブライアンと出会えた。ぼくが料理本を書いて、エージェントと契約しようとしているのもきみのおかげだ。おまけに、ブロードウェイのショーまでプレゼントしようとしてくれている。だから、こんなすてきな場所でぼくにSAFな顔をさせないでくれ。ぼくはニューヨークで、ぼくの親友であり初恋の人にディナーをおごるんだ」

ブリーンは手を引っこめた。「ありがとう、マルコ」

彼がにやりと笑ってクレジットカードを取りだす。「ぼくは家賃なしで暮らせているうえ、そこそこの給料をもらっているからね。生まれてこのかた、こんなことができるようになるなんて思ってもみなかったよ。とんでもなくいい気分だ。こんなのは何もかも、ぼくたちの生活じゃない。だからこそ、特別なんだ」

「いずれ戻ることになるあの生活が、あなたの望むものなの？」

「ぼくはいつかここにブライアンを連れてくるし、ほかの場所も見てみたい——いつも話していたようにね。それに、あのテレビになる鏡もほしい。でも、ぼくにはきみがいる。ぼくを愛してくれて、ぼくと家庭を築きたいと思ってくれる人がいる。それ以上に望むものなんて何もないよ」

ショーは最高だった。マルコが目に驚異の念を湛えて彼女を見た回数を、ブリーンは途中で数えるのをやめた。あらゆる世界に、あらゆる魔法があるのだ。

そしてこの世界では、魔法は色彩と喜びと声と動きを伴って舞いあがる。いつかまたここへ戻ってきて、この魔法を目撃しよう。

それからふたりは、ワインを飲みながらその日のことやその夜のこと、ショーのことを話した。だが、いくら話しても話し足りず、深夜になってようやくベッドに倒れこむと、彼女は魔法にかかったまま眠りに落ちた。

朝になって起きたマルコが居間に入っていくと、ブリーンはすでにルームサービスで運ばれたテーブルについていた。

「コーヒーだ！」彼は突進した。「朝食を頼んだのかい？　出かけてデリか何かを試してみてもいいかなと思っていたんだけど」

「ベーグルだけよ。ランチは一時半の予定。もう十時を過ぎたわ」

「まさか夜明けと同時に起きて、トレーニングしたとか言うなよ」

「癖なのよ。それより、あなたに話したいことがあるの」

「もちろんいいとも。これからふたりできみの言っていたエージェント会社まで歩いていって、ぼくはカーリーに対面して、それからイヴォンヌに料理本の話をするんだよな。そのことについてはまだ考えないようにしよう。その後、出版社に向かい、あれこれ見てまわってから、みんなでランチに行く。宣伝担当のみんなと会うのが待ちきれないよ。マーケティング担当のメリッサにも。ねえ、このコーヒー、すごくおいしいな！」

「マルコ、カーリーが今朝、電話をかけてきたわ。一時間ほど前に」

「へえ」彼はベーグルの容器から保温用の蓋を外した。「ベリーもあるのかい？　いいね」それから目をあげた。「なんだよ、彼女はキャンセルさせてほしいって？」

「違うわ。マルコ――」

「だったら、どうしてそんな顔をしているんだ？　ゆがんだ内面を映したような顔だぞ」

「そんなはずないわ。彼女はちょうどエイドリアンとの電話を切ったところだった」

「編集者の女の子だね」

「ええ、そして彼らは……マルコ、彼らは本の契約を申しでてくれたそうよ」

「すごい！」そう叫んで彼は飛びあがった。「ミモザで乾杯だ！　今すぐ！」

「だめよ、マルコ、だめ。待って」

ブリーンが目をぎゅっと閉じると、マルコは彼女の前に膝をついた。

「クソみたいな契約なのか？　まあいいよ、クソみたいでも契約は契約だ」

「クソじゃないわ。カーリーが言うには、かなりしっかりした契約みたい。でも――とにかく、わたしの話を最後まで聞いて。彼女は安すぎる気がすると言って、わたしに三つの選択肢を提示したわ」

「聞こうじゃないか」

「ボロックスの本はかなり評判がいいの。予想以上にね。あなたがソーシャルメディアを使って宣伝してくれたおかげだって、カーリーは言ってたわ」

「やったね。そう言ってもらえるとうれしいな」

「そういうわけで、彼女はわたしたちなら交渉できると思っているの。つまり彼らにもっと出資させたいということね。そこで最初の選択肢は、そのオファーをそのまま受ける。手のなかの鳥ってやつよ。小さくても目の前にある確実な利益をつかめるわ。でも、この鳥はとんでもない代物なのよ、マルコ。彼らはわたしの本を出版する、そしてそれは――そのことを考えるとわたし、息もできないわ」

「きみはよくやっているよ。ぼくが思うに第二の選択肢は、きみのエージェントにエージェントの仕事をさせて、もっと値段をあげるよう交渉してもらうことかな？」

「ええ、基本的には。それに副次的権利や印税率に関してもね。とにかく、それがふたつ目のドアよ。三つ目は、ほかの出版社にも送ってみるってこと。カーリーは盛大に宣伝すればもっと興味を引いて、より多くのものを得られると考えているの」

「われらがブリーンの望みを教えてくれないか」

「あの小説を出版すること」

「言うまでもないことだけど、きっと出版はされるだろう。それで、きみはどうしたい？」

「わたしはとにかくチャンスがほしかった。そして、それは決まった。わたしが考えていた以上のお金よ――あなたは彼らがいくらでオファーしてきたかも尋ねなかったわね」

「いずれわかるからね。一番大事なのはそこじゃない」

マルコがちゃんと理解してくれていると知って、ブリーンはふたたび目を閉じた。言うまでもなく、彼は理解している。「カーリーがあちこち探しまわれば、もっと高く売れる可能性はある。もっと大きな家でもなんでも手に入る。でも——」

「ふたつ目のドアだな。きみはカーリーは仕事のできる人だと信頼しているし、きみの編集者のことをよくわかっている。〈マクニール・デイ・パブリッシング〉の人たちのことをわかっている。きみはそこで人間関係を築いてきた」

「卵をひとつのバスケットに集めようとするようなものだわ」

「それのどこがいけないんだ？　そのバスケットを持っている人たちならちゃんと面倒を見てくれるときみにはわかっているのに」

「そう、わたしはそう思っているわ。カーリーはそれについて考えてほしいとわたしに言った——今日ミーティングをすることになっているからって、あせって結論に飛びつかなくていいと。だからエイドリアンは朝一番に電話をくれたの。わたしがすぐに決めないといけないというプレッシャーを感じなくていいように。この一時間、考えたわ。誰かがわたしの本を出版したがっているんだって」

「すごくいい本だからね。さて、ぼくはそろそろ座ってベーグルを食べて、コーヒーを飲もうかな。というのも、きみのことはよく知っているし、きみが何をしようとしているかもわかるから。きみはカーリーにエージェントの仕事をまかせようとしているんだろう。そうしたら、彼らがいいアイデアを出してくれるかもしれないから」

「たぶん、そうね。ええ。そうよ、わたしはそのつもり。そして、もしアイデアが出なくてもわたしはオファーをそのまま受けるわ。わたしはバスケットのなかの卵がほしい」

マルコは彼女の皿の横の携帯電話をとんとんと叩いた。「さあ、カーリーに折り返し電話したらいい。それまでは、きみはベーグルを食べるどころじゃないだろう」

「ええ、あなたの言うとおりだわ。今日は結論が出ないかもしれないんだから、あとでランチのときに気まずい雰囲気にならないようにしましょう。今夜のディナーも」

「なんで気まずい雰囲気になるんだ？」彼が肩をすくめる。「これはただのビジネスだよ」

ただのビジネスだ。マルコに選んでもらった服に着替えながらブリーンは考えた。まだぼんやりしつつ、ダークグレーの膝上丈のペンシルスカートをはき、淡いグレーの雲のようなゆったりしたタートルネックを着た。マルコがクリスマスに作るのを手伝ってくれたイヤリングもつけた。作家のために選ばれた小さな石がいくつもぶらさがっている。そして、細いローヒールのアンクルブーツを履いた――赤いのは、マルコが誰だって赤い靴が必要だと言ったからだ。

髪型をどうするか決めかねて、そのままにした。手が震えていたので、いつもより時間をかけてメイクをした。

マルコが開けっぱなしのドアをノックした。「ほら見ろ！　ぼくにはわかっていたんだ！　スーツじゃないほうがいいってね。きみはニューヨーク・シックそのものだ。見事な着こなしだよ」

「あなたもね」

マルコは明るいピンクのシャツにピンクのフラミンゴが描かれた黒いネクタイ、黒のパンツ、レザーのボンバージャケット、明るいピンクのハイトップのスニーカーという出で立ちだった。

彼はまったくもってすばらしかった。

「マルコ」ブリーンは歩いていって彼の顔を両手ではさんだ。「わたしたち、本当にやるのね。あなたとわたしで。今日、あるいは明日、あさってに何が起ころうとも、わたしたちは今、これを本当にやろうとしている。あなたとわたしで」

「いつだって、きみにはぼくが、ぼくにはきみがついているってことさ。さあ、出版界に一発食らわしに行こうじゃないか」

「あなた、緊張しないの？」ふたりでエレベーターに向かいながらブリーンは尋ねた。

「ぼくの格好が見えるかい？　どんなに見事に着こなしているか、見えないか？　こんないかした格好をしたやつが緊張するわけないだろう」

マルコはエージェント会社に向かう途中で足をとめ、花を――花束をふたつ――買った。ブリーンは彼のそういうところが大好きで、カーリーのオフィスに入っていくなり花束をさしだしたマルコをさらに好きになった。

「ありがとう、マルコ。やっとお会いできてうれしいわ」

「ぼくの親友の面倒を見てくれている人には花を贈りたかったんだ」

「彼女は手間がかからなくて楽なものよ」

「あと、ブリーンがショーのチケットを手に入れるのを手伝ってくれたことにも。本当にすばらしかった」

「喜んでもらえてよかった――今度は自分でも観に行かなくちゃ。チケットに関してはリーががんばってくれたのよ」

「なんだ、それじゃあ」

マルコが花を取り戻そうとすると、カーリーは笑った。「ふたりでいただくわ。リーにこれを生けてもらって、彼女が戻ってきたら、あなたを連れてイヴォンヌに会いに行ってもらいましょう。でもその前に、ちょっと座って話せるかしら。十分後に戻ってきてもらえる、リー？」

「もちろん」アシスタントは花を受け取り、部屋を出ていった。

カーリーは散らかったデスクの奥に座った。彼女のスリムな黒のパンツ、パリッとした白いシャツ、白髪まじりのブロンドのベリーショートを見ると、ブリーンは自分が初めてここに座ったときのことを思いだした。

あのときとよく似ているけれど、全然違っている。

「ニューヨークはどう？　楽しんでいる？」

「もう、大好きだよ。昨日はブリーンを引っ張りまわして歩きっぱなしだった」

「アイルランドのコテージとはまったく違ったでしょうね。わたしはあなたたちのいるあの静かな土地がうらやましくなることがあるわ。明らかに、あの土地はあなたたちふたりに合っているようね。それから聞いたところによれば、マルコ、婚約したんですって？　おめでとう。末永くお幸せにね」

「写真を見るかい？」

カーリーは短く笑った。「ええ、見たいわ」

マルコは携帯電話を取りだし、アイリッシュ湾を背景にブライアンと写っている自撮り写真を見せた。

「あら、やだ、こんなハンサムに会ったら心臓がとまっちゃうわ。彼、あなたと同じくらいゴージャスね。今度はぜひ一緒に来てちょうだい」

「きっとそうするよ」

マルコは電話をしまって座り直し、カーリーはブリーンに目を向けた。「それで電話で伝えた件だけど、エイドリアンにわたしたちの対案を話したら、彼女が上まで話を通してくれたわ。さっき彼女から返事が来たところよ――あなたたちがホテルから歩いてくるあいだにね。彼らは受け入れた。つまり、契約成立よ」

「えっと、ごめんなさい、なんですって？」

「彼らはわたしたちの条件をのんだの。その返事を見る限り、彼らは対案が出てくることを予期していたんでしょうね。あなたが望むなら、契約できるわ」

ブリーンは無言で膝のあいだに頭をさげた。

カーリーが驚いて飛びあがりかけたが、マルコは手を振って彼女を座らせた。「彼女なら大丈夫だ」彼はブリーンの背中をぽんぽんと叩いた。

「水を持ってくるわ」

「大丈夫。ただ、ちょっとだけ待ってあげてくれ。ブリーン、今は泣くなよ。今朝、きみのアイメイクはばっちり決まっていたんだから、それを台無しにしちゃだめだ。カーリー、彼女は〝イエス、ありがとう〟と言うはずだよ、すぐにでもね」

「予想外の反応で驚いたわ」カーリーはそう認めた。

「ごめんなさい」ブリーンはゆっくりと背筋をのばした。「ごめんなさい」

「謝らないで。予想とは違ったけれど、最高の反応と言ってもいいかもしれない。間違いなくトップ3には入るわ。水でも飲む？」

「いいえ、大丈夫。そして、イエスよ、契約を成立させてくれてありがとう。本当に、ありがとうでは足りないわ。あなたは夢を現実にしてくれた」

「その本を書いたのはわたしじゃないわよ」

「あなたはこの本を信じてくれたわ。そして、わたしのことも」ブリーンはマルコを見た。「自分を信じてくれる人がいる、それがすべてよ」

今度はブリーンが彼の両手を取った。「同じように、わたしはあなたのことを信じているわ。さあ、あなたのエージェントと料理本の話をしに行って」

「ぼくのエージェントか」マルコは立ちあがりながらカーリーに向かってにやりと笑いかけた。「まあ、契約書にサインするのが先だけど、ついにぼくにもエージェントがついたってわけだ」

「あなたと組めて、わたしたちもうれしいわ」


ブリーンはその日一日、宙に浮いているような気分だったが、彼女のまわりにはエネルギーが満ちあふれていた。ランチでは自分に、マルコに、ボロックスに乾杯した。頭のなかでは出版の話がまるで別の夢のように渦巻いていた。

そしてお祝いのディナーでは、編集者の新刊への熱意を聞き、いくつかの変更に関する注意深い提案や、彼女が予期していなかった質問を受けた。

続編は考えているのか?

「実は、ひとつ考えているアイデアがあるの」

エイドリアンがテーブル越しに身を乗りだす。「フィンがからんでいると言ってちょうだい。彼はミラの相手ではなかった。あそこであなたは正しい選択をしたと思うわ。でも、わたしはすっかり彼に夢中になってしまったのよ」

「実は、今のボロックスの本が完成したら取り組んでみようと思っていたちょっとしたアイデアなんだけど」

「聞かせてくれない?」

「続編だから同じキャラクターがたくさん出てくるんだけど、新しいキャラクターもいるの。中心になるのはものすごく年老いた魔女で、深い森の奥のコテージで猫たちと一緒に住んでいるわ」

「彼女はいい魔女なの、悪い魔女なの?」

「そこが問題で、フィンがその答えを見つけなければならないの」

わたしにはそれができるとブリーンは考えた。音と動きに満ちた四月の夜に、マルコと一緒に歩いてホテルへ戻りながら考えた。わたしにはそれが書ける。必要なのは書き始める勇気だけ。それと時間だ。

そして、親友は料理本を書くことになった。

「ちょっとお願いがあるんだけど」

「今夜?」ブリーンは顔を空に向けた。「何を言われてもイエスと言うわ。それくらい気分がいいんだもの」

「それはすばらしい。というのもイヴォンヌが――ほら、ぼくのエージェントだよ」

マルコが肩を揺すってみせたので、ブリーンは声をあげて笑った。「ええ、知っているわ。たしか今日、彼女に会ったはずよ」

「ぼくのエージェントにはアイデアがあってね、お嬢さん、それはもうたくさんのアイデアがあるんだけど、彼女がそのなかからひとつ提案してきたんだ。ぼくの料理本の序文のようなものをきみに書いてもらったらどうかって」

ブリーンは歩道の真ん中で足をとめた。「あなたの料理本の序文を?」彼女は爪先立ちでぴょんぴょん飛び跳ねた。「まあ、まあ、どうしよう、おもしろそうだわ! イエスよ、イエス、イエス! ああ、マルコ、もう一度言わずにいられないわ。わたしたち、やったわね!」

「〝どうだ、見たか!〟って感じだね、ぼくのブリーン」

そしておもしろがって、ふたりは次のブロックまで踊りながら進んでいった。

彼らは夜明け前にホテルをチェックアウトして地下鉄に乗り、セントラルパークへ向かった。ブリーンは行き方を書きだしていたものの、すでに脳に刻まれていた。彼女はそれにしたがってスーツケースを転がし、いくつもの買い物袋を取り落としそうになりながら進んでいった。

「飛行機を使ってもいいんだよ」

「それはまた今度ね」ブリーンはつぶやいた。暗い道を歩くのが少し怖かったのは確かだ。

やがて城が、城のふもとにある岩が、彼らをタラムに連れ戻すために開きつつあるのが彼女にも見えてきた。

影からセドリックが歩みでる。

「ちょっと！　驚かせないで！　心臓発作を起こすわ」

「きみは強すぎるくらいだから、そんな心配はいらないよ。今は近くに誰もいないが、われわれはすばやく、静かに行動しないと」

「猫みたいにね」ブリーンは微笑んだが、決まり悪そうな笑みだった。「荷物が多くてごめんなさい」

「まったく問題ないよ。さあ、いくつかこっちに渡して、手をつなぐんだ」

セドリックが光を灯（とも）した。閃光が広がり、城の幻影の下に広がっていく。

「すばやく、静かに」彼は繰り返した。

マルコの手をしっかりと彼女の手の上に重ね、三人はいっせいに飛びだした。

太陽のなかへ、タラムのさわやかな空気のなかへと。

「マルコ」着いてすぐに彼女は声をかけた。

「大丈夫だ、そんなにひどくはない。ちょっとウイ〜〜！ってなっているだけ。あそこで少し座らせてもらうよ」マルコはそう言って、農場の母屋に背中をもたれさせた。

「そうだ、セドリック、きみにお土産があるんだ」

「ニューヨークの？」

「お土産はどこにだってあるさ。まだウイ〜って音がしているよ」

ブリーンは片手をマルコの肩に置いたまま、あたりを見まわした。

ハーケンとモレナが畑にいる。馬を放牧している少年がいる。ドラゴンと乗り手が頭上を滑空している。

そして、楽しげに吠えながら道を駆けあがってきたのはボロックスだ。

ブリーンも駆け寄り、両腕を広げてしゃがみこんだが、犬に押し倒されると声をあげて笑った。

27

彼女はポータルをいくつも通り抜けた。というより、役立たずの魔女イズールトに引っ張られてくぐり抜けた。ひとつ、ふたつ、三つ。そのたびにどんどん気分が悪くなっていった。

どこもわずかに立ち寄っただけにもかかわらず、シャナは通り抜けてきたあらゆる世界を軽蔑していた。太くて赤いつると悪臭を放つべとべとしたものの世界。次は目にしみるほどまばゆい光の世界。そして、荒々しい風と石だらけの頂の山々が連なる〝人〟の世界へ。

そこであの醜い魔女、イズールトはシャナを置いて、どこかの怖い顔をしたスパイとともに去っていった。そのスパイがシャナを人間のやり方でさらったのだ。がたがたいう車に彼女を乗せたかと思うと、ボートで霧のなかを抜け、それからまた車で曲がりくねった道を進んだ。

男はシャナをある村まで連れていった。そこにはぼろぼろの車がもっとたくさんあって、燃えつきて風に吹き飛ばされてもおかしくない人々がいた。

そこにいるあいだ、彼女はずっと笑っていた。

そこからは自分の足で歩くように言われた。いつか、イズールトの喉をかき切ってその血を犬どもになめさせてやる。シャナはもう気分が悪いとは思わなかったが、その旅のすべての行程に憤っていた。

真の力を持つ者であれば、シャナを必要な場所に連れていくだけでよかったはずだ。その代わりに、彼女は三泊四日の旅をさせられ、厳しい寒さ、残忍な暑さ、果てしない退屈さに直面した。

シャナは崇拝する万物の神オドランがなぜ自ら手をくださず、この旅のすべてをイズールトにまかせたのかという疑問は決して持たなかった。

子供のことはまったく考えなかったが、苦痛の瞬間はすべて覚えていた。

それに、オドランがシャナにスパークリングワインを飲ませ、高級肉を食べさせながら、耳元でこうささやいたことがあったのだ。すべての原因はキーガン・オブロインにあると。

あのティーシャックが手をのばしてきて、彼女にあらゆる苦痛を与え、彼女がオドランのために作った息子を悪意と嫉妬から滅ぼしたのだと。

シャナに罪はない、オドランはそう言った。

彼女を裏切り、彼女をさいなんだキーガン・オブロインこそ、シャナではなく、あちらの世界の雑種の魔女を選んだあの男こそ、すべての責めを負うべきなのだ。

そこでオドランは、毒から作りだしたナイフをシャナに与えた。それで引っかき傷のひとつも負わせれば、命あるものは死ぬ。シャナはおもしろ半分でそれを自分の奴隷であるベリルに試し、少女が自らの血で窒息して死ぬのを見た。

そして、笑いころげた。

シャナの目にはこの武器が、柄の部分に飾られた宝石が輝き、金色に光るものとして見えていた。

しかし、そう見せていたのは彼女の狂気だった。実際の刃は黒く、醜くゆがんでいた。まさしく彼女の心のように。

ティーシャックを殺し、タラムを混乱に陥れてやる。その混乱と嘆きの涙と絶望の叫びのなかで、オドランは翼のある馬に乗るのだ。シャナを抱きあげてその馬に乗せる前に、オドランは彼女の頭に黄金と宝石がきらめく王冠をのせるだろう。そしてふたりは一緒にすべてを燃やす。

シャナはあの赤毛の魔女を奴隷にして、黄金の玉座に座り、自らも神として、神のかたわらで世界を支配するのだ。

宝石で輝く黄金の冠がほしかった。黄金の玉座がほしかった。彼女の手を燃やした赤毛の魔女を奴隷にしたかった。キーガンにナイフを突き刺し、彼が自分に仕えた奴隷と同じように彼女の足元で死ぬのを見たかった。

だからシャナは、憎しみで凍りついた笑みを浮かべ、この旅の最後の行程を歩いた。すれ違った人々はみな、彼女から一歩離れ、寒気に体を震わせた。

誰も彼女に話しかけようとはせず、親たちは子供を抱きかかえて足早に去っていった。

わたしのためにこれをやるんだ、わが美しき者よ。そうすれば、おまえの望むすべてはおまえのものとなる。オドランの声が彼女の壊れた心のなかで鳴り響いた。彼からスパークリングワインを与えられたときもそうだった。ワインの正体は彼の血だった。シャナはその血を、自分をふたたび強くするために、ワインを飲むようにすすった。

彼女が飲んだものは決してワインではなかった。そして彼女のなかに残っていた最後の光を腐敗させた。

シャナは歩きながらつぶやき、時には笑った。美しいロングドレスを身にまとい、輝く宝石をつけ、黄金の玉座に座る自分を想像していた。

髪は艶を失い、背中でもつれてからまっている。目は、美しさが失われた顔のなかで、くぼんでどんよりとしていた。

壊れた心のなかでは、そしてオドランの世界ではどんな鏡のなかでも、彼女は自分がかつて持っていた以上の美しさを備えていた。

自分の身が羽毛のように軽く、耕作馬のように強くなったと感じながら、シャナは林に入っていった。おもしろがって木から木へと走り、木と一体化した。実際は、そういう幻想に浸っていたにすぎない。しなやかで機敏だと信じていた体は、予想外の妊娠と出産により、腹と胸のあたりが垂れさがっていた。

シャナはすばやく動いたが、かつてのような瞬発力はなかった。

彼女は木々やきらめく風鈴越しにコテージを見た。歯をむきだしにして、血が煮えたぎるのを感じながら、その前を通り過ぎようとした。しかし次の瞬間、鋭い衝撃にはじき飛ばされ、後ろに投げだされて倒れこんでしまった。地面に怒りの拳を叩きつける。

シャナは庭を見た。植えられたばかりの植物を踏みつけてやると自分に誓った。花を根こそぎむしり取ってやる。藁葺き屋根に火をつけ、マーグが雑種どものために作ったコテージが燃えるあいだ、踊ってやるのだ。

そして、黄金のナイフでやつらを皆殺しにしてやる。

シャナは誰かが近づいてくる物音を聞いた。エルフの耳はまだ健在だったようだ。岩のところまで這っていき、その下へと転がりこんだ。

そして見張りながら待った。

そのための時間を作らなければ、と思いながら、キーガンはアイルランドの林に足を踏み入れた。ブリーンはすぐに戻ってくるだろうし、彼女が去ってからこちら側では一滴も雨が降っていない。

ブリーンの庭と鉢に水をやらなければいけないというのに、この三日間、彼にはその時間がなかった――いや、違う、その時間を取らなかったのだ。

シーマスに頼めば喜んでやってくれただろう。しかし、ブリーンに自分でやると言ったのではなかったか？　だったら、自分で責任を果たすべきだろう？

キーガンは最初の夜はコテージで眠り、次の夜はキャピタルで、昨夜は農場で眠った。どの夜も落ち着かなかった。隣にブリーンがいなかったせいだ。

そんなのはばかげている。これまでだって、必要とあらば幾晩でもキャピタルで過ごしてきたのだから。違いは――少なくとも彼は自分自身にその愚かさを認めていたが――いつも出かけるのは自分のほうだったということだ。

ブリーンはすぐに帰ってくる。賢明なのは、そのことを考えずに、すべてを脇に追いやってしまうことだった。

キーガンは分別のある賢明な者でありたかった。

落ち着かない夜と、ブリーンがアメリカであちこちの街をまわって何をしているのか気になる以外は、静かで生産的な日々だった。キーガンは農場で働くことに満足し、みんなを訓練するのと同じくらいにやりがいを感じていた。

東部への旅では、途中で何度か休憩をはさみながら、タラムの春を満喫した。若馬や子羊、子牛、肥沃な畑、干された洗濯物、咲き乱れる花々は、タラムの平和が守られていることを物語っていた。

それに、静かだった。キーガンは静寂にとても憧れていた。

シャナが岩の下から飛びだす前から、彼はその気配を察知していた。オドランが彼女を送りこむ方法をそのうち見つけるだろうと予想していたので、そのことに驚きはしなかった。

それでもシャナの姿を見たとき、キーガンのなかに衝撃が走った。彼女の姿は、あまりにも長いあいだ水をやらなかった花のように、美しさを失い、しおれてしまっていた。自慢の髪はひどくもつれ、体も、高く張りだした豊かな胸や、細い腰や、すらりと長い脚が、以前なら甘やかされた肌に触れることすらなかったであろう古いズボンと汚れたシャツのなかで力なくたるんでいた。

過去は過ぎ去り、彼女もまた過去のものとなったのだ。キーガンはショックに勝る憐れみをもってそう思った。

シャナは手にねじれた黒いナイフを持ち、目には狂気が宿っていた。

彼女はそのナイフをキーガンに向かって振りあげ、恐ろしい音をたてて笑った。

「何よ、歓迎のキスもないの？　せっかくまたあなたに会うために遠くからやってきたっていうのに」

「そんなものはしまうんだ、シャナ。ぼくがきみのためにできることがあるなら教えてくれ」

「あなたがわたしのためにできること？」彼女はまた笑ったが、今度は狂気に苦々しさがまざったような顔をしていた。「もう全部やりきったでしょう、ティーシャック。わたしを利用し、さんざん利用した挙げ句に向こうの世界で暮らす娼婦(しょうふ)のためにわたしを捨てた。彼女がコテージのなかであなたを待っているの？　さっき訪ねようと思ったんだけど、邪魔されたのよ。あなたを殺したあと、この爪で壁を割ってでも行ってやるから、覚えておいて。オドランにもそれを見せてあげるの」

「オドランがそれを見ることはない」シャナに対する憐憫(れんびん)の情がわいた。「やつはきみをここで死なせるために送りこんだんだ」

「彼がわたしをここに送りこんだのは、あなたみたいな連中の世界を消し去るためよ。あなたの横でわたしがかつて支配していた世界をね」

「ぼくは支配などしていない」

「それがあなたの過ちよ、そうでしょう？　いつだってそうだった」

シャナは円を描くように動いた。キーガンは剣の柄に手をかけたが、剣を抜くことはしなかった。できなかったのだ。

「わたしならそれを変えたわ。ええ、そうよ、変えられるものならね。だけどあなたはわたしを裏切った。どこの者でもない娼婦のために。わたしは彼女を殺さないわ。オドランはあの女を生け捕りにして、干からびるまでパワーを吸い取るつもりだから。でも、事故は起こるかもしれないわね。おっとっと！」

シャナは頭を後ろに倒し、大笑いした。

「とはいえ、わたしは彼女を生かしておくかもしれないわ。わたしが黄金の玉座に座るとき、彼女を奴隷にしていいとオドランが約束してくれたから。ああ、きっときれいでしょうね。すべての宝石と輝き、すべての血と叫び！　オドランとわたしが交わるとき、そこには氷と炎、炎と氷、そして恐怖と甘やかな痛み、それとあまりに深い闇で目が見えなくなるほど暗い快楽があるの。あなたは決してそれをわたしに与えてくれなかったわね」彼女はたわむれに宙を突いた。「それでも、こうしてわたしはあなたに会いに来たでしょう？　何日もかけて、昼も夜も歩いて、赤いつるを伝って、灼熱の太陽を突っ切って、人間の世界の冷たい風に吹かれて、黒い道の上でぶつかりながら音をたてて走る機械と悪臭を我慢して、霧のなかをボートに乗って。わたしがこうしてはるばる会いに来たというのに、あなたはただそこに突っ立っているだけなのね」

シャナはキーガンににやりと笑いかけた。「キスしてよ、いいでしょう？」

そして、突進した。

モレナがまっすぐに飛んできた。「おかえりなさい、おふたりさん。あらあら、すごいことになっているわね！」

ブリーンは買い物袋の多さにたじろいだが、マルコはにっこりと顔を輝かせた。

「きみとハーケンの分もあるよ」

「そうなの？　じゃあ、こっちによこして」

「今、全部をひっくり返して、あなたたちの分を探すようなことはしないわよ」自分の言葉どおりにしないと、すべての荷物をぶちまけるという大惨事になりかねない。そこでブリーンは、バッグやスーツケース、ノートパソコンなどをコテージに送ることで事なきを得た。

「明日、きちんと分けてからお土産を持ってくるわ」

「ブリーンは細かいことを気にしすぎるようになったわね、マルコ」モレナは彼の肩に肘をついた。「でもわたしは畑仕事で汚れているから、ちょうどいいわ。マーグはうちのおばあちゃんと一緒にいるの」彼女はフィノーラのコテージに向かう道を指さした。「ブライアンは滝のところにいるわ。それと、ついさっき、キーガンがあなたのコテージへ向かったわよ」

「今すぐお土産を渡すことはしないし、すべてを運ぶ必要もないなら、ひとっ走りしてブライアンに会ってこようかな。帰りに魚をもらってきてもいいね。あの消えていくバッグのなかに物々交換できそうなおもしろいものがいくつかあったんだけど。今夜はフィッシュ&チップスだよ、ブリーン」

「完璧。ぜひそうして。わたしは荷ほどきをしてヨガでもするわ。それか昼寝を」

「彼女はずっと忙しかったんだ。ショッピングにブロードウェイに――先に言っちゃうよ、ブリーン――乾杯したんだ、彼女の本の出版が決まったから」

「まあ、それは最高のニュースね！」モレナは飛びあがってブリーンに抱きつき、翼を広げて地面から数センチ浮かせたまま彼女とともにぐるりとまわった。「こんなにうれしいニュースはないわ。ハーケンに伝えなきゃ」

モレナはブリーンをおろすと、翼を広げて飛び去っていった。

「きみを誇りに思う。きみのためにうれしく思うよ」セドリックがかがみこんでブリーンの頬にキスをした。「わたしからマーグに話そうか？　それともきみから話せるように、黙っておいてほしいかい？」

「話してくれてかまわないわ。それと、マルコが料理本を出版することも伝えておいて。おばあちゃんに、そしてあなたにも、明日会いに行くわ。三日分の土産話が山ほどあるの」

「全部聞かせてくれ。マルコ、一緒に行こうか？　わたしも何かと魚を交換してもいいし、きみの料理本のことも聞きたい」

「ニューヨークのエージェントと契約したんだ」マルコは自分の胸に親指を向けて笑った。「人生っていろいろあるよね。さあ、鞍にまたがって、交渉に臨むとしよう。じゃあまたあとで、ブリーン」

「行くわよ、ボロックス。庭を見に行きましょう。キーガンがちゃんとやってくれたかどうか確かめないと。それに、荷ほどきもしないとね」彼女はそう言いながら、石段をのぼっていった。

「マルコに言われて買ってしまったあのばかげたガラスのドラゴンをキーガンがどう思うかわからないけど、マルコがキーガンはこういうものを着るべきだとわたしを説得しようとした、エンパイアステートビルにキングコングがのぼっているあのスウェットトシャツよりはましなはずよ」

　彼らはタラムからポータルを通ってアイルランドに入った。

「ひとつの世界を出て、別の世界に行き、また戻ってくるのがせいぜい二十分できるだなんて」ブリーンは大きく息を吸いこみ、自分を抱きしめた。「マルコの言うとおりね。人生って本当にいろいろある。そしてわたしたちは、奇妙ですばらしい世界に生きているわ、ボロックス。奇妙だけど、すばらしい世界」

ボロックスは同感だと言いたげに彼女を見あげ、野生のコロンバインの花が土手に咲くのを待っている小川に向かって駆けだした。

かと思うと、すぐに足をとめた。目の色が変わり、歯がむきだされ、低くうなり声をあげている。

ブリーンがとまれと言う間もなく、ボロックスは前方へ突進した。彼女は本能的に、走りながらそこにはない剣に手をのばした。もちろん、あるわけがなかった。けれど、その先で何が待っていたとしても、彼女には力がある、いつだって。

キーガンはやすやすとナイフをかわした。シャナは不器用なうえ、かつてよりも動きが緩慢になっていると思った。

「シャナ」

彼女の知性は消え失せ、心は真っ暗だ。もはやどちらも取り戻せないのがキーガンにはわかっていた。しかし最後にもう一度だけ試してみる必要があった。「オドランはぼくときみのどちらがここで倒れようと気にしない。やつは血と死しか求めていないんだ」

「あなたが死んで、タラムは燃える。オドランはわたしの黄金のナイフで殺すためにあなたの母親をわたしに与えてくれる。そしてあなたの娼婦は力を奪われ、わたしの奴隷になるの」

シャナは一回転して、ふらつき、また一回転した。「ああ、そうだ、あなたにはこの痛みのお返しをしないと。倍にして返すわ。あなたの弟をわたしのベッドに連れこむのもいいかもね、そのあとで魚みたいにはらわたを取りだしてやるの。彼はあなたに似ているし。彼が見ている前で、歯をむきだしているシーの翼をむしり取ってやる」

狂気に満ちた目がぎらりと光り、彼女は両腕を大きく広げた。「わたしは今や神なのよ、わかる? あなたのパワーはわたしには届かない。わたしはオドランに選ばれし者。さあ、かかってきなさい、さっさとすませてあげる。それとも少しずつ切り刻むほうがいいかしら。一発、思いきり殴らせてくれたらもっと早く片がつくわ」

ふたりは同時にそれを聞きつけた。シャナのエルフの耳と、キーガンのなかのエルフの能力とが、道を急いでやってくる物音をとらえた。

「仲間ね!」シャナは身をひるがえし、姿を消した。

シャナはキーガンには見えないと思ったのだろうか? 彼女が木の奥に滑りこみ、

のだろうか？
ナイフを掲げて攻撃しようと待ちかまえているのが彼には見えていないと思っている
　キーガンは心を決め、剣を抜いた。
　ブリーンをしたがえてボロックスが道を駆けてきたとき、彼はシャナを見た。広い
幹の樹皮に彼女の影が映っていた。そして彼女の目に暗い憎しみと殺意が浮かんでい
るのを見た。
　シャナがふたたび、今度はブリーンに向かって突進しようとしたとき、キーガンは
剣を彼女に突き刺した。
　シャナは声を出さなかった。あえぎ声さえもたてなかった。しかし一瞬、彼には永
遠にも思えた一瞬、彼女と目が合った。そのなかにキーガンは混乱を見たが、それ以
上は何もなかった。
　シャナは木から転げ落ちて彼の足元に倒れ、ナイフは道に叩きつけられた。
「さわるな。とまれ」彼はボロックスにぴしゃりと命じた。「それは毒でできている。
さがれ、もっと後ろに」
　キーガンはナイフに火を放ち、それが泡を立てて煙になるまで待った。シャナ越し
にブリーンを見る。
「シャナに手をさしのべることはできなかった。彼女のなかには手が届くようなもの

が何もなかったんだ」

「残念ね」

「オドランはこのために彼女を送ってきた。あわよくばぼくを殺そうとして。だが、彼女が自ら選んだ血塗られた世界に戻ってこられるほど長くは生きられないのはわかっていたはずだ。やつはそこまで必死なのか、ブリーン？　シャナがぼくの死よりもきみの死を求めていることがわからないほどに？」

キーガンは剣を鞘におさめた。

「塩が必要だ。彼女はぼくひとりで運ぶ。地面に残された毒のしみを消すための塩と、それからぼくのための、彼女のための塩もいくらか用意してくれたら、それも持っていこう。ぼくは彼女をビター・ケイヴスへ運ぶ」

「塩を取ってきて、わたしも一緒に行くわ。わたしもあなたと一緒に行く」彼が首を横に振ったので、ブリーンは繰り返した。「あなたひとりではだめ。わたしたちが一緒に行く」そう言って、彼女はボロックスの背中に片手を置いた。

「クロガにぼくたちを運ばせよう、そして彼女を。終わったらきみを連れ戻し、そのあとぼくは中部へ行って彼女の両親にこのことを伝える」

「だめよ」ブリーンは死体をまわりこんで彼のもとへ行った。「そんなことをしてはだめ、キーガン」

「ぼくの手にかかってシャナが死んだことを彼女の家族に言うなと?」

「彼らはすでに娘を失っている。すでに嘆き悲しんだわ」

「ぼくが彼女の人生を奪ったんだ」

「オドランを選んだときに、シャナは自ら人生を終わらせたの。あなたは彼女が始めたことを終わらせただけ。ご両親にここで起きたことを話して何になるというの? 彼らはもう一度シャナを失い、改めて悲しみを味わうことになる。それ以上に、彼らが抱いている娘との思い出がまた傷つけられてしまう。彼らはそこからどうやって立ち直ればいいの?」

「ああ、わかったよ、きみの言うとおりだ」

キーガンはドラゴンを呼び、ブリーンが塩を取ってくるのを待った。待ちながら、彼のかたわらに残っている犬のほうにかがんで撫でてやった。

「おまえは彼女を守ると同時にぼくのことも守ってくれた。最高だよ、おまえは。勇敢なるボロックス、真の勇者ボロックスだ」

ブリーンが塩を持って戻ってくると、キーガンはしみの上にまいて毒と血を消し、それから彼女とボロックスを連れてクロガにまたがった。ドラゴンが鉤爪で死体をつかむと彼らは飛びあがり、タラムの上空高く、さらに高くまで飛んでいった。トロール族の集落や鉱山を下に見て、さらに高く、海の端からそびえ立っている石だらけの灰色の山まで行った。

ビター・ケイヴスという名前の由来は、洞窟(ケイヴス)内の空気が冬のように冷たく(ビター)、なんでも粉々に砕いてしまいそうなほどかたく(ビター)感じられるからだと彼女は知った。洞窟の高い天井には、剣のように先端が鋭くとがった鍾乳石がびっしりと並んでいる。キーガンが持ってきた光が赤かったせいで、石の地面を割って墓を作る彼の顔に血が流れているように見えた。

キーガンは自分でシャナを墓におろした。立ちつくしたまま、必死で何か口にしようとする。

「彼女のために言うべき言葉が思いつかない」

「シャナがこの世で得られなかった安らぎを得られるように祈りましょう」

「きみは優しいな。そうだ、それを祈るとしよう」

彼は一歩さがり、クロガに命じた。炎が放たれ、シャナは燃えて灰になった。

キーガンは塩を取ると、呪文を唱えながら灰の上にまいた。

「ここに眠りし者が、二度とよみがえらず、決して害をなさず、血をこぼすことなかれ。かつてあったものは消え去った。残されたもの、むくろの灰はここに永遠に眠れ」

彼は灰と塩の上に石で蓋をした。

「さあ、ここを出よう」

洞窟を出ると、キーガンは高台に立った。山は石だらけで険しいけれど、その下に広がる世界はただただ輝いていた。

「違う方法でシャナをとめられたのかもしれない。彼女は狂っていた。笑い、踊り、ああ、神々よ、あらゆる意味で壊れていたんだ。シャナがすっかり話してくれたから、やつらがどうやって彼女をそこまで追いこんだのか、ぼくにはわかっている。ぼくなら彼女をとめられたかもしれないが、彼女はぼくたちが知っておくべきことをいろいろと話した。彼女によれば、オドランはきみに死んでほしくないと思っているらしい。しかし、それは……」

キーガンは肩をすくめた。「だけどやつは、こんな約束もしていたんだ。やつがきみに用がなくなったら、きみをシャナの奴隷にしていいと。そして彼女は、ぼくの母の喉をかき切ると言った——優しくされなかった女性に対するあれほどの憎悪を、シャナのなかに初めて見たよ。ぼくの弟をベッドに連れこんで殺すと言った。弟の前でモレナの翼をむしり取るとも。

すべて本気だった。シャナはそれを望んだんだ。血と殺戮、この世界を焼きつくすこと。オドランが彼女に約束した忌々しい黄金の玉座もだ。彼女はそのすべてを望んでいた。あんな姿になってまで。ああ、なんてことだ、かつてのシャナは欠片も残っていなかった。だが、ぼくなら違う方法で彼女をとめることができたかもしれない」

「それは違うわ、キーガン。わたしもシャナを見た。かつての彼女がほとんど残っていなかったから、木と一体になれなかったのね。だからわたしにも彼女が見えたの。もしわたしたちがあの道を歩いてきたときにあなたがいなかったら、シャナはわたしの手にかかって死んでいたでしょう。わたしはその選択をしたはずよ。それが唯一の選択肢だったわ、キーガン。だって彼女がそうなるように選択したんだもの」

彼らはまだ一度も触れあっていなかったが、ブリーンは思いきってキーガンに顔を向けた。「違う方法って、たとえば追放するとか？　あなたは自分なら彼女をとめ、力で縛り、追放できたはずだと思っているんでしょう。でも、シャナは絶対にとまらなかったわ。とめられなかった。それに、もしオドランが彼女は役に立つと感じているとしたら、彼はなんとかしてまた利用する方法を見つけていたはずよ」

「追放するにせよ、闇の世界に閉じこめるにせよ、いずれにしてもシャナを破壊することになっただろう。彼女はずいぶん壊れていたし、ぼくはそれを見た。それがわかっていた。破壊するのはあまりにも残酷に思えたし、剣のほうがまだしも優しかった」

「そのとおりよ。こんなことになったのは残念だけれど」

「谷とキャピタルの評議会にすべてを話すよ。大きな問題にはならないだろう。彼女の両親についてはきみが正しい。彼らに話すことでぼくの肩の荷はおりても、今度は彼らが背負うことになるだけだ」

キーガンは一歩さがってブリーンから離れた。「ここできみに触れたくない。岩の下にあまりにも多くの闇がある洞窟に、こんなにも近いところではだめだ。ぼくはこんなやり方で家に帰ってきたきみを歓迎したくない」

「それなら、闇は闇にまかせて家に帰りましょう」

ふたりのあいだにボロックスをはさんでクロガにまたがると、キーガンは振り向いてブリーンをちらりと見た。「庭に水やりをしないと」

「そうなの？」

彼は肩をすくめた。「ぼくがやるよ」

ブリーンは飛びあがった彼らが緑と茶色と花々の上に来るまで待って、それから犬をはさんで前かがみになり、両腕をキーガンに巻きつけた。

彼らがコテージの前におり立つと、クロガはタラムへと舞い戻っていった。ボロックスは入江へと駆けていき、キーガンは彼女を抱きしめた。

そして、草と土と華やかな花のにおいがする春の空気のなか、太陽の光の下で、彼女の唇を奪った。

ビター・ケイヴスの冷たくかたい空気も、彼らが抱えていたすべても、そのあたたかさで吹き飛んでしまった。

「自分で思っていた以上に、きみが恋しくてたまらなかった」キーガンがブリーンの顔を包んだ。「きみの顔を見たくてたまらなかった」

「よかった」今度はブリーンが彼の顔を包んだ。そのグリーンの目から悲しみや罪悪感が消えているのを見てうれしくなった。

「あなたがわたしに会えて喜んでいるあいだに、お願いがあるの」

「なんでも言ってくれ。ただし、その答えはきみの望むものではないかもしれないが」

「それは承知しているわ。まず、わたしはマルコのお母さんに会ってきたの。でもわかってもらえなかった。彼女に理解させることも、受け入れさせることもできなかった。そしてマルコには、そのことを言うつもりはないわ」

「悲しみをよみがえらせ、彼に重荷を負わせることになるからな」

「そのとおり。わたしはそれ以上努力するのをやめたわ。わたしが何をしても彼女を傷つけるだけだから。それから母に会いに行って、自分の重荷をおろしたの」

「なるほど。どうやって?」

「母を許したのよ」

「それは賢明だったね」キーガンは向き直り、新しい菜園に優しい雨を降らせた。

「楽な道を選んだだけよ」

「ぼくは、それは賢明だったと言っているんだ。自分がそこまで賢明になれる自信はないよ」

「おかげで重荷をおろせたから、ある意味、自分のためにそうしたと言えるわ。それから、これを入れたの」ブリーンは着ていたセーターを肩からずりさげた。

キーガンはかぶりを振ったが、タトゥーを指でなぞりながら唇に笑みを浮かべた。

「きみは自分自身を飾りつけるつもりなんだな？　だが、これはそうするのにいい方法だよ、フェイの娘」

「わたしもそう思ったの。それから、わたしたちはサリーのところに行ったわ」

「これは頼み事じゃなく、ぼくに聞かせたい話なのかな？」

「そのうち頼み事が出てくるわ。すべてがつながっているの――わたしはサリーとデリックに会ってそれに気づいた。彼らはすでに、あっちでマルコの結婚式を挙げようと計画しているのよ。というか、ほとんどはサリーがやっているんだけど」

ブリーンは首を傾げた。「あなたは燕尾服（テイルズ）が似合いそうね」

「尻尾（テイル）が似合うって？」

「違うわ、テイルズよ――男性の礼服。とてもフォーマルな服装のこと。とにかく、わたしは彼らにそれを着てほしい。みんなに。向こうならマルコの妹も、あそこにいるわたしたちの友人もみんな来られる。ああ、そういえば、メイヴはすばらしかったわ。彼ら全員に出席してほしいの」ブリーンは続けた。「でもわたしは、サリーとデリックにここで挙げるマルコの結婚式にも来てほしいの。彼らに知ってほしいし、彼らにこれ以上嘘をつきたくない。そして彼らにタラムを、わたしがどういう人間であるかを見せたい」

「なるほど。かまわないよ」

今度はブリーンが一歩さがった。「それだけ？」

「彼らに悪意があれば歓迎の木を通ることはできない。きみのサリーに会ったときにぼくが見えたのはきみへの愛だけだった。それとマルコへの愛も。それ以上に、頭の切れる興味深い人だった。

きみは、母親を許したと言ったね？ そこには大きな意味がある。彼女を許すことできみは、彼女はきみを産んで育てたけれど、きみにとっては母親ではないということを受け入れたんだ。きみは自分の人生の、そしてマルコの人生の一部になってくれる人を求めている。これはきみの人生であり、彼の人生なんだ」

「まさにそうなの。安全になったら、彼らに一度こっちに来てほしいと思っているわ。コテージを見てほしいし、彼らにすべてを説明してタラムに呼び、あの景色を見せたい。おばあちゃんやみんなにも会ってほしい」

「かまわないよ」キーガンは繰り返した。

「よかった」ブリーンは用意していた議論のすべてを思い返し、それからただ微笑んだ。「荷ほどきをしてくるわ。花の水やりを忘れないでね、植木鉢も」

「やっておくよ。きみはニューヨークでのビジネスのことや、ミーティングのことなんかをまだ何も話していないぞ」

「最高だったわ。行ってよかった。聞いてほしい話がたくさんあるの、マルコが進行中の料理本のためにエージェントと契約したこととか。その本の仮タイトルが『料理の楽しみ』っていうこととか」

「それはすばらしいな。彼がそこに載せようと思っている料理はなんでも試食するとか、ぼくたちにできる手助けはすべてしてあげよう」

「あなたって私心がないのね。それから彼らはわたしの本を出版してくれるそうよ」

「ぼくが言ったとおりだろう。今回は、そうなってもきみはむせび泣いたりしないんだな」

「一分だけ頭がくらくらしたけど、泣かなかったわ。わたしの編集者がいくつか手直ししてメールを送ってくれることになっているの」

「手直しが必要なところなんて、ぼくが読んだ限りではまったくなかったけどな」

「すごく適切な指摘をしてくれるんだから。数日作業すれば、もっとすばらしい、もっと印象的な作品になるわ」ブリーンは両手で口元を覆って笑った。「わたしの本が出版されるのよ」

そして、キーガンに飛びついた。その喜びに加わろうとボロックスが入江から戻ってきて、彼らのまわりをぐるぐるとまわりながら水をはね飛ばした。

「『闇と光の魔法』、ブリーン・シボーン・ケリー著。詳細が決まりしだい、お近くの書店に入荷します、か」

「泣くよりこっちのほうがいいわ」

「ぼくもだ」

「でも涙のあとに何があったかはよく覚えている。それはまた繰り返してもいいわ」

ブリーンの腕と脚を自分に巻きつかせたまま、キーガンはコテージへ向かった。

「荷ほどきは後回しだ」

「荷ほどきはいつでもできるわ」ブリーンは同意し、彼が水やりを忘れていたので、コテージに運ばれていく途中で花と植木鉢に優しいシャワーを浴びせた。

28

ブリーンは谷の評議会に出席し、マーグやフィノーラ、そのほかの人たちと一緒に祭りの計画を練った。さらに庭仕事をし、本の校正を終えた(うまくいくように祈りながら)。そして、ボロックスの次の冒険の執筆に集中した。

次回作のアイデアが頭のなかで大きくふくらむと、ギアを入れ替え——許されたのは一時間だけだが——登場人物たちが自由に動くさまを写し取っていった。

限界まで厳しい訓練に励み、マーグとともに魔法の技術を磨いた。

日が長くなるにつれて、ブリーンには特定の日課をこなす以外の時間がほとんどなくなった。

やがて四月から五月へと突入した。

ポータルの亀裂は、どこも広がっていた。ほとんど気づかないほどだとキーガンは言ったが、それは確実に広がっていた。

オドランは夏至まで待つ気だろうかとブリーンは考えた。それとももっと早く来るのだろうか？　もっと長く待つのだろうか？

ブリーンは毎日を大切にし、春の雨も太陽も、タラムでもアイルランドでも、夜になっても空が明るいままの時間が日一日とのびていくことも慈しんでいたが、早くすべて終わらせたかった。どうせならさっさと終わりにしてしまいたかった。

彼女はフェイがマルコとブライアンのコテージの工事を始めるのを見ていた。とても多くの人が時間と技術を――それと意見を提供するのを見ていた。

「思ったより早く終わりそうね」マーグがブリーンに言った。「あなたのコテージを建てたときよりも早いわ。でも、時間は充分にある。ふたりとも、オドランとけりがつくまではあなたのところに残るって言っているから」

「遅かろうが早かろうが、理想的なコテージができあがるわ。シーマスが作った門が気に入っているの。あと東屋も。おとぎの国からまた別のおとぎの国に歩いていくみたいで」

「シーマスはセンスがいいから」マーグもブリーンと同じくらいうれしそうに振り返った。背の高いアーチにピンクと白の薔薇がからみあっている。「それに薔薇の香りが次から次へと運ばれてくる。あなたの庭は実によくできているわ、モ・ストー。あなたらしい庭になっている」

「わたし、何かを育てるのが大好きなの。きっとおばあちゃんとお父さんから受け継いだのね」

「育てるのが大好きなところはそうでも、あなたの強い絆はあなたのものよ。イーアンがそうだったように、わたしも技術はあるけれど、あなたほど深くは結べないわ。ほら、ボロックスをご覧なさいな。あちこち走りまわって、何にでも鼻を突っこんでいるわ」

「みんなと一緒にいるのが好きなのよ。ボロックスにとっては毎日がパーティーなの。モレナかハーケンがダーリンを連れてきたら、それはもうお祭り騒ぎよ。コテージからコテージへと走りまわれるようになったら、あの子は大喜びするでしょうね」

「あなたのコテージはどこか変えたいところはないの、モ・ストー？　簡単にできるわよ」

「わたしはここがとても気に入っているのよ、おばあちゃん。最初に見たときからすっかり気に入っていたわ。そのときはまさか自分の家になるとは思ってもいなかったけれど、今も大好きなの」

「そうね、でも……」マーグはブリーンの手を取り、アーチの下をくぐってぶらぶら歩いた。「ちゃんとした執筆場所がほしいんじゃないかと思ったの。あるいは本をしまっておいたり、読書したりできる部屋が」

ブリーンは先にコテージのなかへ入り、マーグがやるように歓迎のしるしにドアを開け放しておいた。まず、お茶をいれる、そしてマルコのクッキーをいくつか皿に盛ろう。生け垣の向こうから聞こえる賑やかな音とあたたかな空気のなか、テラスで食べればいい。

「もしあなたが望むなら、簡単にできるから言ってちょうだい。もしかしたらこの先寝室がもうひとつかふたつ、必要になるかもしれないし」

「わたしはマルコの部屋を使うわ、ふたりが自分たちの家に落ち着いたら」

「それはそうだけど、いずれもっと部屋が必要になるんじゃないかしら。子供ができたら。あなたが子供をほしがっていると思っていたんだけど、わたしは間違っているかしら」

「間違っていないわ」ブリーンは本当に子供を望んでいた。子供たちを育て、愛する人生が運命であるよう願っていた。「でも、それについてはまだ考えることすらできないわ、おばあちゃん、オドランが存在する限りは。彼がいなくならないうちは、わたしの子供は危険にさらされる。もしわたしが生きのびて――」

「ああ、ブリーン」

「それも考えておかないと。もしわたしが生きのびて、彼が生きのびることができなかったら、わたしは子供のいる未来を考えたい」

「おばあちゃんが首を突っこむのを許してちょうだいね。あなたとキーガンはその未来について話したことはあるの？」

「いいえ」ブリーンはトレイを取りだし、その上にお茶の道具を並べ始めた。「キーガンがこのあと何を望んでいるのかは知らないわ」

若者というものは、とマーグは内心でため息をつきながら思った。行動が遅いことが多すぎる。「彼が何を望んでいるのか尋ねることも、あなたが何を望んでいるのか伝えることもしないわけ？」

「未来があるということを知る必要があるわ。そうすれば、尋ねることが、あるいは伝えることができるようになるかもしれない。ただわたしは今のままでも幸せだし、それはすごく大事なことだと思う」

「もちろんよ。でも、キーガンはいつもあなたを見ているわ、いとしいブリーン。あなたを見る彼の目ったら」

「そうなの？」

それを聞いてマーグは笑い、ブリーンの頰を指で軽く叩いた。

「恋にのぼせている男は見ればわかるわ、本人がそのことに気づいていようといまいとね。だから、わたしは子供たちのための寝室のことを考えて自分を喜ばせることにするわ。それと、すてきな作家の孫娘のための執筆スペースのことも」彼女は話しながらダイニングルームへと入っていった。「ああ、小さなガラスのサンルームもあるといいわね。サンルームがあれば、冬の寒さのなかでもあたたかい場所で植物を育てられるもの」

「あら、それってすごく――」ブリーンは気を取り直し、トレイを持ちあげた。「魅惑的に聞こえるわ。とにかく今は待ちましょう。数日間にわたるお祭りの計画もあることだし」

「そのとおりね。見て、フィノーラとモレナがこんなに早くからお祭りの手伝いをしにやってくるわ」

ブリーンはトレイを置き直した。「もっとカップを持ってこなくちゃ」

ボロックスは東屋を駆け抜け、さらに仲間が増えたことに興奮してわれを忘れているようだった。ボロックスらしい歓迎の仕方でふたりを出迎え、フィノーラが持ってきたバスケットから何やらさしだされたものを、喜んでご馳走になった。

「なんてすてきな日なんでしょう。ああ、この庭を見て！」ボロックスと同じくらい感激したのか、フィノーラはあちこち見ては顔をほころばせている。ブリーンがトレイを持ってくると彼女は言った。「ブリーン、あなたは本当に植物に関してシー族の才能を受け継いだのね」

フィノーラはローズピンクのレギンスに、薔薇のつぼみが描かれた長い白いシャツを着ていて、自分もまるで花のような姿だった。

「シーマスは辛抱強くてすばらしい先生です。ここはあれこれ作業中だから、外だとうるさいかしら？　なかに持っていってもいいんですけど」

「こんなに天気のいい日にそれはだめよ。わたし、農場からおいしいチーズを持ってきたの。今朝焼いたパンもあるわ」バスケットのなかからおいしそうなパンが現れた。

「それにお祭りの計画も。わたしたち四人でいろいろ考えてから、それをほかのみんなに伝えることにしましょう」

「ほとんど決めてしまえば、時間の節約になるし、何よりも、あれこれもめなくてすむっておばあちゃんは言うんだけど」モレナはビスケットを一枚さっとつかんだ。

「おばあちゃんはただジャックと彼の妹のネリーに話し合いに加わってほしくないだけなのよね。やたらと計画ばかりが増えて、ちっともまとまらないから」

「そういうこと。だから、すてきな一日のこの時間はそれに取り組んでやっつけてしまいましょう。そうしたら、わたしたちが決めたことをマーグがマイケル・マグワイアとトロールのデックに伝えてくれるわ」

「あらまあ、フィノーラ、あなたったらこんなに長いこと友達なのに、わたしにそんな任務を負わせるつもりなのね！」

「マーグレッド・オケリーに逆らえる人はいないし、わたしみたいに死ぬまで議論してやろうなんて人もいないわ」

「特にネリーはね」モレナは言った。「彼女はミナの曾祖母なの、ブリーン。よく友達と野原や森を駆けまわっている若いエルフよ」

フィノーラはパンの上にチーズをのせ、それを宙で揺らした。「三年前の谷の品評会で、わたしのピーチパイが優勝したの。そのときわたしに押しのけられたことを、彼女は決して忘れないのよ」

「あなたのプラムジャムも彼女に勝ったわ」マーグが回想した。

「たしかにそうね。でも、わたしはそれを自慢したりはしないわ」フィノーラは笑って、おしゃれにカットされた栗色の髪を撫でた。「お祭りでは確実にパン焼きコンテストが行われるし、これまた確実に、わたしたちみんながマルコに負けると思うわ。ところで彼はあそこにいるの？　あのハンサムなマルコが？」

「ええ。ハンマーで釘の代わりに指を叩かないですむ方法を学んでいるところです」

フィノーラはブリーンにえくぼを見せた。「ちょっと挨拶しに行って、様子を見てくるわ。そしてハンマーを持った男性たちを眺めて目の保養をしてくる」

「おばあちゃんが目の保養なんかしないってことではないけれど」フィノーラが立ち去ると、モレナはこう言い始めた。「わざと席を外して、わたしたちにおばあちゃんの前では話せないことを話す時間を与えてくれようとしているのよ。必要ならここでは話しても大丈夫だとあなたは言ったわよね、マーグ」

「オドランはフェイのコテージや、フェイの土地で行われたり話したりしたことを見聞きすることはできないから。わたしたちはずっとそれを確認してきたわ。何度も何度も」

「評議会を開いて彼を完全に締めだしたとき以外は、念のため農場での発言には気をつけているわ。彼が見ているのを感じているのか、わたしの頭がどうかしているのかわからないけれど」

「オドランはシャナが失敗したことを知っているはずよ」ブリーンは林のほうに目をやった。「オドランが彼女の成功を期待していたかどうかは定かじゃないけれど、あれから何週間も経っているのだから、もう知っているはず。それに、毎日少しずつだけど亀裂は広がり続けているわ」

「イズールトの闇の魔法がオドラン自身の魔法と結びついて、彼は亀裂のあいだからこちらをのぞくことができる。ガラス窓の向こうから、炎と霧のあいだから。でも彼は何を見ることになる？」マーグが尋ねた。

「タラム」ブリーンが答えた。「夏至とフェイの娘の帰還を祝うお祭りの準備をしているところ。その三日間は、脅威よりも楽しみに関心が向けられる。戦士たちは訓練よりも技や力を競いあうことに夢中になる」

「踊りとご馳走を楽しむフェイは燃やすのにうってつけね」モレナが締めくくった。

「オドランはわたしたちをわかっていない」マーグは生け垣の向こうの笑い声や物音、ざわめきに耳を傾けた。「彼は何年ものあいだ、わたしたちがどういうもので、この世界を守るために何をする気なのか学ぼうとせず、これからも決して学ぶことはない。彼はあの邪悪な娘を送りこんでわたしたちのティーシャックを倒そうとした。彼女があの毒でできたナイフをキーガンに突き立てれば、タラム全体が混乱と恐怖と絶望に陥ると信じて。シャナが失敗したことに、わたしは毎日感謝しているし、彼女の死にこれっぽっちも悲しみを感じられないの。彼女の両親はすでに喪に服しているし」マーグはブリーンの手に自分の手を重ねた。「ふたりに知らせなくていいとキーガンを説得したのは彼らへの優しさだった。でももしあの日、ふたつの世界の狭間の道でキーガンが倒されたとしても、オドランは混乱と恐怖と絶望を見ることはなかったでしょう」

「見るのは、憤怒と強さよ」モレナはうなずいた。「わたしたちはそれを見つけ、悲嘆のなかでもそれを大きく育てていく。そしてシャナが狂気の自慢話のついでにキーガンに言った、赤いつるは？　わたしたちはその世界を知っていて、そこの地図も作った。焼けつくような光の世界と、氷の世界とをつなぐポータルの地図を作ったように。熱い世界と冷たい世界、そして両者が衝突して蒸気を発するポータルの地図」

「セドリックは今日もまた、オドランの世界に赤いつるの世界をつなげているポータルを探しに戻るわ」

ブリーンはマーグの手の下で自分の手をひっくり返して握った。「彼がまた行くなんて言わなかったじゃない」

「ひとりじゃない。三人連れていくって」

「でも心配よね」

「愛するというのは心配するということよ。小さな世界だと彼はわたしに言った。じめじめと暑く、濃く茂ったつるに覆われた、沼地だらけの厳しい世界だと。そこにあるのは、赤い太陽と小さくかすんだひとつきりの月。セドリックはこの旅で見つけると誓っているわ。これまでの旅でもうほとんどの場所は探したから」

「彼らはポータルを封印するつもりなの？」モレナが尋ねた。

「キーガンはそうはしないと言っているわ。代わりに罠を仕掛けるの」ブリーンは、この話がフィノーラの耳には入らないことを知りつつも、東屋のほうに目をやった。「シャナが来たのがその方法だと確認できたら、そことつながっているポータルは封印することになる」

「ああ、なるほど」モレナはチーズを試食した。「そうすれば彼らはもう通れなくなるものね」

「それだけじゃない。罠を破って彼らが来たら、来たとわかったら、わたしたちは戻る道を封鎖するの。わたしはそのための呪文に取り組んできたわ」マーグがふたりに言った。「セドリックの能力のおかげで、わたしたちはその計画が実行できる。オドランが同じ方法で何を送りこもうとも、それはもう前にも後ろにも進めないはず」

「あの方法では彼らがここに着くまで何日もかかるわ。オドランが送りこんでくる連中がここを攻撃してきたら、おばあちゃんがこちら側を守ることになる。キーガンと彼の学者たちはシャナが氷の世界からスコットランドに入ったと信じている。そこからアイルランドとその林に来たのだと」

「フェイはすべてを守ると誓った。だから、わたしたちはきっとそうするの。もちろん、セドリックのことは心配よ。彼はわたしのベッドだけでなく、わたしの世界のすべてを共有しているのだから。それに彼はわたしの心を生き返らせてくれた。彼は猫みたいに頭がいいから、きっとわたしの家に帰ってくると信じているわ。そしてオドランの最期をわたしたちが祝うとき、わたしの横に立っていてくれるはずよ。

さあ、モレナ、あなたのおばあちゃんを連れていらっしゃい。お祭りと楽しみについて話しあいましょう——それと楽しみを見届けるうえでの頭痛の種についても。タラムの全員が知っておかなければならない、秘密裡に行うことになる防御策についてもね」

祭りと楽しみを計画しながら、ブリーンはその複雑な戦略を考えるだけですめばよかったのにと思った。しかし若者にとっての、また若くはない者にとってのコンテストやゲームを、防御もしくは攻撃、あるいはその両方のもとでひそかに用意しなければならない。

ご馳走や審査用の品物が置かれるテーブルには、カラフルなクロスをかけ、その下に武器を積みあげておくことになる。技術や腕力を競う競技に参加する者はみな、弓や斧(おの)や棍棒(こんぼう)を使う準備をし、いつ何が起きても戦えるように力を蓄えておかねばならない。

陽光の下でも月光の下でも、タラム全域でバグパイプに合わせて踊る者は、角笛の最初の音を聞いたとたん戦いに身を投じることになる。

オドランからそれらの計画を隠すべく、何層もの防御のカーテンが仕掛けられたが、おかげでブリーンがコテージから、夢のなかでさえも、オドランの世界を見ることができなくなった。

しかしブリーンはオドランが押しのけようとしているのを感じた。なんとしてもそれらのカーテンを焼き払おうと、彼があらん限りの力を振り絞っている。

「ああ、オドランはどうにか押しのけようとしているな」キーガンも同意した。訓練のマラソンを終えて疲れきったブリーンとともに、コテージへ帰ろうと林を歩いていた。「それがきみの言う彼のエゴというやつだろう？ ああ、やつらは何も隠そうとしない」

「でもオドランは、なぜ防御されているのか不思議に思うんじゃない？」

ボロックスが棒を持ってきたので、キーガンはそれを受け取り、投げてやった。

「前にも言ったとおり、だからぼくたちはマーグに隠蔽の魔法をかけてもらったんだ。マーグはきみのことで気をもんでいる。シャナがここまでたどり着き、きみの玄関の目と鼻の先にまで現れたことでなおさら心配している。それにもしオドランがきみのことを不思議に思ったとしても、きみは相変わらず毎日タラムに来て祭りの計画を立てている」

キーガンは立ちどまり、ボロックスがまた持ってきた棒を手に取り、もっと遠くに――ただし今度は犬の気をそらすため小川に――投げこんだ。

「旗や幟（のぼり）の色は何色か、競馬はやるのか、子供用のお菓子は何個必要か。アーチェリーの賞品に金の矢があるなら、槍投げの賞品は金の槍がいいとかなんとか。谷のなかだけでなく、どこへ行っても聞かされるのはそんな話ばかりだ」

「どれも重要なことよ。それに、そのついでに、備蓄しておく武器や戦士の配置の仕方も考えて、シャナが通ってきた世界に通じるポータルに罠を仕掛けている」

「ああ、たしかにそれがセドリックの考えだった。彼には狡猾な頭脳がある」

「そして広い視野も。いくつもの世界を見る目と言うべきかしら」ブリーンは訂正し

た。「ほかの者たちがタラムを攻撃するあいだに、オドランに忠実なひと握りの僕が
ここを攻撃したからって、こちら側にどれほどのダメージを与えられると思う？」
「やつらはつると沼地とまとわりつくような熱とともに一生を過ごすことになるな。
その一生もずいぶんと短くなるわけだが」
「彼らは互いに敵対することになる」彼女は付け加えた。「それが闇の本質よ」
林から出ると、キーガンは彼女に向き直った。「前向きな変化が起こっている」
「どういうこと？」
「こんな状況では、きみが物事を悪いほうに考えるようになっても不思議じゃない。
現にぼくはいつも最悪の事態を想定しているんだ。でも、きみはタラムのみんなに希
望をもたらしてくれる」
「あなたはどう考えているの？」
キーガンがボロックスの棒を入江に向かって投げ、そちらのほうへぶらぶら歩きだ
したので、ブリーンも一緒に歩いていった。
「終止符を打つときが来たと考えている。ぼくたちにはそのための計画もある。武器
と、きみの鋭い洞察力が惨事を終わらせる。それを試みて、ぼくの父も、きみのお父
さんも死んだ。オドランの最初の歌か物語がタラムに伝わって以来、数えきれないほ
どの者が死んだ。ぼくたちはこれまで終わらせることができなかったが、それは勇気

や力や団結力がなかったからではない。それらすべてを総動員して、オドランを撃退してきた。

静かで平和な時代もあったものの、やつの黒い心臓に刃を突き刺し、完全に終わらせることはできなかった。そして彼は強くなり、漆黒城の廃墟をふたたび輝かしいものに変えてしまった。フェイの子供たちを盗み、祭壇の上で殺害した。フェイを奴隷としてあちらの世界へ引きずりこんだ」

「たしかに最悪の事態ね」

キーガンは頭を振って、ボロックスが泳いだり水しぶきをあげたりしているのを見た。

「これまではずっとそうだったんだ。自分たちの法、自分たちのやり方で、この世界を平和に保ってきた」彼はちらりと目をやった。「魔法を使ってね、ブリーン・シボーン・オケリー」

「わかっているわ」

「オドランはそれを破壊したがっている。ここにある力しかやつは見ていないんだ」

「彼にとって、力はパイみたいなものなの。愛をそう考える人もいるでしょう」

好奇心に駆られ、キーガンは彼女に向き直った。「パイだって？」

「そう、パイよ。何切れにも分けることができるけれど、誰かがひと切れ手にすれば、それだけ自分の分は少なくなる。オドランは力が——愛と同じように——無限で、共有することでしか増やせないとは信じていないし、理解してもいないから、むやみにほしがるの」

「パイか」キーガンは繰り返した。「なるほど、それは言い得て妙だな。今こそ闇を終わらせ、オドランを終わらせるときだ。そうすればやつはひと切れも手に入れることができない。この世界でも、どの世界でも。ぼくたちがやつを終わらせるんだ、モ・バンジア。今度こそ、永遠に。これまで感じたことがないくらい強く、ぼくは今、そう感じている。だから最悪の事態にはさせない。希望の光が見えるんだ」

「大変な戦いになるわね」

「まもなく結果が出る。ボロックスは、入江で泳ぐというすてきなアイデアを持っている。楽な訓練を終えて、五月の一日を締めくくるのにいい方法だ」

「あれが楽だったと言うの？」

「ああ、楽だったな。きみが同意できるように付け加えると、もしオドランが見れば、楽だと思うだろうし、きみがどれだけ早く疲れて倒れるかがわかれば、きみの腕はたいしたことないと思われるだろう」

「ボロックスみたいに泳ぐ気はないわ。わたしは一日の終わりには熱いシャワーをゆっくり浴びて、ワインを飲みたいの」

「泳げばシャワーなんて必要なくなるさ」

キーガンはブリーンを抱えあげ、棒を投げたのと同じくらい簡単に彼女を放り投げた。ブリーンは呆然としながら、水に浸かる前にひと言だけ呪いの言葉を唱えた。

ずぶ濡れになったブリーンがもがいて立ちあがると、水は腰のあたりまでの深さで、ボロックスはうれしそうに彼女のまわりを泳ぎ、キーガンはにやにやしながら岸に立っていた。

「まったくもう！　男って子供なんだから！」彼女は垂れた髪をかきあげた。

「きみはそう思うかもしれないが、本当に子供なら、ずぶ濡れになって服が体に張りついている女性を凝視したりしないだろう――言っておくが、ぼくは許可なしにその服を脱がせたことはないぞ」

「だから、服を着たまま水に放りこんだってわけね。冷たいわ！」

「覚悟を決めろ」キーガンは手をひらひらさせながら裸になり、水に入ってきた。

「水は冷たいものさ。覚悟するんだな」

「来ないで(マイ・アス)」

「きみのお尻(アス)は大好きだ」

「だったら、後ろ姿でも見てればいいわ。わたしは家に入るから」

「まあまあ、モ・バンジア。ちょっと泳ごう。せっかくこんな晴れた春の夕方なんだから」

キーガンはブリーンの腰を抱きかかえ、彼女がどうにもできなくなるくらいまで持ちあげた。「きみの服も脱がせていいかな、ぼくの服と一緒に岸に置いてくればいい。もちろん、許可してもらえればだが」

「ここで裸で泳ぐなんて、とんでもないわ。マルコとブライアンがコテージにいるのよ。ふたりはわたしたちよりも早く帰ったんだから。それに水が冷たいの！」

「泳げばすぐにあたたまるよ」キーガンは空中でくるくると指をまわして霧を呼んだ。「ほら、カーテンの代わりだ。その濡れた服とびしょびしょの靴を脱いで、岸辺で乾かそう」

キーガンはそう言いながらブリーンにキスをし、肌と肌を重ねて抱きしめた。

「ぼくと違って、マルコたちがきみの裸を見たところで興奮したりはしない。でも彼らは恋人同士だから、霧のなかで何が起こっているのかなんとなく察するだろうな」

「泳いでいるだけよ」

「ああ、でも泳ぐのはあとだ。まずはきみの頭のなかから最悪の事態を消し去らせてくれ」

「溺れるかもしれないわ」

「ぼくのなかにはマーがいて、ずっと練習を積んできたんだ。練習の成果をきみに見せてあげるよ」そう言うと、彼女の額に、顎に、唇にキスをした。

キーガンが舌をすべりこませる。

「ぼくにまかせてくれないか、ブリーン・シボーン？　水と霧のなかで、ぼくに身をゆだねてくれ」

水と霧のなかで、キーガンは彼女をゆっくりと揺り動かした。ブリーンは彼に身をまかせて浮遊している。

キーガンとともに水中に沈んだときも、ブリーンはパニックに陥るどころか、両手で愛撫される感触を楽しんだ。重ねられた唇から空気が吹きこまれる。

太陽が水面を輝かせ、霧が立ちこめるなか、キーガンは水中で彼女を奪い、ほしいものをすべて手に入れた。ついに果てたとき、ブリーンは何も考えていなかった。体の表面と内側に震えが走り、熱い炎に焼かれているような感覚に支配されていた。

ひとつになったまま、互いにしがみついたまま、キーガンは浮上した。

ブリーンはどっと空気が入ってくるのを感じた。霧が渦を巻き、水が揺れる。そして、彼を感じた。

ブリーンがふたたび絶頂に達したとき、キーガンも同時に達した。それからしばらく、ふたりは一緒に漂った。

彼女はもう水が冷たいなんて文句は言えなかった。

「あなたはあんなことを練習していたの？」

キーガンが彼女の喉の上で笑う。「全部ではないよ。ただ、ずっと想像はしていた。自分がどれくらい長く潜れるか計って、練習のたびに長くしていった。今では剣を取りあげた日よりもだいぶ長くなった。あの日から、水には魔法がかけられているんだ。水中のマーほどでも、地上のエルフほどでもないが、訓練を始める前に比べたら今はかなり速く動けるようになった。いい訓練になったよ。だが、きみとしたことは別の問題だ。それはまた別の贈り物さ」

キーガンが霧を払うと、ボロックスが岸にいるのが見えた。愛犬がまた飛びこんだとき、自分たちがどれくらい岸から離れているかもわかった。

「わたしたち、ずいぶん遠くまで来てしまったみたい」今度はブリーンはパニックに襲われた。「あの子が泳いでくるには遠すぎるわ」

「ボロックスは海の犬だから平気だと思うが、こちらから迎えに行ってやろう。きみが疲れたらぼくがそばにいるから安心してくれ。といっても、滝のそばの川で見たときから思っていたけど、きみは泳ぎがうまいな。競争したいところだが、さすがにそれはフェアじゃないかな」

「だったら、わたしに先にスタートさせて」

ブリーンは岸を目指し、力強いフォームで泳いでいるつもりだった。彼女がボロックスと合流したとき、キーガンが魚のような速さでそばを通り過ぎるのが見えた。

「あなたに引っ張ってもらわないといけないかもしれないわ」彼女はボロックスに言った。「キーガンったら、見せびらかすのに必死なんだから」

そのとき、ブリーンは足が底につくことに気づいた。足を踏みしめ、先に岸へ戻って立っているキーガンに声をかけた。

「水から出る前にもう一度、あの霧を出してもらえるかしら」

「人の子は裸を気にしすぎだよ」

あなたは気にしないんでしょうね、とブリーンは思った。裸で立つ戦士の体は濡れ、夕日を受けて輝いていた。

彼女は水からあがる前に自分で霧を呼んだ。

ブリーンが両手で髪をかきあげて乾かしている横で、キーガンはボロックスの濡れた体に手を這わせている。服を着るあいだ、彼女は彼を観察していた。

「ねえ、あなたがさっき言ったことを信じている？　これを終わらせるときが来た、永遠に終わらせるんだって言ったでしょう」

「もちろん信じている。それを終わらせるために、きみが命を犠牲にするよう求められるようなことにはならないともね」

「どうしてそう思うの？」

キーガンが肩をすくめる。「そんな終わり方ではいけないからだ」

「どんな終わり方ならいいの？」

「オドランが殺され、タラムには平和が訪れ、きみはきみのコテージで満ち足りた暮らしを送りながら、物語を書き、ボロックスは火のそばで眠り、ブライアンとマルコがすぐ近くにいる。そして、好きなときにポータルを通ってタラムに来ることができる」

〝きみのコテージ〟――その言葉にブリーンは衝撃を受けた。わたしのコテージ。わたしたちのではない。

「ハッピーエンドね」

「オドランにとってはそうではないが、ほかのみんなにとってはそうだ。そうなってはいけないわけがどこにある？　きみが鍵だ。きみが扉を開ければ、それで終わる。ぼくたちはきみがそうできるように戦う。何人かは倒れる者もいるだろう。もう充分だ。もう充分に血は流れた。ブリーン、ぼくはハッピーエンドを信じている。信じる心が魔法を強くするんだ。だから、信じろ」

「やってみるわ」

ブリーンはキーガンに愛していると言いたかったが、その言葉をのみこんだ。恐怖からではない。シャナの両親に娘の死を知らせようとした彼をとめなければならなかったのと同じ理由だ。

信じる心が充分でなかったら、愛を伝えることになんの意味があるだろう？　戦いに敗れるのがブリーンで、彼女の気持ち、望み、願いをキーガンがすべて知っていたら、彼は彼女の死を受け入れるのにどれほど苦労することになるだろうか？

「やってみるわ」ブリーンは繰り返し、キーガンの手を取った。

29

春は駆け足で過ぎていった。ブリーンは、かつての生活で五月といえばいつまでもその美しい足を引きずって、夏休み前の最後の数週間が果てしなく長く感じられたことを思いだした。今は、まるでエルフのように駆け抜けていく。彼女がどんなに一日一日を大切にしようと思っても、日々はあっという間に流れていった。

六月になると、心のなかで葛藤を繰り返すようになった。すべてを終わらせ、この機に恐怖や脅威のない人生を送れるようになりたいと思う一方で、これから起こるであろうことを恐れていた。

いったい何が起こるのか。

愛と発見、夢の実現という驚きに満ちた一年をもう与えられたではないかと、ブリーンは自分に言い聞かせた。もしもその一年しかなかったとしても、それで充分なはずだった。

それでも目を凝らして探した。火のなか、煙のなか、キャンドルの炎の揺らめきのなか、水晶玉のなか、自分の夢のなかを。

だがヴィジョンは影のまま、沈黙と秘密を守った。

ブリーンは庭仕事に取り組み、花が咲くのを見守ること、畝に鍬を入れること、ジャガイモの苗に土をかけること、トマトの杭打ちを学ぶことに、喜びを見出した。

彼女は執筆を続け、書くことが一種の逃避となった。次のボロックスの物語を完成させると、送信ボタンを押すよう自分に命じ、ニューヨークへ送った。

ブリーンはその逃避を切実に望んでいたので、息もつかずに次の作品を書き始めた。そうすることで、それを書き終えるために生きたいという希望が生まれた。

ふたつの世界で送る不思議な人生を楽しんでいた。

キーガンが言うところの〝軽くて簡単〞な訓練をこなしているだけなのに、彼女は痛みやあざを作った。マーグと一緒に、そしてひとりでも魔法の練習をした。学んだ技術、研ぎ澄ました技術、そのすべてがブリーンを強くした。

祭りの計画と準備も手伝った。

計画と準備の時間はあっという間に終わってしまった。

マルコに説き伏せられてニューヨークで買ったサマードレスのうちの一着を着てほしいという彼の願いを、ブリーンは却下した。命を懸けて戦わなければならないのなら、サマードレスを着ている場合ではない。

それに、マルコもそこは同意してくれたが、脇に剣をさすと見た目が台無しだった。

「あっちは太陽が出ているといいんだけどな」マルコは祭りの会場に蜂蜜をかけたハムをすでに届け、ブライアンにも焼き菓子の箱を山ほど運ばせていたのに、さらにいろいろなものを持ってきていた。

「いるわ」

「いるって、何が？」

「太陽よ。タラムは晴れているわ」

「どうしてわかる？　待てよ、きみはこっちから見てわかるのか？」マルコは目を丸くして、彼女に肘鉄を食らわせた。「なぜ今まで言わなかった？」

「見てわかることを知ってから、それで驚かせるのがけっこう好きだって気づいたの。だから言わなかった。でも今日は言ったわ」

「お嬢さん、ぼくのポケットからサングラスを取りだして、このハンサムな顔にかけてくれ」

ブリーンは彼より荷物が少なかったので、言われたとおりにした。

マルコはTシャツとハイトップのスニーカーの色を合わせ、赤い革のバンドで細い三つ編みを後ろで束ねていた。スニーカーの紐はシルバーで、ベルトと耳元のスタッズと色を合わせている。

頭のてっぺんの毛を虹色のリボンで結んでもらったのを、ボロックスはとても喜んでいるように見えた。

マルコはいくつものコンテストに参加していて――今日エントリーしているのはチェリーパイとストロベリーショートケーキだ――フルーツジャムの審査員や子供たちのレースの進行係をしているとき以外は、屋台に立ってお菓子といろいろなものを物々交換することになっていた。

マルコとブリーンは、というのも彼が断るのを認めなかったからだが、音楽の出し物も手伝うことになっていた。

マルコはタラムでの生活を、そしてこの谷のコミュニティをすっかり受け入れたようだ。

「ブライアンはあと二時間でポータルでの見張り番が終わる。アーチェリー競技に出るから、応援に行かなくちゃ。彼にエントリーさせるのは大変だったよ」

「でしょうね。お手柄よ。忙しさは悲しみを紛らすのに役立つもの。ドラゴン乗りの曲芸を見るのはつらいだろうけど」

「ヒーローのためにコテージに何か植えようと思っているんだ。きれいな木とか、そういうのを。でも、それを見るたびに思いださせることになっちゃうかな」

「完璧な方法だと思うわ、マルコ。時が経てば、思いだすことは慰めになるから」

ブリーンはサングラスの奥の彼の目を見るまでもなく、そこに浮かんでいる心配を察知した。「そう思うかい？」

「本当にそう思うわ。きれいな木を植えて、その下にはベンチを置くの。石工にドラゴンのモチーフを彫ってもらうといいわ」

「ドラゴンのモチーフか」マルコはつぶやいた。「ああ、そうだな。それは名案だ。ブリーン、ありがとう」歓迎の木に着くと、彼は自分の箱を持ち直した。「お祭りを楽しむ用意はできているかい？」

「あなたほどではないけれど、準備はできたわ」

彼らは約束された陽光の下へと足を踏みだした。そして色のあふれる世界へと。なんてカラフルなの。ブリーンも旗や垂れ幕、屋台、競技エリアを分ける鮮やかな旗のついたロープなどを設置するのを手伝ったが、それでもあまりのまぶしさに目がくらんだ。

焚き火の煙が肉の焼ける香りを運んでくる。かわいらしい日よけのついた屋台では、焼き菓子、果物、野菜、工芸品などが売られている。

曲芸師が路上で踊り、青い羽根を広げて空中で技を披露した。群がる子供たちはそれぞれ、キャンディを手にしたり、ビスケットを頰張ったり、棒で輪っかをまわしたりしている。

けれども計画どおり、子供たちの集団には少なくとも三人の大人がついて一緒に移動していた。農民や職人などの住民たちのなかに戦士がさりげなくまじっていたりもして、誰もがこの日のために準備してきたのをブリーンは見て取った。

「本当に美しいな。映画のセットみたいだ。あのバグパイプを聴きなよ、ブリーン。あの女の子、やるね！」

旗のように色鮮やかなドレスを着た女性もいれば、ズボンを選んだ女性、ブリーンと同じくレギンスをはいた女性もいた。戦いに備えて動きやすい格好にしようと、服を着るときに決めたのだ。たとえ今はあのさわやかなサマードレスに、女性として純粋な憧れを感じていたとしても。

ブリーンはマルコと一緒に歩きながら、ボロックスに行っていいと合図を出した。愛犬は壁を飛び越え、リボンと小さな鈴で飾られたダーリンに会いに行った。

そこへフィノーラが急いで駆け寄ってくる。「やっと来た！　ご馳走ももっと持ってきてくれたのね。マルコ、先にブライアンに持たせてくれたビスケットを出しておいたんだけど、もう全部なくなっちゃったわ」

「本当ですか？　またいろいろ持ってきました」

「あなたのために物々交換をしておいたわよ。喜んでくれるといいのだけど。パイとケーキはすぐにコンテスト会場に持っていったほうがいいわ。一時間かそこらで審査が始まるから」

フィノーラは人ごみをかき分けて、ふたりを案内した。「あなたたち、力試しの第一試合を見逃したわね。ローガは予想どおり勝ったけれど、若いバンが健闘して、ほか三人と一緒に彼も次のラウンドに進むことになったわ」

「サルもここにいるんですか?」ブリーンは驚いてきいた。

「そうなのよ。新生児を背負って応援しているわ。生後一カ月のトロールの若きブリーンも充分、戦力になりそうよ」

フィノーラは立ちどまり、両手を組んだ。「そしてここがあなたのための場所よ、マルコ。言っていたとおり、最高の場所を確保したわ。アーチェリーの試合がここから見られるのよ。日よけを赤と白で統一したのもいいでしょう。絵になるわ」

「あなたも」マルコがそう言うと、誘惑するような視線を向けられた。

「ピンクの気分だから、ピンクの服にしたの」フィノーラはさっと一回転して淡いペールピンクのドレスを膝のあたりでひらめかせた。「いい天気になったわね。キーガンがいないのが残念だけれど、彼はティーシャックとしてキャピタルで祭りの開会宣言をしないといけないものね。それでも、今夜はダンスの相手には困らないでしょう、ブリーン」

ブリーンは黙って微笑み、屋台の後ろに移動した。「マルコ、コンテストのテントに必要なものを持っていって。物々交換をまかせてくれるなら、屋台に補充しなくちゃいけないものはわたしが用意しておくわ」

「いいのかい？」

「もちろん。ここからの眺めは最高だもの」

「一等地ってやつよ」フィノーラはウインクした。「それに、ほら、モレナが手伝いに来てくれたわ」

わたしひとりで置き去りにされることはない。ブリーンはそのことを知っていた。この計画のもうひとつの目的は、彼女がふたたび異世界に足を踏み入れるまでのあいだ、誰かが必ずそばにいるか、影のように付き添うかしていることにあった。

モレナは三本に編んだ髪を頭の高い位置でまとめ、ベルをつけて後ろで弾ませていた。ブリーンと同じようにレギンスをはき、紫色の濃淡で渦を描いたシャツを着ている。モレナは短剣を腰にさしていて、ブリーンは短刀をブーツにさしていた。

「たくさん持ってきてくれたのね、よかった。わたしたちが味見するチャンスもないうちに、トロールたちが全部片づけてしまうところだったのよ、マルコ。あなたがコンテスト用のお菓子を持っていくあいだ、ここはブリーンとわたしが見ているわ」

「ありがとう。すぐに戻るよ！」

モレナは屋台の後ろにまわりこみ、視線を落とした。テーブルの下には剣、弓、矢筒が積まれていた。

「幸先のいいスタートを切ることができたわ」彼女が言った。「子供たちは大喜びよ。アシュリンは子供たちをグループに分けてゲームをさせるので大忙しだけど、助けてくれる人がたくさんいるから。ハーケンもちょうど来たところで、あっちにいるんだけど見える？　ポニーの乗馬の手伝いと、今日の競馬の準備で――スタート地点はマーグのコテージの近くよ――彼も大忙しなの」

モレナはビスケットの箱を開けながら言った。「マーグはコテージの近くの店の手伝いをしているわ。毛糸にセーターに帽子にスカーフ、ほかにもいろいろ置いているのよ。わたし、この春はもう二度とごめんだと思うくらいたくさん羊の毛を刈ったわ」

みんながどこにいるのか教えてくれているのだと、ブリーンは悟った。

「あとでちょっと物色してみないと――毛糸じゃなくて、セーターとかそういうものをね。わたしの編み物の腕は絶望的だから。セドリックはおばあちゃんと一緒にいるの？」

「彼の焼き菓子の屋台がすぐ近くにあるの。審査用のテントで激しい取り合いになるのは間違いないわ」

ふたりが友人同士らしく気兼ねなく話しているうちに、屋台に客が訪れ始めた。モレナのほうが物々交換が上手だとわかったので、ブリーンは彼女にその仕事をまかせ、品物を包む作業に徹した。

「明日、タリンが何人かのドラゴンの乗り手とともに来るそうよ」モレナは話を続けた。「彼女も家族と過ごしたいんでしょう。キーガンは今日の午前中はキャピタルで仕事をこなし、そのあと中部の祭りを訪れて、それから北部、南部、極西部とまわり、ちょうど夏至の日に谷へ来るわ」

もちろんブリーンはすべて知っていたが、改めてそれを聞いて慰められた。

「あなたのご家族が来られないのは残念ね。この谷の美しさを見てもらえないなんて」

「みんなキャピタルでの仕事が忙しいのよ」

キャピタルでは戦士たちを待機させておかなければならず、若者たちの安全を守るためにそれ以外の者も必要だった。

しかし、ここではなんの脅威も感じられない。ここでは。ここでは父親が子供を肩車し、人々は競技を見て歓声をあげ、拍手を贈り、興奮と色彩にあふれた陽気なカーニバルが繰り広げられている。カップルは手をつないでそぞろ歩き、旗や幟があたたかい風に揺れていた。

午後になると、マルコはベルのついたリボンを袖につけて闊歩（かっぽ）した。

「セドリックのパイには負けたけど、ぼくのストロベリーショートケーキは誰にも負けないよ。これは絶対に本に載せるつもりだ」彼はブリーンの肩に腕をまわしながら、アーチェリーの第一試合を見るために歩いていった。「調子はどうだい、ぼくのブリーン？」

「絶好調よ。後片づけにひどく時間がかかって大変なことがわかっていても、あなたのクッキーもタルトも、もうひとつも残っていないとしても」

「明日のコンテストのためにソーダブレッドを作っているんだ。フィノーラには勝てないだろうけど、男なら挑戦しないとね」

彼らはブライアンとモレナが次のラウンドに進むのを見た。子供たちの袋レースではブリーンは脇腹が痛むほど笑った。ハーケンの合図で競馬が始まり、馬と騎手が轟音をたてて走っていくと、みんなと一緒になって歓声をあげた。

マーグとは一緒に屋台をまわり、物々交換をした。

夕方になると、ブリーンはマルコと歌い、セドリックと踊り、ブライアンと踊り、彼女の肩に頭を預けて眠そうなキャヴァンとも踊った。

そして、長い一日の終わりに太陽が沈むと、火が灯された。

フィニアンがブリーンの手のなかに手を滑りこませた。「ママが、あとちょっとしかいられないって」

マオンの腕のなかで眠るキャヴァンと、アシュリンが抱っこ紐で抱いているケリーの姿を、ブリーンはちらりと見た。

「明日はもっと楽しいことが待っているわよ」

「明日はドラゴンが来るんだよ。ぼく、またあのドラゴンの夢を見たんだ。ぼくがいつか乗れるようになるってあなたが言ってたやつだよ」

「そうなの？」フィニアンがとても眠そうだったので、ブリーンは彼がもたれられるように抱きあげた。

「すぐ乗れるようになると思う？　ぼく、馬にはすごく上手に乗れるんだよ。パパはレースはまだだめだって言うんだけど」

「あなたが思うより早く乗れると思うけど、あなたが望むほど早くはないわね。あなたのドラゴンにはまだ母親が必要だから」

「あの日、彼を癒してくれたんだよね。ぼく、それを感じたよ」フィニアンはそう言いながらも、その目は半分閉じられていた。「やつらが彼を傷つけたんだ、闇から来たやつらが。そして彼の光は消えそうになった。でもあなたがそれを見つけて、また強くしてあげたんだよね」

「それを感じたの、それとも見たの？」

「どっちも。ぼく、ブリーンとボロックスと一緒にいつかロンラフに乗れると思う？」

「あなたのお母さんが乗っていいと言ったらね」

フィニアンをアシュリンのもとへ運んでいきかけたところで、ブリーンはそれを見た。火と煙のなかに、それを見た。

オドランの世界を、そこにいる自分を見た。恐ろしい空、荒れ狂う海、漆黒城、ぎざぎざに切り立った崖。

彼女はそこに、オドランとともに立っていた。彼女の剣は血で汚れ、オドランの髪は彼が呼んだ激しい風に吹かれていた。

そして、ブリーンは炎のなかに見た。自分の選択を。それとともに訪れる結末を。

「ぼく、あなたを見たよ」フィニアンがつぶやき、彼女にすり寄りながらあくびをした。「あなたをあそこで見た。どこにいたの？　あんな場所、ぼくは知らないや。あんまりいい場所じゃなかったね。はっきりとは見えなかったけどわかったんだ。あなたはここにぼくたちと一緒にいるべきだよ、この谷はいい場所なんだから」

フィニアンが見たのはブリーンが見たからだ。それに少年の力が強くなりつつあるから。しかし彼はまだ四つにもならない子供だ。こんな幼い子が暗い世界を見るべきではない。

「わたしは明日、谷に戻ってくるわ」ブリーンは頭を傾けて少年の髪にキスをし、彼の頭のなかに甘美な夢を送りこんだ。

フィニアンは幼い子供らしく眠った。とても信頼して深く寝入っている顔だ。ブリーンは彼を両親のもとへ連れていき、三人の息子たちをベッドに寝かせるために彼らが家へ帰るのを見守った。

「今日はもうお開きだなんて言わないでくれよ」

ブリーンはマルコのほうに振り向いた。「そんなこと、誰が言ったの？」

「きみだよ、いつもならね」

「お開きどころか、あなたがどうしてわたしと踊ろうとしないのか、不思議に思っているんだけど」

「そうなのか？」マルコはブリーンの手をつかみ、彼女をさっと回転させて火から、ヴィジョンから遠ざけ、ダンスにいざなった。

その夜、彼女は夢を見なかった。夜明け前の危なっかしい時間に忍びこもうとする夢も押し返した。

その代わり、ブリーンは早朝に起きあがり、ボロックスを入江に連れだした。ライトを持ってきて小妖精(ピクシー)たちに加わり、庭を見ながらそぞろ歩いた。彼女は東屋を横切って、マルコとブライアンのコテージの進捗具合を称賛した。

壁は水仙の色にするとマルコは決めていた。曇りの日でも明るい気分になれるから像した。ブリーンは彼がキッチンで仕事をしたり、音楽用の部屋で作業をしている姿を想像した。
一年でここまでいろいろ変わるなんて。こんなにたくさんのすばらしい変化があるなんて。
ブリーンは部屋に戻り、庭のこと、マルコのコテージのこと、人生のうちのたった一年に与えられた贈り物のすべてについてブログを書いた。
マルコも早起きして、パンを焼いた。ブライアンは別れのキスをし、ブリーンは皿
とフライパンを片づけた。
今日も、彼らはたくさんの箱をタラムに運んだ。
ブリーンはモレナが鷹狩りのレッスンをするのを見ながら、マルコと一緒に屋台を
切り盛りした。ドラゴンと乗り手たちが東から飛んでくるのを見つけると、少年の願
いを叶えて彼女のドラゴンに乗せてやり、ほかのドラゴンとともに飛んだ。
「おばあちゃん、ぼくが見えた？　ドラゴンに乗ってるのを見てくれた？」
着地するなり、フィニアンはタリンに駆け寄った。
「もちろん見えたわ、風のように飛んでいたわね。連れていってくれたブリーンにお
礼は言った？」
「言った、言ったよ。でも、もう一度言うよ、ありがとう。今度はボール投げで優勝

するから見に来てね！」

「すぐに行くわ」フィニアンが走り去るとタリンは両手をブリーンにさしだした。

「あなたのおかげであの子の目に光が宿ったわ」

「ロンラフのおかげだと思います」

「同じことよ。ああ、わたし、谷にいられてうれしいわ。キャピタルのお祭りは華やかで、ほかにどうとは言えないけれど、ここでこの時間を過ごせるのをとても楽しみにしていたの。あなたも楽しんでいる？」

「一分一秒を楽しんでいます。ミンガは来なかったんですか？」

「今回はね。彼女は今いる場所で必要とされているの。キーガンもそうだと思うわ、残念だけど。でも明日になればここで会えるはずよ」

明日になればと思いながら、ブリーンはフィニアンが賞を勝ち取るのを見守り、モレナとブライアンが次のラウンドに進むのを眺めた。マーグと石垣に座り、肉とスパイスがたっぷり入ったハンドパイを食べた。

マルコのソーダブレッドはフィノーラのパンに敗れたものの、彼のレモンメレンゲパイは勝利をおさめた。

「すごいわね、リボンがふたつなんて」マーグは大げさにため息をついた。「あなたのせいでこっちは恥をかいたわ、マルコ」

「明日まで待ってくれ、いよいよパウンドケーキの出番だ」彼は幸せな興奮をあらわにして、ふたりとともに腰をおろした。「明日といえば、ぼくはブライアンを応援しなくちゃ。だってそれが真実の愛だからね。ブリーン、きみはモレナを応援するといいよ。どちらかに黄金の矢を勝ち取ってもらいたいんだ。キーガンがここにいなくてよかったよ。どのみち出場はできなかったけど。ティーシャックの不利な点だ。ブライアンが言うには、弓じゃ誰も彼には勝てないらしい――それに、キーガンが出ていたらきみは彼を応援しなきゃならなかったもんな。だって、ふたりのあいだにあるのも真実の愛だろう。違うなんて今さら言うなよ」

ブリーンは肩をすくめ、それがキーガンのよくする仕草だと気づいた。「女の子同盟でわたしはモレナを応援するわ」

マルコは眉をぴくぴくさせながらマーグを肘でつついた。「愛じゃないって、彼女は言わなかったね」

ブリーンは一分一秒を楽しんでいた。また一日が過ぎ、月がのぼるのが早すぎる気はしたが。

夜が明けて一年でもっとも長い一日が始まったとき、彼女はタラムに立ち、光がやってくるのを見守り、石が歌うのを聞いた。

魔法の力が高まるのを感じる。

これ以上美しいものはないだろう。自分が正しい選択をしていることを示す、これ以上ない強いサインだ。もっとも長い一日がふたたび訪れたとき、その光は訪れ、石は歌いだすだろう。

マルコは農場のキッチンを占領して、夏至の朝食を盛大に用意した。ブリーンは愛する人たちと食卓を囲み、その声を聞き、その顔を見た。

これ以上のものは望めないだろう。

「盛大だよね」マルコが言った。コテージまで焼き菓子の最後の山を取りに行き、タラムへ戻る道を歩いているところだった。「もしかしたら、こうあるべきという姿のままで終わるかも。ただのお祭りだよ。ここ二日間は誰も、なんの兆候も見ていないんだろう?」

「それをあてにしないほうがいいわ、マルコ。準備はしておかないと」

「準備はできてるよ。三つ目のリボンを勝ち取る用意はできている。ぼくのパウンドケーキみたいにおいしいものは誰も味わったことがないんだからね」

「それについては、反論の余地なしよ。わたしはあなたのパウンドケーキを食べたことがあるから言わせてもらうけど」

「そのとおり。それにぼくはあのサイコ野郎と戦う用意もできている。もしあいつがすべてを台無しにしようとするならね。ぼくたちがついているよ、ブリーン。今日も、これからもずっと」

ふたりは世界を渡った。

「よかった、今日は早めに着いたな」マルコが言った。「ローガがチャンピオンを維持するかどうか見たかったんだ。ねえ、今日の曲芸師たちを見てよ！　火のついた松明（たいまつ）を前に後ろに投げている。『シルク・ドゥ・ソレイユ』も真っ青だね」

ブリーンは彼の屋台まで一緒に歩いた。「今はここがあなたの家よ。これからはあなたのコテージがそうなる。わたしたちふたりとも、ふたつの世界で生きることになったわ、マルコ。わたしたちの人生の大半は、ひとつの世界にはおさまらなかったけれど」

「サリーのところをのぞいてはね」

「サリーのところをのぞいては」

「ほらほら、ここに心配が見えるぞ」マルコはブリーンの眉間を指で軽く叩いた。

「いいから、きみはただ……」声が消えていき、彼は微笑んだ。それから彼女の向きを変え、上を指さした。「あそこを見て」

ブリーンが見あげると、クロガに乗ったキーガンが脇にふたりのドラゴンの乗り手をしたがえて飛翔していた。

歓声がわき起こり、彼女はその声が谷の端から端まで転がっていく様子を想像した。

ティーシャックが帰ってきたのだ。

ブリーンはその場から動かなかった。彼が自分のところまで来るには時間がかかることはわかっていた。守るべき義務、責任、伝統がある。

彼女はそのすべてを理解していた。

キーガンが近づいてくると、人々は進路を空けるように分かれた。彼は焼き菓子を見て、桃のタルトを指さした。「それをもらおう。何と交換してくれる?」

「ティーシャックには交換の必要などないんじゃないかしら」

「そういうのはよくない、だめだ。これを作るのに努力も技術も注がれているんだし、商いは商いだ。きみも作るのを手伝ったのかい?」

「桃の皮をむいたり、後片づけをしたりしたのを手伝ったと言えるのなら」

「もちろん言える。だったら、これと交換しよう」

キーガンは手のひらを開いて彼女に一対のサファイアのイヤリングを見せた。銀のワイヤーから垂れさがって細くとがった繊細なしずく型だ。

「きれいね。タルトにはもったいないわ」

「取引に応じたまえ、女よ。キャピタルにいるニニアが、きみのために作ったそうだ。だから、これをつけてくれ」キーガンはブリーンの手を取り、そこにイヤリングを落としてからタルトをひとつつかんだ。

「リアム、この屋台を頼んでいいかな？　まかせたぞ」キーガンはブリーンに身を引く隙を与えず彼女の手をつかんだ。「散歩をしよう。五分でいいからこの喧噪(けんそう)から離れたい」

キーガンは彼女を石垣の上まで持ちあげると、階段を引っ張ってのぼり、反対側へと渡った。

「何しているの？　いったいどういうつもり？　みんな、あなたがわたしをどこかの木に押しつけるためにこっちへ引っ張ってきたと思うわよ」

「なぜぼくがそんなことを――ああ、そうか」キーガンは笑って、いかにも疲れた様子で髪をかきあげた。「そのための時間があればいいんだが。まあ、彼らにはそう思わせておけばいい。オドランもきっとそう思っているはずだ。今はもう、やつが自分の視界のなかにぼくたちをとらえているのは間違いない。今日がその日だから。自分の名前を知っているのと同じくらい確実に、ぼくはそれを知っている」

ブリーンは彼の目の奥をのぞいた。くっきりした緑色で、ひどく張りつめている。同時に、生命と光に満ちあふれている。「今日だものね」

「きみはそれを見たんだな」

「感じるのよ」

「ぼくもだ」キーガンが歩きまわりだした。「夏至はぼくたちにとって重要な日だ。

オドランもそれは知っている。重要な夏至の日に、ぼくたちは敵を迎え撃つ準備などしている場合ではないとやつは考えているはずだ。だが、それは間違いだ。ぼくは彼には見えない、聞こえないところできみと話したかった。少し遅くなったのは、マーリンとつがわせたエリンがそろそろ出産しそうだとハーケンに言われたからだ」

「子馬が生まれるの？　彼には助けが必要？　わたしはやったことはないけど──挑戦してみてもいいわ」

「弟が全部やってくれるさ。出産にはなんの問題もない」

キーガンは足をとめ、彼女に向かって顔をしかめた。「なぜイヤリングをつけないんだ？　ほしくないのか？　きみには合わなかったか？」

「いいえ、もちろん合うわ。きれいよ、でも──」

「それならつけろ。そのことだけでも考えずにすむようにしてくれないか？」

「わかったわ。それで、あなたはここでわたしに何を話したかったの？」

「今日がその日だ、と。きみももうわかっているだろうが、ひとりでうろつかないように念押ししておきたかった。常に誰かの近くにいろ。どうせぼくはあちこち飛びまわらなければならないから、ずっとそばにいることはできない。だから、ほかの人たちと一緒にいて、決してきみひとりでうろつくんじゃないぞ」

キーガンが彼女の両肩をつかんだ。「用心しろ。ぼくたちは戦うことになる。そして計画どおり、やつを引き裂く。オドラン自身の世界にいるより、タラムにいるほうがやつは弱くなるはずだ。ぼくたちはこれまで何度もオドランに戦いを挑み、やつをとめたが、決して終わらせることはできなかった」

「それは理解しているわ」

「恐れるな。きみにはタラムのみんながついている」

「恐れてなどいないわ」

キーガンはイヤリングの片方に指を触れ、それを揺らした。「きみによく似合っている。手近な木にきみを押しつけて楽しみたいし、きみもきっとそれを楽しんでくれるとは思うが、今のところはこれで我慢しておこう」

キーガンはブリーンを引き寄せ、彼女の唇を奪った。ブリーンも同じようにした。ブリーンは彼の味、感触、香りを求めて、そのすべてを吸いこんだ。それ以上我慢できなくなるまで。

「きみにはぼくと一緒にキャピタルまで来てもらう必要が出てくるだろう」キーガンは身を離し、また彼女の両肩をつかんで目をのぞきこんだ。「タラム全土の上空を飛び、ぼくとともに立ってほしい。全員が見えるところに。そうすれば彼らは闇が終わったことを知るだろう」

「今はまだ終わっていない」ブリーンは手をあげて彼の顔に触れた。「わたしはきっとあなたのそばにいるわ。そしてタラムの全員が、終わったことを知るでしょう」

「それが終わったら、静かな時間を過ごそう。ぼくがきみと過ごしたいのは静かな時間だ」

キーガンが彼女の手にキスをした。珍しいことだった。だが心ここにあらずという感じで、どうやら彼の頭はすでにほかのところに行っているらしいとブリーンにはわかった。

彼はタラムのこと、戦いのこと、終わりのことを考えているのだ。

「ひとりでうろつくなよ」キーガンはもう一度念押しして、ひとつの世界からもうひとつの世界へと彼女を導いた。

ブリーンは色彩と音楽と喧噪のなかへ足を踏み入れた。彼女の人生を変えた魔法の世界へ。それがわたしの人生を作ったのだ、と彼女は思った。

ブリーンは彼に向き直った。タラムの地で、キーガンの顔を両手で包み、爪先立ちして彼にキスをした。見たいと思う者がいれば誰だって見られる場所で。

そして彼に微笑みかけた。「わたしはきっとあなたのそばにいるわ。もう覚悟はできている」

ブリーンは屋台に向かって歩いていきながら、よく知るいくつもの顔が笑い返してくれるのを見た。

「あとはわたしが引き受けるわ、リアム、ありがとう」

ブリーンはキーガンが道路を渡っていくのを見ていた。頭上ではドラゴンたちが飛び交い、肥沃な土地では作物が育ち、家畜が草を食んでいる。

厩舎(きゅうしゃ)では生命が誕生しようとしている。それに向かって心を開き、彼女はマーリンのしるしを持つ子馬が生まれるところを見た。

ブリーンはボロックスの頭に手を置き、自分の世界を、彼らの世界を見た。平和のすばらしさを知った。

一瞬、透き通ったように美しいほんの一瞬、そこには絶対的な平和があった。

角笛が鳴り、警報が谷中に響いたとき、彼女は準備ができていた。

彼女はすでに選択したのだ。

「子供たちを守ってね」ブリーンはボロックスにそう言うと、剣を抜いた。

30

フェアリーたちは翼を広げて子供たちを安全な場所へと運び、エルフは幼い子たちを背中に乗せたり、腕に抱いたりしてあやした。

タラムの安全が確保されるまで向こう側で待機するため、多くの人々がポータルを通り抜けた。

もしも――いいえ、必ず――この最後の戦いに勝利すれば、もう安全だ。ブリーンはそう思った。

戦士や戦える者はみな、隠してあった剣や弓、棍棒、槍を取りだした。ブリーンは弓を取って肩にかけ、矢筒を背中に背負った。

ワイズのうち何人かが、試食用のテントを負傷者のための要塞化された救護所として使えるように魔法をかけた。子供たちが競走していた野原では、フェイが防衛線を形成した。その防衛線はタラム全土にわたって敷かれた。

敵の急襲部隊は、充分に武装し、充分に準備された軍隊に出迎えられることになる。

オドランが谷を奪うことはできない。彼にタラムは奪わせない。

ブリーンは屋台の下に手をのばし、そこにしまっておいたペンダントとトロール族がくれたティアラを身につけた。

戦いにはその両方をつけて挑みたかった。

彼女がドラゴンを呼ぶと、騎馬隊が轟音をたてて道を駆け抜けていった。ドラゴンと乗り手たちは空で隊列を組み、援軍として滝へと向かっていた。

偵察隊は東へ向かい、敵が次のポータルで防衛線を突破した場合に合図を出すことになっている。

セドリックは赤いつるの世界への通路を封鎖して敵をなかに閉じこめたのだろうか。

彼ならきっとそうしたはずだ。

ロンラフが着地するなり、ブリーンはボロックスのあとを追ってドラゴンに乗った。

「待って！　ブリーン！」

マルコが走ってきた。クロスボウと剣を持っている。

「ぼくも行く」

「マルコ」

「ぼくにだって武器は扱える！　ブライアンが滝のところにいるんだ。彼は最前線で戦っている。ぼくもきみと一緒に行く」

ブリーンは反論しなかった。「わたしたちが絶対にあなたを守るわ」

「とにかく行こう」

ロンラフが上昇すると、彼女はマルコが震えているのを感じた。

戦場に向かって飛んでいると、ハーケンとモレナがドラゴンの背に乗って彼女の後ろについた。

「わたしたちも行くわ」モレナが声をかけた。「キーガンとマオンと、一ダースはいる戦士たちがずっと先を行っている。アシュリンはあなたの世界で子供たちを守っているし、おばあちゃんは隣のシェルターにもっと多くの子をかくまっているわ」

「わたしのおばあちゃんとセドリックは？」

「計画どおりに罠を仕掛けているよ」ハーケンがブリーンに言った。「やつらはあの道を通っては来られない」

ブリーンはドラゴンの乗り手と翼を持った戦士の一群が極西部から飛来するのを見た。マーたちが海岸線を守り、入江で戦ってくれることを彼女は知っていた。棍棒と槍を持ったトロールたちが荒々しい鬨(とき)の声をあげて戦場に突進するのが聞こえ、ブリーンはサルと彼女が五月の晴れた日に産んだ娘のことを思った。

心臓が胸のなかで、喉の奥で、どくどくと音をたてて弾んでいる。これは蛇の木の戦いとは違う。あれはあっという間の出来事だったが、これは計画され、組織立て、予想されていた戦いだ。

今日、彼女が飛ぶのは警告するためではない。戦うためだ。殺すため、終わらせるために飛んでいる。

キーガンには恐れてなどいないと言ったけれど、ブリーンは恐れていた。自分が力不足であることを恐れていた。充分な力がなければならないのに。

しばらくのあいだ、ブリーンは目を閉じ、力がわきあがるのを待って、それを全身全霊で受けとめようとした。

わたしはきっと務めを果たせる。

彼らは轟音をあげる滝へと、戦いの叫び声と剣と剣がぶつかりあう音、煙と死のにおいがする森へと飛んでいった。

ボロックスがうなり、狼（おおかみ）の形をした闇のウェアの喉元に牙を突き立てようと飛びだした。ブリーンは体を動かし、友人の手を握り、彼の目を見た。

「無事でいてね、マルコ」

そして、犬のあとを追って飛びおりた。

考えるな、ブリーンは自らに言い聞かせた。行動あるのみ。

彼女は闇のエルフにパワーを投げつけ、やみくもに攻撃しようとする敵の動きをとめた。相手がブリーンだと認識して闇のフェアリーが一瞬躊躇（ちゅうちょ）した隙に、彼女は自分に向かってふるわれた剣をなぎ払った。

そして返す刀で相手の心臓に剣を突き刺す。

彼らはわたしを殺すのではなく、生け捕りにしたいらしいとブリーンは悟った。なるほどね。

それは彼女にとって好都合だった。

ブリーンは殺される可能性が低いのをいいことに、剣で、魔法で、足で、拳で戦った。キーガンの容赦のない訓練で教えられたとおり、持てるすべてを使い、敵に突破されるのを防ぐために戦った。

しかし、敵は次から次へとやってきた。とにかく数が多い。

ブリーンは魔犬の首を刎ね、その恐ろしさに、手についた血に、喉の奥に感じた味に、全身が震えた。

力には力で対抗しようと身をひるがえし、黒い顔と黒い心を持つ魔女に対峙した。

魔女は小さな火の玉と小さく鋭い稲妻を投げながら着実に前進してくる。そのうちのひとつが脇腹をかすめ、ブリーンは刺されたような痛みを感じた。

「血は少ししか流さない」魔女は微笑みながら言った。「残りの血はオドランのものだからね」

「彼に与えるものですか」ブリーンは腕を組み、片手で傷口を押さえた。そしてその腕をぱっと開くとともに、力と血を浴びせた。

魔女が燃えた。走りつつ叫び、炎と煙に包まれて倒れながら悲鳴をあげる。

ガーゴイルが木から飛びだし、爪を立てて背中に飛びのってきた。戦いと血で気のふれた怪物は勢いをとめられず、嚙みつこうと牙をむきだしにした。

ブリーンが防御する前に、ガーゴイルは地面に落ちた。背中に矢が刺さっていた。

「わたしがついているわ」モレナはそう言うと、さらに同じ木から飛びかかってこようとするガーゴイルに向けて次々と矢を放った。

ボロックスは煙のなかを突進し、牙を鳴らして、のろのろと這っている一匹を仕留めた。

「マルコは？」

「気でも違ったみたいに戦ってる。ブライアンと会えたの。右から来るわよ」

ブリーンはさっと回転して斬りつけた。

「ブライアンは負傷しているけど、たいした傷じゃないわ」モレナは矢が尽き、剣に持ち替えた。「ハーケンがもう傷をふさいだ。あなたも傷を負ったみたいね」

「たいしたことない。とにかく敵が多すぎるわ、モレナ」

「そうね。ここは退却して、やつらにあとを追わせ、第二ラインで撃退しないと。キーガンは――ああ、彼もすでに同じことを考えていたみたい」

ブリーンが目をあげると、クロガにまたがったキーガンが急降下してきて、ブリーンの腕をつかんで引っ張りあげた。「今だ、モレナ、退却するぞ」

退却を告げる笛が鳴らされ、彼女は翼を広げた。

「血が出ているじゃないか」キーガンはブリーンに言った。

「すぐ治せるわ」

「だったら治せ。敵の数はずいぶん減らした」彼はクロガを旋回させ、敵の進軍を遅らせるために火線を敷いた。「第二陣で迎え撃ち、さらに深く切り崩す。きみはラインの後ろにとどまれ。やつらはそのラインを攻撃してきたときに、われわれに罠を仕掛けられていたことを知るだろう」

「わたしはまだ戦える」

「もちろん戦ってもらうが、それは戦線の後ろでだ。いくらかは突破されるだろうから、第三陣が必要なんだ」

キーガンは弓兵、剣兵、槍兵の隊列の上を飛んでいった。馬に乗る者、翼を持つ者もいるが、一番多いのは歩兵だった。

「待機」彼が怒鳴った。「やつらが森を抜けるまで待機しろ。やつらが森を抜けたら、負傷者を救出するんだ。乗り手！」飛んでいるドラゴンと乗り手の陣に向かってふたたび旋回する。「命令をくだすまで、炎を吐くな」

キーガンはクロガを急降下させた。「行け、ブリーン。戦線の後ろにいろ。しっかり立っているんだ。ただし戦線の後ろでだぞ」

ブリーンは地面におりた。そして彼女は、戦うよりもただ待つほうがずっとつらいことを知った。待っているあいだ、心臓は高鳴り、鼓動が耳元で鐘のように鳴り響いていた。

戦士たちから立ちのぼるエネルギーはとにかく熱く、静かだった。長いあいだ、世界は何も変わっていないように見えた。とても熱くて静止している。もっとも長い一日の、力強くてまばゆい太陽の下で、息を乱すこともなく。

モレナはふたたび矢筒をいっぱいにして、ブリーンの横におり立った。

「ほら、あそこが第一陣よ。やつらはわたしたちが逃げだした、戦線を突破したと思うはず」

ハーケンが森から飛びだしてきた。ボロックスが一緒に乗っているのを見てブリーンは泣きそうになった。叫び声と怒号が激しく飛び交っている。第二陣では太鼓が打ち鳴らされ始めた。

ブライアンが片方の腕をマルコにまわして飛んでくる。

「あそこの友達にちょっと手を貸してくるわ」

モレナがさっと飛んでいき、マルコに腕をまわした。

彼らはブリーンの横にマルコを座らせ、そのまま上空にとどまった。モレナは矢をつがえ、ブライアンは剣を抜いたまま警戒している。

「ブライアンが負傷したんだ。でも大丈夫。もう大丈夫だ」

ブリーンはマルコの手を握り、顔やシャツについた血が彼のものでないことに感謝した。

「おっと、ブリーン、やつらのお出ましだぞ」

「弓隊」キーガンが上から声をかけた。「待機！　待機！」

敵は木々のあいだから突進してきた。地上から、空から、洪水のように押し寄せてくる敵は相手の退却に勝利を錯覚して叫んでいた。

「今だ、放て！」

そしてその洪水は矢の嵐に見舞われ、勝利の叫びは苦痛の悲鳴に変わった。

「乗り手！　火を放て！」

ドラゴンが火を噴く。恐ろしい轟音があがり、金と赤と輝く青がまじった凄まじい熱が放たれた。悲鳴は金切り声に変わり、敵は燃え、蠢く柱となった。煙が立ちこめ、黒く濃くなって悪臭を放ち、死臭に息が詰まりそうだった。

それでも敵はやってきた。矢と炎を逃れた者たちが襲ってくる。

キーガンの命令で、フェイは彼らに向かって突撃した。

「準備よし」ブリーンはささやいた。

ブリーンはふたたび戦い始め、ラインを突破してきた敵を迎え撃った。翼を持つ者、爪を持つ者、渦巻く力、嚙み砕く顎。彼女はさらにラインを突破してくる者と戦った。

しかし、自分たちはもはや数において敵に勝っている。彼女はそれを感知した。敵がどれだけやってこようと、こちらにはそれを迎え撃ち、後退させ、倒す者がいる。

それでも、ここでの勝利で終わりではない。

オドランは来るのか？　彼女が見たヴィジョンには映っていなかった。もしオドランが来たら、ブリーンを求めて彼がタラムのなかまで来たら、フェイにどんな犠牲を強いることになるだろう。弱体化しているとはいえ、オドランは神だ。

ブリーンはしみる目をぬぐった。血にはうんざりだ。本当にもううんざりだった。そのとき、マルコが叫び声をあげるのが聞こえた。

彼女は考えるのをやめ、身をひるがえした。友人が倒れるのが見えた。彼の顔が灰色になり、シャツに血が広がる。彼女は闇のエルフがうなりながら必殺の一撃を繰りだそうとするのを見た。

ブリーンのなかで爆発したもの、彼女がパワーとして放ったものは大きな怒りだった。それが当たった敵は塵と化した。彼女は膝をつき、煙で汚れた目に涙を浮かべ、マルコの脇腹の傷に手を添えた。

とても深い。長くて深い傷だ。

「わたしが治すわ、治してあげるからね」恐怖が激怒を上まわり、ブリーンは歯をかちかち鳴らしながら言った。

周囲で激戦が繰り広げられるなか、マルコが彼女の目を見た。彼の目はショックでうつろになっていた。

「あまり痛くない」

「これから痛みを感じるようになるわ。ごめんね。わたしが治してあげる」

ブリーンは深く、長く深く潜っていき、彼から引き受けた痛みに感覚を失った。手を覆う血に目がくらみ、あたりに響く金属同士がぶつかる音も聞こえなくなった。

ここにはマルコしかいなかった。友人であり、兄弟でもあるマルコ。決して彼女の期待を裏切らないマルコ。彼女に夢を与えてくれたマルコ。彼女とともに、彼女のために、異世界へ飛びこんでくれたマルコ。

涙と血にまじって汗で顔を濡らしながら、ブリーンは深くまで力を注ぎこんだ。

痛みはほとんど彼女が引き受けていたものの、それでも彼の体は弓なりにそった。

「眠って。今は寝てちょうだい」マルコが眠っていてくれたほうがお互いのためだ。

「眠るのよ」彼の体から力が抜けると、ブリーンはペースを落とした。

背後で何かが叫ぶ声とどさりと倒れる物音がしたが、彼女はやめなかった。やめられなかったのだ。

「ああ、なんてことだ」キーガンが彼女の横に立っていた。「やつらはみんな、地獄でくたばりやがれ。傷はどんな具合だ？」

「ひどいわ。でも、よくなっている」ブリーンはあえぎながら言った。「よくなっていると思う。もっと時間が必要よ」

「ここじゃそんな時間はない。ふたりとも、ぼろぼろじゃないか。きみのドラゴンを呼んで、一番近い救護所へ連れていけ」

「マルコを動かしたりしたら――」

「そうしないと彼はここで死ぬぞ。ラインを突破した敵が彼を仕留めに来て、きみまで攻撃されたらおしまいだ。マルコを安全なところへ避難させろ。くそっ」キーガンは力を放ち、また別の何かが悲鳴をあげた。「ここにいたら安全じゃないんだ、ブリーン」

「ええ、あなたの言うとおりね」

ロンラフがやってきた。

「マルコを乗せるまで敵を食いとめてくれ。準備と防御を怠るな」

防御どころじゃすまないわ、とブリーンは思った。殲滅（せんめつ）してやる。彼女は剣を振りあげ、突進してくる魔犬を刺そうとしたが、その前にボロックスが煙のなかから飛びだしてきて、魔犬の喉を切り裂いた。彼は間髪いれずにロンラフに飛び乗り、前足をマルコの上に置いた。

そして、吠えた。

「マルコを守れ」キーガンは彼女に言った。「今日、彼を失うわけにはいかない」

「ええ、絶対に死なせはしないわ」

ブリーンは眠らせたマルコの上に両手を置いて、ヒーリングを続けながら飛んだ。救護所に近づくと、祖母とセドリック、さらにあと数人がラインを突破してきた敵と戦っているのが見えた。

それほど多くはない。彼女はロンラフを下降させながら思った。でも多すぎる。

悪はどんどん増えていく。

「彼は引き受けたぞ、娘よ」ヒーラーのひとりがマルコをロンラフの背中から抱えあげた。年老いた神父だが、見た目よりも強い。「おまえが彼を眠らせ、癒しを始めていたのだな。それはいい、上出来だ。われわれが治してやるぞ、マルコ」

テントのなかにはもっと重傷を負った者たちが横たわっていた。ある者は回復し、ある者は深い眠りにつき、ヒーラーが術をかけていた。

「ここがどうなっているか見てみよう。よく見てみよう」

目を閉じたまま、老人は細い両手をマルコの上にのせた。

「剣が深く刺さったようだ。その影が見える。肝臓も切り裂かれているな。しかし、おまえがそれをふたたびひとつにし、傷口を縫って閉じ始めてくれていた」

「あなたは――彼は生きられますか？」

その手が蝶の羽根のように繊細に、傷の上を漂い始めると、老ヒーラーは目を開けた。マルコの手を握っていたブリーンはそのパワーを感じた。ぬくもりが広がっていく。

「もちろん、生きるとも。われらがマルコは若くて強い。それに、誰あろうこの娘が修復を始めたのだぞ。さあ、あとはわたしにまかせるがよい。コン、失血とショックをおさえる薬をここに持ってきてくれ」

「ありがとう。わたしは援軍に行かないと。敵がここに近づきすぎています。ボロックス、マルコのそばにいてあげて。ここにいて。彼を守るのよ」

「娘よ、おまえも少し座ったほうがいい。あれだけのヒーリングをしたあとでは、体力を取り戻さなければならん」

「それはできません。わたしの祖母が戦っているんです」

ブリーンは剣ではなく杖を選んで外に走りでた。老人の言ったことは間違っていなかったからだ。彼女の体力は尽きかけていた。

ブリーンはこの一年で何度も歩いた道路を駆けおり、自分の助けが必要ないことを確認した。

マーグとセドリックがふたりきりで立ち、ほかの者たちは逃げていく敵を追って野原に扇状に広がっていた。そして足元には敵の死骸が横たわっていた。

ブリーンは祖母に、戻ってマルコを見ている老ヒーラーを手伝ってくれないかと声をかけようとした。

そしてそれは、あっという間に起きた。ほんの一瞬の出来事だった。

マーグが振り返り、ブリーンを安堵の表情で見つめ、胸に手を当ててそれを示した。その背後で霧が渦を巻いたかと思うと、そこからイズールトが足を踏みだし、赤く、凶暴で、鋭い力をマーグの背中に浴びせた。しかし猫のすばやさでセドリックがあいだに入り、両腕でマーグをしっかりと抱きしめ、その体で彼女を庇った。

必殺の一撃を受けたセドリックが道の上に倒れた。

ブリーンが叫び、反撃したときもまだ霧は渦を巻いていた。イズールトは消え、マーグは崩れ落ちて彼を抱きかかえた。

「だめ、だめ、だめよ。わたしの愛。わたしの命」

「わたしたちで治しましょう」もう無理だとわかっていながら、ブリーンは彼らの横に身を投げだした。「一緒に助けましょう、おばあちゃん」

マーグはただ頭を振り、涙を流した。セドリックが自力で手をあげられないと見ると、彼の片手を持ちあげて自分の頬に当てた。

セドリックが言った。「マーグ」

「わたしはここよ、モ・クリ。わたしはここにいる」

ブリーンが手をつかむと指はみるみる力を失ったが、それでもセドリックは彼女の指に指をからめようとした。「ぼくの美人さんたち。マーグ」最後にそう言うと、彼らが生活を築いたコテージに近い道路の上で、愛する人の腕のなかでセドリックは息を引き取った。

マーグの悲痛な叫びは宙に舞い、空を揺るがすようだった。彼女と命を落とした恋人の下で、地面が震えた。

「どれだけ、どれだけ、わたしから奪っていこうというの？　イズールトは今日という日を生き抜くことはできない。わたしはそれを誓う。神々に誓う。闇と光に誓う。あの女には絶対に今日という日を生きて終えさせるものか」

「ごめんなさい、本当にごめんなさい」ブリーンは嗚咽に震えながら、マーグを抱きしめた。

「彼はわたしのために、そしてタラムのために死んだ」マーグはセドリックの体を揺すり、銀髪に唇を押し当てた。「長いあいだ、わたしたちはお互いのために、そしてタラムのために生きてきた。イズールトはわたしから彼を奪った。やつらがわたしの息子を奪ったように。そしてわたしは正義を貫く」

マーグはセドリックの唇に唇を重ね、腕のなかに彼を抱いてただ泣いた。

「いつまでもここにいてはいけない。助けを呼ぶわ、彼を安全な場所へ連れていってもらうために。助けを呼ぶわ、おばあちゃん」

一メートルも走らないうちに、霧がブリーンを取り囲んだ。耳に、かすかにマーグの叫び声が聞こえた。

最初からこうしていればよかったのよ。ブリーンは冷静に考えた。あの魔女はちっぽけな敵対心から、そして注意をそらすためにマーグを殺そうとして、代わりにブリーンの父にとっては父親であり、彼女にとっては祖父であった人を殺してしまった。

そうよ。正義は貫くべきだわ。

「姿を見せなさい、イズールト」

「まずは旅をしようじゃないの」その声は四方八方から、霧の一部となって聞こえてきた。「あなたはそろそろ故郷に帰る頃合いよ」

「オドランの世界はわたしの故郷ではないわ、絶対に。そしてわたしの真の祖父はあなたの手にかかって死んだ」ブリーンは自分たちが動いているのを知っていた。あの霧のようにそっと動いている。しかしイズールトにはそうではないように思わせておくことにした。「わたしはあなたと一緒には行かないわ」

「ガキ、ガキ、愚かなガキめ。あなたはたったひとつの目的のために作られたの。向こうであなたの運命が待っている。これはあなたが生まれるずっと前から決められていたことよ」

「あなたは予見していたというの？　わたしが生まれてから今までに起こったことすべてを？」

「もちろん」

嘘つきね。弱くて、嘘つきの臆病者。「もし予見していたのなら、なぜあなたはわたしに肌をずたずたになるまで切らせたの？」

「あなたのパワーがわたしの予想を少し超えていただけ。わたしの小さな犠牲はより多くの成果をもたらすわ。オドランがそのパワーを奪って彼自身のものとすれば」

「彼の軍隊は死に、焼かれ、タラム中に血がまき散らされたわ」

「ふん、本当に愚かなガキね」イズールトが笑って言った。「オドランがあなたの力を手にすれば、あんな連中など彼にとってはなんの役にも立たないわ。とうとう鍵が手に入るのだから」

もう森の近くまで来ているのをブリーンは感じた。戦闘は今も続いている。太鼓の音、剣と剣がぶつかりあう音、叫び声が聞こえる。だが、それももうじき終わる。

すべてがもうすぐ終わる。

「姿を見せるのが怖いの？」

「すぐにあなたは見るべきものをすべて見ることになるわ」

「あなたはキーガンを殺すためにシャナを送りこんだでしょう」

「弱く壊れた心を持ったあの愚かな娘ね。失敗したのは残念だったけれど、予想していたことよ」

「あなたは何度も何度も失敗した。だから、あなたはわたしと力比べをすることを恐れているんだわ。わたしがあなたより強いと知っているから」

「あなたが？　あなたにはこの霧を晴らすことすらできないのに？　あなたはわたしが力を放つのをとめられなかった。そして今、マーグは涙を流し、嘆いている。ああ、まるで音楽のようだわ」

今や川のそばまで来ていた。緑の水、緑の光がそこにある。ここでの戦闘はもう終わった。

川に沿って滝へと向かいながら、ブリーンは胸の上で石が脈打つのを感じた。タラムのため、そしてフェイのために。霧に包まれたまま、オドランの世界へと渡った。

子供たちは、コテージの芝生や入江の岸辺で子供らしく遊んでいた。アシュリンはそれを見守りながら、子供たちがすぐに戻れますように、この子たちの世界が彼らを歓迎してくれますようにと、全身全霊で祈った。

夫が無事でありますように。弟たちも、母も、友達も、安全に戻ってきますように。

すると、フィニアンが彼女に歩み寄ってきた。「彼女が暗い世界へ行ったよ、ママ。ぼくの知らない世界へ行っちゃった」

「いったいなんの話？」

「ブリーンだよ。ブリーン・シボーンが今、あっちにいるんだ。お祭りの最初の夜に見たみたいに、火のなかに」

アシュリンは不安になって、しゃがみこんだ。「何を見たの、フィン？」

「ぼく、眠かったんだ。それに目の前がぼんやりしてた。でもブリーンが悪い場所にいるのが見えたんだ。彼女も同じのを見てた」

「さあ、わたしの両手を取って、あなたの頭のなかに戻って。わたしも一緒に見られるように、あなたが見たものをもう一度見せて」

「あれは悪い場所だった」彼は繰り返し、両手を母親の手の上に置いた。

フィニアンの目の色が深く、暗くなった。パワーが強まったのだとアシュリンは気づいた。これほど小さな子供のなかでそんなことが起きているなんて。そして彼とともに、彼を通して、彼女は見た。

アシュリンはすぐに立ちあがった。「リアム、リアム、子供たちを見ていて」

彼はこの任務につくことを嫌悪していたが、急いで駆け寄ってきた。

「どうしたんだい?」

「今すぐタラムに戻らなくちゃ。キーガンに知らせないと」

「もう安全だと彼らが言うまで、あっちに行ってはだめだよ」

アシュリンはベルトからナイフを抜き取り、反対の手に杖を握った。「やらなきゃならないことを、わたしにはできないとでも思っているの? いいから、子供たちを見ていてちょうだい」


モレナがマーグのところに飛んできた。「彼らが言うには、マルコが——ああ、なんてこと。セドリック、マーグ——」

「イズールトよ。あの女がブリーンを連れていったの」

「そんな、まさか、彼女は連れていったの。キーガンがそう言って——」

「イズールトが連れていったの。イズールトがこんなことをしたのよ。どれくらい経ったのかわからないわ。彼女の呪いの霧の痕跡をたどっていたらぼうっとしてしまって。それにセドリックをこのままにしてはおけない。モレナ、彼を救護所まで連れていってちょうだい」

「キーガンを呼んでくるわ」

「どれくらい経ったのかわからないの」マーグはドラゴンが着地すると繰り返した。「この因縁はわたしから始まった。やつらにはあの子を奪わせたりしない。絶対に」

マーグがドラゴンに乗って全速力で飛び立つと、アシュリンが道路を走ってきた。

「ブリーンを取り返して、モレナ！　ブリーンがオドランの世界へ行ってしまったの。彼女を取り戻して！　ああ、そんな、信じられない。セドリックが」

「まったく、なんてこと。マーグはイズールトを追って行ってしまったわ。あの女がこんなことをして、ブリーンを連れていったのよ。わたしはキーガンに知らせに行かないと。わたしたち、ついにオドランに戦いを挑むことになるわ。お願い、アシュリン、セドリックをこのままにしておかないで。救護所がすぐそこにあるの、見えるでしょう？　マルコもそこにいるわ」

「彼はけがを？」

「ええ。お願い、わたしは――」

「わかったわ、行って。セドリックはわたしがなんとかする。マルコのこともまかせて。さあ、行って！」

空気が変わった。霧のなかでも、ブリーンはそれを感じ取ることができた。より濃く、より冷たくなった。彼女はイズールト同様に霧を隠れみのに使っていたため、オドランの軍の一部がこちらへ逃げ帰っていることを知っていた。

激怒したオドランが自らその多くを殺害するであろうことも。

ブリーンは海の怒りの鼓動を聞き、空が激しく回転する音を聞いた。

自ら望んだので、彼女自身には自分の姿が見えていた。今は血まみれになって、霧に包まれ、こちら側の壁と生贄の池を超えて崖に向かっている。彼女はぎざぎざに切り立った高い崖を、その上に散らばる死体を見た。

ブリーンはトリックの死体のそばをのぼっていった。岩の上で死んでいるトリックは、彼女が言ったとおりの最期を迎えていた。キーガンの予想どおり、オドランは追放された者たちを解放したわけだ。

ただ彼らを死へと導くために。

彼女は引力に引き寄せられるようにのぼっていった。

薄霧のなか、一番高い崖の上に立ったブリーンは、オドランと向きあった。

彼女は両手も顔も血だらけだった。そこにはマルコの血もセドリックの血もまじっている。そしてすべての血を流させた張本人が、黒衣をまとい、金色の髪を輝かせ、清らかな姿で立っていた。

「来たな、孫娘よ」

「わたしの祖父は死んだわ。彼はタラムの英雄よ。あなたは子供たちを殺した殺人者。あなたにしたがう者たちは敗北した」

「そんな連中はいくらでも増える。イズールト、よくやったな。さあ、行ってポータルを封印しろ。そうすれば、わたしは孫娘との時間を邪魔されずに楽しめる」

「お望みのままに、わが王、わが君主、わがすべてよ」

好きにすればいいわとブリーンは思った。なぜなら、ここですべてが終わるのだから。

「わたしの祖母はイズールトに死をもたらす。どんな封印もマーグレッド・オケリーをとめることなどできないのよ」

「そうかもな」オドランは微笑みながら、無造作に手をひらひらと振った。「だが、さっきも言ったように、いくらでも増えるものなのだ。イズールトのような者どもがわれわれに仕え、用済みになればそいつらを捨てる。わたしはおまえに世界を、力を与えてやると言っているのだ。神々の世界と力をだぞ」

「あなたは嘘をついたわ」

オドランは笑い、金色の髪を後ろへ振った。「嘘も方便だ。さあ、なかに入ろう。わたしの城へ。そこでさっそく始めるとしよう」

「いいえ、わたしはここに残るわ。そして、ここで終わりにする」

ブリーンは剣を引き抜くと、彼に突き刺した。

オドランは一歩後退したが、それは驚きから来るものだと彼女は理解した。なぜなら彼は、ただため息をつき、がっかりしたような音をたてて剣を引き抜いたからだ。オドランは一滴の血も流していなかった。ブリーンは失敗を認めたものの、予想外ではなかった。ただ、最後の望みだった。

「剣だと？　剣で、普通の刃でわたしを殺せると思うほどおまえは愚かなのか？　これでわたしにしるしをつけられるとでも思ったか？　ほら見ろ、わたしは無傷だ！」

オドランは両腕を掲げ、空に稲妻を放ち、手首をまわしてそれを槍にすると、翼のある悪魔を殴りつけて燃えあがらせ、荒れ狂う海へと放りこんだ。

今度はオニキスのような黒い目で、ブリーンに向きあった。「おまえの力を奪ってやる。だが、ゆっくりとだ。そうすればおまえは思い知り、そして感じるだろう、自分が力を失っていくのを。最後には、わたしを崇拝させてくれと懇願するのだ。おまえの光が消えかけたころ、わたしはおまえをペットとして飼ってやる。しばらくのあいだはな」

オドランにはそれができることを彼女もわかっていた。もしブリーンがそれを許せば、彼はきっとそうするだろう。もし彼女がそれを許せば、タラムは燃え、世界は滅びるだろう。

「それはわたしの運命ではないわ。わたしは自分の運命を見た。煙と火のなかでそれを見た。今もそれを見ている。わたしはブリーン・シボーン・オケリー。わたしは鍵。でも、開けるための鍵ではない。永遠に閉ざすための鍵。わたしとともにその流れを終わらせる」

ブリーンはパワーを投げだした。オドランをとめるために、持てるものをすべてなげうった。そして、崖から足を踏み外した。

すべての命はひとつの命に勝る。ブリーンは落ちていきながら思った。すべての光はひとつの光に勝る。タラムとすべての世界のためにそれを捧げる。これがわたしの選択だ。

ブリーンはオドランの怒りの叫びを聞き、目を閉じた。

岩が彼女の命を奪う寸前、キーガンが空中でブリーンをさらった。

「いったい何をするつもりだった？」

世界がひっくり返った。「こうなるなんて見えなかったわ」ブリーンは頭を彼の肩に預けた。ドラゴンの背の上で、彼の後ろにボロックスがいるのを見て笑いたかったが、あまりに目がまわっていてそれもできなかった。

「わたしは……誓いを守らなければならなかった。わたし――」

そのときブリーンは、マーグが自分のドラゴンを着地させてイズールトと対峙するのを見た。

「ああ、なんてこと、おばあちゃんが」

「マーグにはマーグの正義が必要だ。そしてきみは、この地獄の向こう側にいる必要がある」

「だめよ。だめ、待って」考えるのよ、とブリーンは自分に命じた。今度こそ考えて。行動するのではなく、考えるの。「剣ではオドランを傷つけられない。ここではそれじゃだめなの。だから、だからいつだって終わらせることができなかった」

ブリーンはキーガンの血まみれのシャツを握りしめた。自分は喜んで命をさしだしたというのに、それは彼女の運命ではなかった。ということは、彼女は今なお鍵なのだ。

「杖よ、キーガン、剣じゃない。杖がここでは正義なの。あなたはそれをここに持ってこなければいけない。あなたの杖をここに呼びだして」

「すぐやろう」ブリーンを見つめたまま、キーガンは片手をさしだした。

そして彼らの下では、マーグがドラゴンから滑りおりたところだった。

「あなたは前にもわたしに挑んできたことがあるわね」イズールトは彼女に思いださせた。「そして失敗した。今のわたしには前よりも深くて暗いパワーがあるのよ。それに全能の神がついていてくれている」

マーグの顔は石のように無表情で、目は青い氷のようだった。

「あなたも以前わたしに挑んで、失敗したわね。今のわたしには、あなたが持ったこともないほどの力がある。愛する人の血がわたしとともにある。わたしは剣も棍棒も手放した。それなのに、あなたはわたしの子供を奪った」

マーグが円を描くように歩きながら話しているうち、オドランの軍隊の生き残りを殲滅するために、さらに多くの者たちがポータルを通って飛んできた。

「わたしの子供の子供を滅ぼそうとして、あなたがすべてを捧げた神のためにあの子のすべてを奪おうとして、あなたはわたしの愛、わたしの心を奪った」

「わたしが滅ぼそうとしたのはあなたよ」イズールトがさっと手を振り、炎を出した。マーグはそれを叩き落とした。風が起こり、渦を巻く。「それなのに、あの男が邪魔をしただけ」

「あなたはそういうふうに見るわけね」

イズールトはからかうように、またもや炎を放った。「あなたの弱点はわかってるのよ、マーグレッド。あなたの力は弱まり、光が薄くなっている。頰で涙が乾いているのが見える。あなたのためにそれを焼き払ってあげるわ」

「試してみれば」マーグは誘い、片手を旋回させて、ちかちか揺れる炎を消すために風をかきまわした。「時間稼ぎのためにわたしをからかうつもり？　ずうずうしいわね。どれほど暗く深い世界に堕ちたか、わたしに見せてみなさいよ、イズールト。持てるものすべてをわたしに見せてみなさい、これが最後だから」

「言われなくても、そうするわ」イズールトも旋回し、両手をまわした。目は真夜中を思わせるほど暗くなり、ふたりのあいだの空気が黒くなる。マーグは待った。

それが真っ黒でどろどろした、灼熱となって投げつけられたときも、彼女は待った。マーグはイズールトのぎらつく目を見返し、笑い声を聞きながら黒い業火が彼女に向かって突進してくるのを見た。

やがて両腕をあげ、マーグは悲しみを解放した。心臓から、腹から、骨から引き裂くように悲痛を取り払った。目もくらむほどに白く、ガラスのように透明な光が形を成し、それが空気を揺るがし、荒れ狂う海を荒々しい水の壁へと押しあげた。

闇が光にぶつかり、千発もの大砲のような音をたてた。マーグは身じろぎもせずに立っていた。

「おあいにくさまね、イズールト。あなたが放ったものは三倍になってあなたに返るわよ」

そして、それを跳ね返した。

濃い、燃えるような黒がオドランの魔女を覆い、自分自身の邪悪さが彼女を窒息させた。一瞬、イズールトはくすぶるタールの柱のように立っていた。目だけが見えていたが、やがてそれさえも暗闇のなかに消えてしまった。

残ったのは煮えたぎる液体の池だけになると、マーグはうつむいてそれを見つめた。

「わたしにはわたしの正義がある」

「おばあちゃん」ブリーンがつぶやいた。「彼女は……」

「マーグはやらなければならないことをやったんだよ」

「急いで、どうか急いで。今日はもうこれ以上、死を見たくない」

「ひとつの世界から別の世界へと移動しなきゃならないんだ。隣の部屋からカップを持ってくるのとはわけが違う」

そのとき、木を肉に叩きつける音とともにキーガンの手に杖が握られた。

「マーグと一緒に下にいろ」

「だめよ、わからないの？　わたしでなければならないの——いつだってわたしでなければならなかったのよ。神には神を、血には血を、悪には正義を。杖を渡して、キーガン。わたしにまかせてちょうだい。わたしは選択をした。自分の命をさしだすという選択を。あなたはそれを救ってくれた。今はわたしを信じて」

「わかった、信じるよ」キーガンは杖を彼女に渡した。「だが、きみを失いはしない。今日という日に、いや、いつだって」

「わたしを崖の上まで連れていって。おばあちゃんがイズールトに対してやったことを、わたしはオドランに対してやらなければならない。鍵をまわして封印を解く。これを終わらせる役目はわたしにまかせて」

キーガンは漆黒城に向かって飛んだ。崖の上にオドランが立ち、火と稲妻を投げつけている。

彼がクロガに向かってそれを投げてくると、キーガンはぴしゃりと打ち据えて脇に払った。しかし、その力は彼の腕をしびれさせた。

「オドランは強くなっているぞ、モ・バンジア」

「わたしだって強くなったわ。城のなかには罪のない人たちがいる。子供が檻に閉じこめられ、奴隷は鎖でつながれている。あなたは彼らを出してあげて」

「イズールトの死によって、奴隷と呪われた者たちの鎖は外れた。彼らは外に出て逃げるだろう」

ブリーンはキーガンが自分を信じてくれるのと同じように彼を信じ、ドラゴンから飛びおりた。ボロックスもあとに続く。最後に、ひとつ悪態をついてからキーガンも同じようにした。

「おやおや、ティーシャックと忠実な猟犬じゃないか。わたしに贈り物を持ってきてくれたんだな」

「彼らは関係ない。あなたの魔女は溶けて水たまりになったわ」

「知っている。わたしは理由があってマーグレッドを選んだ。あのパワー、あの光。取りこんだらさぞうまいだろう。彼女をわたしの奴隷にするつもりだ。イズールトやわたしに命乞いをするどんな者よりも強力な奴隷になるだろう。おまえの命を救ってやると言えば、喜んで奴隷になるに違いないしな」

「おばあちゃんにはもう二度と、指一本触れさせないわ。彼女だけじゃない、わたしの愛する人には誰だって」

「ほう?」オドランはおもしろがって犬を指さした。

ブリーンは片手をのばし、そのパワーを押し戻した。

「そうはさせない」パワーが高まり、彼女のまわりに大きく広がった。ブリーンがオドランに向けたパワーは彼をその場に釘付けにし、彼女の首にかけられたペンダントが赤い太陽のように燃えあがった。

その石は彼女の心臓に呼応して強く脈打っていた。ついに、鍵をかけるべき場所を見つけたのだ。

「わが名はオドラン」彼が咆哮をあげる。「万物の神だ。わたしに屈しろ、さもなければすべてが焼け落ち、すべてが息絶え、すべてがおまえの名前を呪うだろう」

「そうはさせない」ブリーンは繰り返し、彼のほうへ一歩踏みだした。

「わたしはブリーン・シボーン・オケリー」そう声高に言うと、彼女の目は濃さを増し、さらに暗く、深くなった。

「わたしはフェイの娘、人の娘、神々の娘、悪魔の子。わたしは悪魔の娘に、この無垢なる者に呼びかける」

「彼女はわたしのものだ」

オドランは束縛から逃れ、前に進みでた。ブリーンは彼を押し戻し、光を放った。

「あの娘はあなたのものではないわ。あなたのものになるのは、あなたが堕落させた者だけ。彼女のしるしがつけられた、呪われしオドラン。それはあなたを追いだした神々のしるしではない。悪魔のしるしよ。彼女の光、彼女の汚れなき魂のしるし。それはあなたを追いだした日というもっとも長い一日に、この光の日に、わたしは彼女に呼びかける。わたしは鍵。あなたの封印を解く、まばゆい悪魔。わたしがあなたをつなぐ鎖を解き放ち、終焉(しゅうえん)をもたらす」

「おまえを食いつくし、おまえの愛するものを焼きつくしてやる」オドランが歯をむきだすと牙が生えた。彼がぴしゃりと宙を打ったとき、ふたりのあいだで闇と光が衝突した。そして空気が燃えあがり、城壁が赤く輝いた。

キーガンは戦士たちには待機するよう命じていた。ブリーンはオドランがもっと近くに迫ってくるまで、そのまま待った。

「そうはさせない」彼女は三度目に言った。

熱と闇、悪魔の叫び、無垢なる者と堕落した者。そのすべてが彼女を包み、彼女の内側で盛りあがった。

その瞬間、ブリーンのなかのすべてが目覚めた。力が増すのを感じる。それから、最後の選択をした。

「わたしはティーシャックの孫娘、ティーシャックの娘、ティーシャックの恋人。彼らの杖と、彼らの正義で、わたしは永遠にあなたを終わらせる」

彼女はドラゴンズ・ハートをオドランの胸に、しるしがつけられた部分に押し当てた。

ブリーンの耳には紛れもなくかちっという音が聞こえた。まるで鍵がはまったかのような音が。

そしてオドランが衝撃に目を見開くと同時に、彼女はその鍵をまわした。

オドランの叫びは何千、何万という、彼が食いつくしてきた者たちすべての叫びだった。

オドランは血を流さなかった。しかしドラゴンズ・ハートが押し当てられたところには壊れた器のようにぽっかりと穴が開いていた。

黄金だった髪は黒くなり、焼け焦げた頭蓋骨から抜け落ちた。皮膚はガラスの破片のようにひび割れ、その隙間から何か黒いものが這いでてきた。轟音が頭上で渦巻き、地面と震える岩の下からも鳴り響いた。

オドランのなかから何が飛びだしたのかブリーンにはわからなかったが、それは彼を空っぽにし、硫黄のように空中で燃えた。海の上で炎と煙の旋風が渦巻いた。そして彼も燃えた。神であるオドランが燃え、突風が彼女に吹きつけた。ブリーンが飛ばされないよう、キーガンは彼女をつかんで押さえた。

「最後までやれ、モ・バンジア。終わりにするんだ」

どこもかしこも燃えていた。ブリーンは風と雷に負けじと声を張りあげた。

「呪われしオドラン、汝(なんじ)の血によって、わたしは運命をまっとうする。わたしは娘、ここで宣言する。汝の血によって、世界は自由になる。長く囚(とら)われし悪魔よ、光のなかに歩みいでよ。彼の長く暗い夜を終わらせる助けとなれ」

ブリーンはそれがやってくるのを見た。きらめき、影、閃光。

「シスター、光が待ち受け、扉は開かれた。この言葉が語られるとき、闇の力は弱まる。長い囚われのときは終わった。わたしの意志のままに、そうあらしめよ」

火花が明るく燃え、さらに輝きを増した。それは宙に向かって放たれ、ひとつの火花が爆発して千となり、空に噴きあげられた。

オドランだったものは骨となった。骨だったものは黒い灰となった。そして灰だったものさえも、すべての世界から永遠に消え去った。

ブリーンは一歩さがり、キーガンに杖を返した。

彼はそれを岩に叩きつけ、高らかに音を響かせた。

「これで完了だ」

キーガンは彼女の手を取り、強く握った。「ここではきみにキスしたくない」

ブリーンはまだ力があふれていて、息もつけずに笑った。「どこかで聞いたような台詞ね。それなら、わたしもこう返すわ。家に帰りましょう。ああ、そうよ、キーガン、家に帰りましょう」

キーガンは彼女をクロガに乗せ、ボロックスが飛び乗ってくるのを待った。彼は舞いあがり、それからさっと振り向いた。

「なかに囚われていた者たちは解放された。この邪悪な場所は破壊する。きみとぼくで、今ここで。フェイの子らよ」彼が声を張りあげる。「みな、よく戦った。血を流し、光のなかで、光のために立った。オドランの最期はみなも見ただろう。今、彼の城が崩れて燃えるさまを目撃せよ。この世界は浄化され、ポータルは封印される。光だろうと闇だろうと、命ある者が二度とここに来ることはない」

キーガンは両手をさしだした。「きみの両手をぼくの手に重ねてくれ、ブリーン・シボーン。きみのパワーをぼくのパワーと合わせよう」

ブリーンは彼と手を取り合い、漆黒城が崩れ落ちるのを見つめた。

エピローグ

　もっとも長い一日が終わろうとしている。キャピタルから極西部まで、タラムのいたるところで鐘の音が鳴り響いていた。キーガンがポータルを飛んで通り抜けたときに、ブリーンもそれを聞いた。

　言葉は伝わっていたのだ。

　キーガンは彼女を緑の森におろした。「きみと一緒にいたい。だが――」

「まだ任務があるのよね。このなかで」

「浄化して封印しなければならない。終わったら、きみを探して見つけるよ。きみに言いたいことがたくさんあるんだ」

「よかった、わたしも言いたいことがたくさんあるの。でもあなたが行ってしまう前に、ここでひとつだけ言わせて。わたしをつかまえてくれてありがとう」

「きみが落ちたときは心臓がとまったよ。あんなふうに崖から足を踏み外して、まるで……。ぼくは間に合わないんじゃないかと思った」キーガンが頭を振った。「だけど、全部終わったことだ。もう終わった。あとでぼくがきみを見つける。きみのドラゴンを呼ぶといい。ロンラフは誰よりも勇敢に戦った。そして、今ここにやってくるマルコにも同じことが言える」

「マルコ」安堵と感謝に打たれ、ブリーンは膝からくずおれそうになったが、彼のもとへ飛んでいった。

馬から飛びおりたマルコは、彼女を抱きあげ、くるくるまわった。

「とても怖くて、とても畏れ多かった。きみはまるで夏至の太陽のように輝いていたよ」彼は体を離してから言った。「きみ、ぼくを気絶させただろう！」

「そうしなきゃいけなかったのよ、だって――」ブリーンはマルコの脇腹に手を触れた。「傷を見せて」

「見るべきものは何もないよ。傷跡ひとつない。ダグメアが言うには、しばらくはときどき痛むだろうって。ひどい状態だったらしいんだけど、きみがぼくの命を救ったんだって彼が言ってた」

「助けるに決まっているわ。あなたはわたしの命なんだから」

ブリーンは彼を抱きしめた。「セドリックが――」

「知ってる。知っているよ」マルコははなをすすり、彼女の肩に頭をのせた。「ぼくが意識を取り戻したころに、彼が運ばれてきたんだ。それについては言葉もない。言葉はみんな頭のなかでねじりあげられてしまったよ。ぼくはセドリックを愛していた。本当に大好きだった」

「わたしたちは祖父を失ったわ、マルコ。でも、おばあちゃんのためにわたしたちはそばにいましょう。彼女のために」

「そのとおりだ、そうしよう」マルコは目元をぬぐい、滝のほうを振り返った。「本当に終わったんだな」

「本当に終わったのよ。あなたはそれを感じなかった?」

「きみがやったことを見たよ。あいつから出てきたものも全部。醜かった」

「悪は醜いわ。どんな形をしていてもね」

「そういうことだ。そして、閃光が花火みたいになって、それがぱっと消えてしまったかと思うと、オドランが壊れて死んだ。ブライアンが片づけを手伝いに行くって言ってたよ。彼なら大丈夫。そんなにひどいけがじゃなかったから。キーガンが庇って代わりに受けてくれたらしい」ふたりで歩きながらマルコは話を続けた。

「そうなの? じゃあ、ブライアンについていた血のいくらかはキーガンのものだったの?」

「何発か食らって、そのまま行ってしまったみたいだよ。どうだい、あの鐘の音。完璧な音楽じゃないか。ぼくたちも片づけに行って、帰ったらワインを飲むのはどうかな。大量のワインをね」

「いいわね。ぜひそうしましょう」

「送っていこうか？　ぼくの忠実な馬はふたりくらい乗せられるよ。それとボロックスも。戦士の犬だ」

「ロンラフを呼んだわ。こちらも戦士よ」

「ぼくはきみの下を駆けていくことにするよ。二度もドラゴンに乗って飛ぶなんて、一生でそれだけやれば充分だ」

片づけを始めるまでには時間がかかった。話したい人、抱きしめる人、慰めるべき人があまりにも大勢いた。

それにマーグも。

ブリーンは祖母を抱きしめた。「わたしたちと一緒にコテージに来ない？　何日か泊まっていってもいいのよ。いつまでだっていてくれていい。ひとりで自分のコテージに戻る必要はないわ」

「あら、モ・ストー、わたしは決してひとりじゃないわ。セドリックがいつだって一緒にいてくれる。彼の心が。それが慰めになる」

「イズールトが来たのはあっという間だったわ、おばあちゃん。あまりに速すぎた」

激怒が火花を散らし、悲しみとともに燃えた。「こそこそと後ろから襲ってきたのよ、臆病者みたいに」

「おばあちゃんがやったことをわたしは見ていたわ。どうやって彼女を始末したかを。おばあちゃんにあんなことができるなんて、知らなかった」

「後ろから襲ってきたのよ、臆病者みたいに」マーグは繰り返した。「そしてイズールトはわたしの生涯の愛を奪った。セドリックがわたしの生涯の愛であることは、今までも、これからもずっと変わらない。彼女が何者だったのか、何者であることを彼女が選んだのか、それをわたしは彼女に突き返してやった。それだけのことよ。さあ、もう行きなさい。わたしはしばらくフィノーラと一緒に座って、子供たちを見ているわ。子供たちが太陽の下で遊んでいるのを眺めていたいの。もう恐れるものはなくなったんだもの。

あなたは自分の務めをやり遂げた。あなたの父親のために、わたしとセドリックのために、フェイのために、そしてあなた自身のために。決してそれを忘れないで」

「セドリックの遺灰をお父さんの横に埋めてもいい？」

マーグは黙って頬をブリーンの頬に押し当てた。「あなたがそう言ってくれて、彼はきっととても喜ぶわ。そうね、そうしましょう。あのふたりのあいだには父と息子の愛があったのだから。さあ、行きなさい。そして帰ってきて。わたしたちで、彼らふたりが望むことをやりましょう」

「それは何？」

「太陽の下で踊るのよ、もっとも長い一日が終わるまで。それからもっと踊るの」

ブリーンはマルコが馬を農場に返して戻ってくるのを待った。そしてモレナを抱きしめた。

「わたしは最後を見ただけなの。あなたが彼を始末するところを見ただけ。それで充分だった。あなたはどこもけがしていない？」

「切り傷やあざは、いくつか。あなたは？」

「同じよ。わたしたちの傷は治る。セドリックのことは残念だわ。彼がわたしたちを置いて行ってしまったということが、まだちょっとぴんとこないの。セドリックはわたしにとって家族だった」

「わかるわ。ハーケンは？」

「かすり傷ひとつなし。すべての神と女神に誓って言うけど、彼ったら農夫のくせに、戦いとなるとものすごくワイルドな男になるの。何度も彼を見失ったわ。そしてあの恐怖——わたしたちはもう二度とあの恐怖を感じることはないのね。わたしたちは自ら選んだ道を生きていく。わたし、六人は子供がほしいわ。少なくとも、今はそう思っているの」

彼女はちらりと振り返った。「彼は今、厩舎にいて、母馬と、今日のこの日を記念してソラスと名づけた子馬の世話をしているわ。光という意味よ」

「とてもいい名前ね。わたし、片づけを手伝いに行ってくる。でもまた戻ってくるわ」

「わたしも体を洗いたい。夫を引っ張っていって、一緒に洗おうかと思っているの。わたしたち、そろそろ子作りも始めないといけないし」

ブリーンはマルコと一緒に歩いて帰り、ボロックスが入江で泳いでいるあいだに、ゆっくり時間をかけてシャワーを浴びた。落ち着いて見ると気づいていた以上に切り傷やあざがあるとわかり、それを治すのに時間を費やした。

それから、きれいなサマードレスに着替えた。

鏡の前で自分の姿を点検する。さわやかなブルーのきれいなドレス、キーガンがなぜかくれたイヤリング、キュートながら実用的でない夏用のサンダル。

「これなら戦士には見えないわ。戦士みたいに感じないし。もう二度と戦士になったり、戦士みたいに感じたりしなくてすめばいいのだけれど」

下におりると、キーガンがパティオのテーブルにワインをひと瓶持ってきて座っているのが見えた。彼の手にはグラスがひとつ。そしてもうひとつのグラスが彼女を待っていた。

ボロックスが彼の足元で寝ている。

ブリーンが歩み寄ったとき、彼は入江のほうをじっと見つめていた。

「マルコはタラムに戻ったよ、すっかりおめかしをして」

ブリーンは彼が着替えていないことに気づいた。キーガンはまだ武器と血をまとっている。

「ワインをどうかと思って。それと、戻る前に少しばかり静かな時間を過ごしたかった。群衆から離れる時間がほしくてね」

「いいわね」

ブリーンがテーブルの横に立つと、キーガンも彼女を見て立ちあがった。

「きみはとてもすてきだ」

「ありがとう。がらりと雰囲気を変えたくて。脱いだものは燃やしちゃうかも」

「ぼくも体を洗って着替えることを考えるべきだったな」

「あなたはずっと忙しかったんだもの」椅子を引いた彼を見て、ブリーンは眉をつりあげた。「ありがとう。何から何まで完璧だわ」

「勇敢なるボロックスは今日、本当に勇敢に戦った。今は疲れきっているようだ」

「そのようね」

「すべての死は等しく悼むべき喪失だ。だがセドリックを亡くしたのは……この傷は深い」

「わたしたちみんなにとってそうよ」

「きみにタラムへ戻ってくれと頼むのは心苦しいが、重要なことなんだ。今は母がいろいろと面倒を見てくれているが……重要なことなんだ」

「あら、いいのよ、わたしも戻りたいわ――でも、まずはちょっとここに座るというのがわたしに必要なことなの。わたしは戻りたい。あそこの一員になりたい。おばあちゃんがわたしを必要だと思うならそばにいるし、生まれたての子馬も見たいわ」

「とても美しい子だよ」

「頭のなかで見たわ。父親によく似ている」

「種馬というのはそういうものだ。そして、たしかによく似ている」

「ああ、みんなに会いたい。タラムの音楽を聴きたいし、音楽を作るのを手伝いたい。次に何が起こるのかを見てみたい」

ブリーンはワインを飲んだ。「次に何が起こるのか。それが大事よ」

「タラム中、お祝い気分だ。きみにはぼくと一緒にキャピタルに来てもらいたい、一週間以内に。みんな、きみに会いたがっている。きみのために祝宴が開かれるだろう」

「祝宴」

キーガンが手をのばして彼女の手を取った。「きみがそういうものをぼく以上に好まないのは知っている。だが、みんなにとっては重要なことなんだ、ブリーン。歌や物語を彼らは書くだろう。今日のことについて、きみについて。オドランの最期について。ぼくたちには今や平和な世界で生きるチャンスがある。それを選ぶ自由がある」

　彼は立ちあがって少し歩き、すぐに戻ってきてまた座った。

「きみは崖から足を踏み外した」

「あれがわたしの選択よ。正しい選択だった。唯一の選択」

「アシュリンが、きみは知っていたと言うんだ。祭りの最初の夜に、きみはそれを見ていたと。フィニアンも、その一部なのだろうが、きみと一緒に見たんだろう。それなのに、きみは何も言ってくれなかった」

「わたしに何が言えたというの、キーガン？　マルコに、おばあちゃんに、あなたに、誰にでもいいけど、何を言えばよかったの？　わたしは心の奥底で理解したわ。初めから、そこに行き着くことは決まっていたんだって。たとえ誰かが何かしようとしたところで、結局はあの瞬間に行き着くのよ。あの選択に」

「こちらがオドランをなかに誘いこめたかもしれない」

「無理よ。それに、もしわたしが違う選択をしていたら、どのみちわたしは今生きてはいなかったでしょう。彼に怯えることなく暮らせる未来はなかった」ブリーンは手首をさすった。「わたしは彼に命を狙われるかもしれない子供を持つなんていうリスクを冒すことはできなかったはずよ」

「きみはやらなければならないことをした。だが、ぼくからすると、やらなければならないことをする前に説明をしないぼくをきみがまねしているように思える」

ブリーンはまたワインを飲んだ。「それもあるかもね。ただ単純に、わたしはああしなければならないと知っていたと言えば、あなたは信じてくれる？」

キーガンはしばらく黙って座っていた。「ああ、それなら仕方ない」

「そして、だからこそあなたはそこにいて、わたしをつかまえてくれたんだと思うわ」

「そこは、よかったと自分でも思うよ。まあ、それでよしとしようか」

「そうね。ただ……これから先はどうなるの、キーガン？　あなたが何を望み、何を期待しているのか、わたしは知りたい。わたしたちの関係がこのまま続くなら、それはそれでいいけれど――いいえ、それではだめね。わたしはそれじゃ足りないわ」

「それじゃ足りないって、どうしたいんだ？」

「ただ一緒にいるという以上のものがほしいのよ。約束とか計画とか誓約とか、それに付随するものがほしい」

キーガンは彼女を見つめた。「ぼくはきみにイヤリングをあげただろう、それもみんなの見ている前で。きみはそれを受け取ったよな?」

「ええ、それについては改めてお礼を言うわ。でも――」

「礼なんてどうでもいい。きみは受け取った。そして、今それをつけている。これで決まりだ」

「何が決まったっていうの?」

「人はそんなものを――サファイアを――そんなふうに身につけるものを誰かに理由もなく贈ったりはしない。ロマンスの相手とか、ベッドをともにする相手とか、呼び方はどうでもいいが、そういう相手に、人が見ている前であげるのだから、それはもうふたりのあいだで誓約が交わされたということだ」

「ごめんなさい、どういうこと?」

「ぼくはそれを――誓いの石を――きみのために持ってきて、あの場で渡した。こう思ったからだ。彼女はいつも終わったあとのことばかり話しているが、終わったあとまでなんて待つものか、と」キーガンがテーブルを拳で強く叩き、グラスを震わせた。

「ぼくたちは太陽の下で、それが終わる前に誓うべきだ。信じている証として。こんなふうに、終わったあともぼくたちはずっと一緒に座っているだろうと信じている証として」

ブリーンはふたたびグラスを手に取り、ゆっくりとワインを飲んだ。そしてまた慎重にグラスを置いた。

「つまりこれは婚約指輪のようなものだと言っているの？」

焦れったさが転がるように戻ってきて、彼の隅々までを覆いつくした。

「タラムでは指輪が出てくるのは結婚式のときだ。だが、きみはこちらの世界の一員でもあるからな。そう、指輪だ。ぼくが渡し、きみは受け取った。証人もいる。以上」

「茶番だわ」ブリーンは憤然と言った。「そんなの茶番よ」

ボロックスは目を開けたが、テーブルの下で静かにしておくことにした。

「なんてことだ。じゃあ、ほかに何がほしいんだ？　それは取っておいてくれていい。ほかにほしいものがあるなら、なんだって持ってこよう」

「あなたはわたしに尋ねなかったわ」キーガンが彼女の耳を指さしたので、ブリーンは歯をむきだしてうなった。「やっぱり茶番よ。あなたは一度もわたしに尋ねなかった。わたしを愛しているとか、わたしとの未来がほしいとか、一度も言わなかった」

「愛していなかったら、どうしてサファイアを、イヤリングをあげたりするんだ。人が見ている前で、きみに約束をしたんだぞ」

「わたしは言葉がほしいのよ。わたしには言葉を受け取る権利があるし、もしあなたがそれを言う気になれないのなら――」ブリーンはイヤリングに手をのばし始めた。

「外さないでくれ。言うよ。ああ、心が引き裂かれそうだ。今日一日でもう充分にぼくの心は引き裂かれたというのに」キーガンは立ちあがり、彼女の両手を取った。「今のきみを見てごらん。今日一日であれだけのことをしたあとで、そんなすてきなドレスを着て、常識のある人間なら誰も靴とは呼ばないようなものを履いているきみを。目に熱い涙を浮かべて、怒りのあまりその涙をこらえているきみを」

キーガンは彼女の手を自分の唇に近づけた。「きみはぼくを愛している。ぼくにはそれが見えるし、感じるし、知っている。でもきみは、ぼくに一度もその言葉をくれたことがないね、ブリーン・シボーン」

「だって――」

「なぜなら、きみが先にその言葉をほしいからだ。先に言ってほしいと思うのは、当然だよ。ぼくはきみ以外誰もほしくない。ほかの誰かを求めるなどということはあり得なかったと思う。ぼくはいつかきみが来ることを知っていたから。ぼくはきみのすべてを愛している。それはぼくにとっても大変な道のりだった。今日みたいなことになるかもしれないとわかっていたからだ。それに、ぼくはそこにいてきみをつかまえることができなかったかもしれない。ぼくはそこにいるはずではなかったんだから。わかるかい？」

キーガンはふたたびブリーンの手に口づけをし、その手の上から彼女の目を探った。

「きみを愛しているのに、きみと人生をともにすることができないなんて、そんなことがあっていいのか？　ぼくは愛と義務に引き裂かれていた。本当だ」

「それは知っているわ」太陽に照らされた霧のようにブリーンの怒りは溶けていった。これがわたしの愛した人。愛と義務に引き裂かれながらも、自分の立てた誓いを決して忘れない人。タラムに対しても、フェイに対しても誠実なのだ。

そして、わたしに対しても。

「それに子供のこともある、きみが言ったように」キーガンは彼女の額に額をくっつけた。「ぼくたちが子供を作って、その子たちをオドランの通り道に置いておくことなどできたはずがない」

ブリーンは目を閉じた。彼もそう感じてくれていたのがうれしかった。

「それでも今日、ぼくはきみに知ってもらいたかった。みんなに知ってもらいたかった。これがぼくの選択だ。ぼくはきみを選んだ。なぜなら、ぼくの心はもうきみのものだから。そしてただきみがぼくを選び、きみの心をお返しにくれることだけを望んでいる。誓って言うよ、ぼくはきみにそのサファイアをつけさせたときに、きみがそうしてくれたと思っていたんだ」

わたしは愛されている。ブリーンは驚嘆しながらそう思った。まさに今、ここで、わたしには愛が、チャンスが、選択の自由がある。

「わたしはあなたのベッドで一緒に寝たあの晩に、あなたを選んだ。ティーシャックのベッドで、タラムの壁画の下で。わたしはキーガン・バーンを選んだ。ティーシャックを選んだ。あなたのすべてを選んだ。でも、それよりももっと前から、あなたを愛していたわ」

「ぼくたちは愛している。きみは愛し、ぼくも愛する」キーガンは彼女の手にキスをした。「だが、今度こそ間違いない。ぼくはきみに尋ね、きみはぼくに誓った」

「ええ、間違いないわ」

キーガンはブリーンを引き寄せようとしたが、押し戻した。

「今度は何？」

「ぼくは血まみれだ」

「そんなのどうでもいいわ」

「どうでもよくない。最低だ」キーガンはぱちんと指を鳴らし、彼なら贅沢品と呼ぶだろうと彼女が思うものに着替えた。清潔なシャツとズボン、ベストで彼なりにめかしこんでいる。「これでましになった、そうじゃないか？」

彼はブリーンを強く抱きしめ、思いをこめて口づけをした。

「わたしは次に起こることがきっと気に入るわ、キーガン」

「ぼくたちにはもっとたくさんの〝次〟がある。もっと多くの経験をすることになるよ」キーガンは今度は優しく彼女の額に唇で触れた。「次の人生。きみの仕事とぼくたちのすてきな隣人のためのコテージ。家族と義務と魔法のタラム。そして平和。ぼくはどちらの世界でもきみをずっと愛し続けるよ、ブリーン・シボーン」

キーガンは彼女をさっと回転させ、テーブルの下から出てきたボロックスは後ろ脚で立ちあがって踊りだした。

そしてもっとも長い一日の終わりに、戦いに勝利して月が光を放つころ、ブリーンは彼女とともに立っていた。タラムに、ふたつの世界の子として。

次に何が起ころうと、受け入れる準備はもうできている。

訳者あとがき

ドラゴンやフェアリーが空を舞い、マーが波間でたわむれ、ウェアが自在に獣に変身し、ワイズが魔法を操る異世界タラム。数カ月前、ブリーン・ケリーは運命に導かれてタラムに足を踏み入れ、封印されていた記憶を取り戻した。タラムの族長だった父と人間の母のあいだに生まれ、暗黒神の祖父と魔女の祖母の血を引く彼女は、強大な魔力を秘めていた。だが、暗黒神オドランにその力を狙われたのを機に、三歳でタラムの記憶を消され、人間界に移住していたのだ。

故郷に帰還したブリーンはアイルランドのコテージとタラムを行き来しながら、魔法修行や戦闘訓練に励む一方、児童小説を書きあげ、念願の作家デビューを果たす。そして、全世界の征服をもくろむオドランの野望を阻止すべく、タラムの民とともに戦うことを決意した。

オドランはブリーンをさらって魔力を吸い取ろうと虎視眈々と狙っていた。暗黒神とタラムとの攻防はしだいに激しさを増し、ついに〝闇のポータルの戦い〟が勃発した。ブリーンはオドランの忠実な僕である黒魔術の魔女イズールトと直接対決し、魔力で圧倒したものの、戦場では多くの尊い命が失われた。そのなかにはブリーンが兄のように慕う友も含まれていた。

敵を撃退したあと、タラムには一時的な平和が訪れた。それは人々が心身の傷を癒し、犠牲者を弔い、ふたたび前を向くのに必要な時間だった。ブリーンもすべてが決着したあとの未来に思いを馳せつつ、オドランとの最終決戦に向け、いっそう訓練に打ちこんだ。そんななか、ブリーンはイズールトにかかわる不穏なヴィジョンを目にし、族長のキーガンはタラムにひそむスパイの捜索に乗りだす……。

〈ドラゴンハート・トリロジー〉第三弾『光の夜に祝福を（The Choice）』をお届けします。本作ではいよいよオドランとの最終決戦が描かれますが、ブリーンが初めてアイルランドやタラムで過ごすクリスマスや、命の誕生、友人の結婚式など幸せな場面も多々あり、まさに最終巻にふさわしい内容となっております。

なお、今後の刊行予定ですが、二〇二三年五月に本国で『Identity』という単発のロマンティック・サスペンスが発表されるそうです。

最後に、ノーラ・ロバーツの近況についてお伝えします。もうご存じの方もいらっしゃるかもしれませんが、今年二〇二二年にNETFLIXがノーラ・ロバーツの小説を映像化しました。作品のタイトルは『Brazen』（邦題：傲慢な花）、原作は一九八八年に刊行されたロマンティック・サスペンス『Brazen Virtue』で、映像化されたノーラ・ロバーツの作品はこれで十二作目になるそうです。

簡単にストーリーをご紹介しますと、ベストセラー作家グレイス・ミラーは、姉のキャスリーンに頼まれて帰郷し、地元の刑事エド・ジェニングスと出会う。グレイスが書くミステリー小説の大ファンだった彼にデートに誘われ、楽しいひとときを過ごしたあと、彼女が目にしたのは変わり果てた姉の姿だった。第一発見者となったグレイスはエドとともに真相究明に乗りだすが、高校教師だった姉の知られざる秘密が明らかになっていく……という展開。

主役のグレイスを演じるのは『チャームド〜魔女3姉妹』シリーズでお馴染みのアリッサ・ミラノ、相手役の刑事は『NYガールズ・ダイアリー大胆不敵な私たち』シリーズでレギュラーメンバーのサム・ペイジが演じています。三十年以上前に執筆された作品が、時代を超えてどのように実写化されたのか大いに気になるところです。作品HP（https://www.netflix.com/jp/title/81029875）で数種類の予告編が公開されているので、興味のある方はぜひご覧になってみてください。

扶桑社ロマンスのノーラ・ロバーツ作品リスト

『モンタナ・スカイ』（上下）Montana Sky（井上梨花訳、新装改訂版）
『サンクチュアリ』（上下）Sanctuary（中原裕子訳、新装改訂版）
『愛ある裏切り』（上下）True Betrayals（中谷ハルナ訳）
『マーゴの新しい夢』Daring to Dream ※（1）
『ケイトが見つけた真実』Holding the Dream ※（2）
『ローラが選んだ生き方』Finding the Dream ※（3）
『リバーズ・エンド』（上下）River's End（富永和子訳、新装改訂版）
『珊瑚礁の伝説』（上下）The Reef（中谷ハルナ訳）
『海辺の誓い』Sea Swept ☆（1）（新装改訂版）
『愛きらめく渚』Rising Tides ☆（2）（新装改訂版）
『明日への船出』Inner Harbor ☆（3）（新装改訂版）
『恋人たちの航路』Chesapeake Blue ☆（番外編）
『この夜を永遠に』Tonight and Always ★
『誘いかける瞳』A Matter of Choice ★

『情熱をもう一度』Endings and Beginnings ★
『心ひらく故郷』(上下) Carnal Innocence (小林令子訳)
『森のなかの儀式』(上下) Divine Evil (中原裕子訳)
『少女トリーの記憶』(上下) Carolina Moon (岡田葉子訳)
『ダイヤモンドは太陽の宝石』Jewels of the Sun ◎ (1)
『真珠は月の涙』Tears of the Moon ◎ (2)
『サファイアは海の心』Heart of the Sea ◎ (3)
『新緑の風に誘われて』Dance upon the Air ＊ (1)
『母なる大地に抱かれて』Heaven and Earth ＊ (2)
『情熱の炎に包まれて』Face the Fire ＊ (3)
『ぶどう畑の秘密』(上下) The Villa (中谷ハルナ訳)
『愛は時をこえて』(上下) Midnight Bayou (小林令子訳)
『愛と哀しみのメモワール』(上下) Genuine Lies (岡田葉子訳)
『盗まれた恋心』(上下) Homeport (芹澤恵訳)
『魔法のペンダント』Ever After ＃ (1)
『神秘の森の恋人』In Dreams ＃ (2)
『千年の愛の誓い』Spellbound ＃ (3)

『運命の女神像』（上下）Three fates（清水寛子訳）
『情熱の赤いガラス』Born in Fire ◇（1）（新装改訂版）
『心やすらぐ緑の宿』Born in Ice ◇（2）（新装改訂版）
『夢描く青いキャンバス』Born in Shame ◇（3）（新装改訂版）
『優しい絆をもう一度』（上下）Birthright（岡田葉子訳）
『オーロラの奇跡』The Witching Hour ‡（1）
『春を呼ぶ魔法』Winter Rose ‡（2）
『二つの世界を結ぶ愛』A World Apart ‡（3）
『十七年後の真実』（上下）Northern Lights（清水寛子訳）
『光の鍵を探して』Key of Light †（1）
『真実の鍵をもとめて』Key of Knowledge †（2）
『愛する人をまもる鍵』Key of Valor †（3）
『魔女と魔術師』Morrigan's Cross∞（1）
『女狩人と竜の戦士』Dance of the God∞（2）
『王女と闇の王子』Valley of Silence∞（3）
『炎の壁の彼方から』（上下）Blue Smoke（野川聡子訳）
『禁断のブルー・ダリア』Blue Dahlia ◆（1）

『ブラック・ローズの誇り』Black Rose◆（2）
『輝きのレッド・リリー』Red Lily◆（3）
『羽根をなくした天使』（上下）Angels Fall（佐藤知津子訳）
『愛と裏切りのスキャンダル』（上下）Private Scandals（加藤しをり訳）
『真昼の復讐者』（上下）High Noon（長嶋水際訳）
『遥か栄華をはなれて』（上下）Tribute（野川聡子訳）
『過去を呼ぶ愛の秘石』Blood Brothers▽（1）
『今甦る運命の熱い絆』The Hollow▽（2）
『未来に羽ばたく三つの愛』The Pagan Stone▽（3）
『聖夜の殺人者』（上下）Hidden Riches（中谷ハルナ訳）
『再会のブラックヒルズ』（上下）Black Hills（安藤由紀子訳）
『聖なる森の捜索者』（上下）The Search（野川聡子訳）
『まごころの魔法』（上下）Honest Illusions（加藤しをり訳）
『純白の誓い』Vision in White○（1）（村上真帆訳）
『香しい薔薇のベッド』Bed of Roses○（2）（野川聡子訳）
『ひとときの甘い想い』Savor the Moment○（3）（村上真帆訳）
『幸せは永遠に』Happy Ever After○（4）（野川聡子訳）

『迫る炎に挑んで』（上下）Chasing Fire（越本和花訳）
『恋めばえる忍冬の宿』The Next Always ❖（1）（香山栞訳）
『最初で最後の恋人』The Last Boyfriend ❖（2）（木咲なな訳）
『恋人たちの輪舞』The Perfect Hope ❖（3）（香山栞訳）
『孤独な瞳の目撃者』（上下）The Witness（越本和花訳）
『愛と再生の浜辺』（上下）Whiskey Beach（香山栞訳）
『魔女の眠る森』Dark Wich ▲（1）（鮎川由美訳）
『心惑わせる影』Shadow Spell ▲（2）（鮎川由美訳）
『光と闇の魔法』Blood Magick ▲（3）（香山栞訳）
『姿なき蒐集家』（上下）The Collector（香山栞訳）
『裏切りのダイヤモンド』（上下）The Liar（香山栞訳）
『幸運の星の守り人』Stars of Fortune ∮（香山栞訳）
『ささやく海に抱かれて』Bay of Sighs ∮（佐藤麗子訳）
『光の戦士にくちづけを』Island of Glass ∮（香山栞訳）
『ひそやかな悪夢』（上下）The Obsession（香山栞訳）
『夕陽に染まるキス』（上下）Come Sundown（鮎川由美訳）
『世界の果てに生まれる光』（上下）Year One ∞（香山栞訳）

『闇に香るキス』（上下）Of Blood And Bone ∞（香山栞訳）
『愛と魔法に導かれし世界』（上下）The Rise of Magicks ∞（香山栞訳）
『月明かりの海辺で』（上下）Shelter in Place（香山栞訳）
『愛の深層で抱きしめて』（上下）Under Currents（香山栞訳）
『永遠の住処（すみか）を求めて』（上下）Hideaway（香山栞訳）
『目覚めの朝に花束を』（上下）The Awakening ◈（香山栞訳）
『リッツォ家の愛の遺産』（上下）Legacy（香山栞訳）
『星まとう君に約束を』（上下）The Becoming ◈（香山栞訳）
『夜に心を奪われて』（上下）Nightwork（古賀紅美訳）
『光の夜に祝福を』（上下）The Choice ◈（香山栞訳）

※印〈ドリーム・トリロジー〉、☆印〈シーサイド・トリロジー〉、◎印〈妖精の丘トリロジー〉はいずれも竹生淑子訳です。
＊印〈魔女の島トリロジー〉は、いずれも清水寛子訳です。
★印は、いずれも清水はるか訳により、著者自選傑作集 From the Heart 収録の三作品を一作品一冊に分冊して刊行したものです。
♯印も、清水はるか訳により、短編集 A Little Magic 収録の三作品を一作品一冊に分冊して刊行したものです。

◇印〈海辺の街トリロジー〉も、同じく清水はるか訳です。

‡印は、いずれも石原まどか訳により、短編集A Little Fate収録の三作品を一作品一冊に分冊して刊行したものです。

†印〈失われた鍵トリロジー〉は、いずれも岡聖子訳です。

§印〈光の輪トリロジー〉は、いずれも柿沼瑛子訳です。

◆印〈ガーデン・トリロジー〉は、いずれも安藤由紀子訳です。

▽印〈セブンデイズ・トリロジー〉は、いずれも柿沼瑛子訳です。

○印は〈ブライド・カルテット〉です。

❖印は〈イン・ブーンズボロ・トリロジー〉です。

▲印は〈オドワイヤー家トリロジー〉です。

∮印は〈星の守り人トリロジー〉です。

∞印は〈光の魔法トリロジー〉です。

◎印は〈ドラゴンハート・トリロジー〉です。

扶桑社ロマンスでは、これからもノーラ・ロバーツの作品を、日本の読者にお届けすることを計画しています。

さらに、扶桑社ではデニス・リトルほか編による『完全ガイド ノーラ・ロバーツ 愛の世界』を刊行しております。あわせて、ご覧いただければ幸いです。

（二〇二二年十二月）

◉訳者紹介　香山 栞（かやま　しおり）
英米文学翻訳家。サンフランシスコ州立大学スピーチ・コミュニケーション学科修士課程修了。2002年より翻訳業に携わる。訳書にワイン『猛き戦士のベッドで』、ロバーツ『姿なき蒐集家』『光と闇の魔法』『裏切りのダイヤモンド』（以上、扶桑社ロマンス）等がある。

光の夜に祝福を（下）

発行日　2023 年 1 月 10 日　初版第 1 刷発行

著　者　ノーラ・ロバーツ
訳　者　香山 栞

発行者　小池英彦
発行所　株式会社 扶桑社
〒105-8070
東京都港区芝浦 1-1-1　浜松町ビルディング
電話　03-6368-8870(編集)
03-6368-8891(郵便室)
www.fusosha.co.jp

印刷・製本　株式会社広済堂ネクスト

定価はカバーに表示してあります。

Printed in Japan
ISBN978-4-594-09249-8 C0197